JANE HARVEY-BERRICK

Prisioneiros do Ritmo 2

Traduzido por Samantha Silveira

1ª Edição

2021

Direção Editorial:
Anastacia Cabo
Gerente Editorial:
Solange Arten
Arte de Capa:
Bianca Santana

Tradução:
Samantha Silveira
Revisão e diagramação:
Carol Dias
Ícones de diagramação:
rawpixel.com/Freepik

Copyright © Jane Harvey-Berrick, 2016
Copyright © The Gift Box, 2021
Todos os direitos reservados.
Nenhuma parte do conteúdo desse livro poderá ser reproduzida em qualquer meio ou forma – impresso, digital, áudio ou visual – sem a expressa autorização da editora sob penas criminais e ações civis.
Esta é uma obra de ficção. Nomes, personagens, lugares e acontecimentos descritos são produtos da imaginação da autora. Qualquer semelhança com nomes, datas ou acontecimentos reais é mera coincidência.

Este livro segue as regras da Nova Ortografia da Língua Portuguesa.

CIP-BRASIL. CATALOGAÇÃO NA PUBLICAÇÃO
SINDICATO NACIONAL DOS EDITORES DE LIVROS, RJ
Camila Donis Hartmann - Bibliotecária - CRB-7/6472

H271L

Harvey-Berrick, Jane
    Luka / Jane Harvey-Berrick ; tradução Samantha Silveira. - 1. ed. - Rio de Janeiro : The Gift Box, 2021.
    254 p.

Tradução de: Luka
ISBN 978-65-5636-045-4

1. Ficção inglesa. I. Silveira, Samantha. II. Título.

21-68755   CDD: 823
                         CDU: 82-3(410.1)

Dedicatória

Para Edwin e Eugene, pelos anos de amizade e uma vida inteira de amor.

PRÓLOGO

Eu não sou um homem bom.
Eu não sou um homem mau.
Mas cometi alguns erros, fiz escolhas erradas. Mas quem nunca fez isso? Porém, as consequências estão nos separando.
Eu amo duas pessoas.
Eu as amo de formas diferentes.
O mundo me diz que tenho que escolher. Por quê?
Por que eu tenho que escolher?
O amor machuca. O amor te rasga e deixa a sua pele em pedaços ensanguentados pendurados de seu corpo. Ele marca e queima você. Por fim, o amor é a pior coisa que pode acontecer a um ser humano.
Na minha opinião.
Eu amei duas pessoas.
Eu os amei de formas diferentes.
Um era um homem.
A outra era uma mulher.
E eu nunca quis machucar ninguém, muito menos as duas pessoas que significam mais para mim do que qualquer outra pessoa no mundo.
O amor não deveria ser tão difícil.
Tudo começou com um bilhete.

> *Luka,*
>
> *Obrigada pela noite passada. Meio que foi esquisito. rsrs*
>
> *Mas não se preocupe. Preciso ir pegar o meu voo, então te vejo daqui três meses!! Minha amiga Becky está dando uma festa hoje à noite. Você deveria ir, as festas dela são sempre incríveis. Bishops Avenue, 1876. Beba uma por mim!*

> *Amo vc!*
> *Sarah*
> *Bjs*

Não existia motivo para eu pensar que essa pequena mensagem mudaria minha vida. Ou ferraria com tudo. Depende do ponto de vista.

Mas aconteceu.

CAPÍTULO UM

Vinte e quatro horas antes...
Era a nossa apresentação final.

Nós nos reunimos de mãos dadas, tentando fazer um círculo na apertada área dos bastidores do teatro de Londres.

Ash olhou para cada um de nós, seus olhos brilhando de orgulho e cheios de lágrimas.

— Foi uma honra e um privilégio trabalhar com vocês. Vocês deram vida ao espetáculo *Slave*. Nós fizemos as pessoas pensarem e sentirem. Obrigado.

Ele olhou para sua esposa, Laney, que o observava, os olhos cheios de carinho e amor.

Vê-los juntos era uma lição de possibilidades: Ash tão forte, tão atlético, um dançarino incrível; Laney, forte de diferentes maneiras, uma flor de aço presa em sua cadeira de rodas.

— Esta é a nossa última noite juntos, por enquanto. E então iremos nos preparar para uma nova turnê no próximo ano.

Ele parou, seus olhos passando pelo rosto de Yveta. Todos sabíamos que os meses longe do teatro dariam a ela tempo para se recuperar da cirurgia plástica que precisou. A operação suavizaria a cicatriz grosseira que descia de lado em seu rosto, uma lembrança cruel de ser torturada pela máfia russa.

Eu também tinha visto as cicatrizes de Ash. Todos nós vimos.

Ele poderia ter contratado outra dançarina para o papel dela e continuado com a turnê, mas ele jamais faria isso.

Apertei a mão de Yveta. Ela inclinou a cabeça, mostrando seu agradecimento, mas não encontrou meus olhos.

Ash sorriu, seu olhar tocando cada um de nós.

— Vocês são *moja družina*... minha família.

Ele respirou fundo.

JANE HARVEY-BERRICK

— E agora... nós dançamos como se o mundo estivesse assistindo.

Sarah segurou a minha outra mão com força, dando uma rápida olhada para mim antes de se virar para Ash.

— Mas que inferno, Ash! Se você fez meu rímel borrar, vou te bater!

Sua reclamação quebrou o clima de emoção, e todos nós rimos.

— Dois minutos para começar — chamou o gerente de palco.

Todos nos apressamos a tomar nossos lugares para o primeiro número, e Ash acompanhou Laney, que se movia para um lugar onde poderia assistir dos bastidores.

Senti um arrepio de ansiedade deslizando por minha pele.

— Nossa, nunca vou me cansar disso — sussurrou Sarah. — Eu odeio e adoro.

Sabia exatamente o que ela queria dizer. O nervoso nunca passava de fato, mas no segundo em que eu subia no palco, a adrenalina e a memória muscular assumiam o controle. Meu corpo responderia antes que meu cérebro sentisse o medo, a crescente consciência de dançar na frente de milhares de estranhos.

Podia ouvir a plateia, suas respirações, sentir sua excitação, o calor avançando em frente, vindo dos corpos pressionados.

E então as luzes se apagaram e o teatro mergulhou na escuridão, a eletricidade da expectativa acendendo um pavio.

No poço da orquestra, a banda esperava, as pequenas luzes ligadas aos apoios de partituras lançando seus rostos em sombras profundas. Al, o maestro, bateu seu bastão e houve um suspiro coletivo ao mesmo tempo em que se preparavam para tocar, os dedos pairando sobre as teclas e cordas, o percussionista posicionado, a tensão nos braços.

Então a música reverberou em uma explosão de som e luz, e eu estava no palco, vivo, poderoso, fazendo o que nasci para fazer.

Tornei-me o papel, vivi a dança, o sangue pulsando nas veias; meus músculos tensionavam e soltavam conforme eu pulava e saltava, meus braços movendo-se no espaço ao meu redor, preenchendo-o com espirais de força e emoção.

Nada poderia superar esse sentimento, essa intensidade, esse desejo de beber da fonte da vida.

Era magnífico.

Por uma fração de segundo, vi o olhar de Ash, e compartilhamos algo que apenas outro dançarino pode entender — uma conexão, uma emoção tão fugaz que eu poderia ter imaginado.

Eu também sinto isso, irmão.

Duas horas depois, estávamos cobertos de suor sob as luzes brilhantes do palco, sorrisos nos rostos e lágrimas nos olhos, absorvendo aplausos

LUKA

quando a multidão se levantou, palmas e assobios passando por cima do estrondo. Meu peito arfava pelo esforço, mas também pela emoção profunda que a dança sempre trazia para mim, e eu sabia que todos nesse palco se sentiam exatamente da mesma maneira.

Sarah ficou ao meu lado, lágrimas escorrendo pelo rosto, lágrimas de alegria; lágrimas de conquista e felicidade; lágrimas de satisfação e tristeza por tudo ter acabado. O final de uma apresentação era um nascimento — as memórias do público continuariam vivas — e uma morte também, quando outro espetáculo acabava. Então hoje à noite estávamos comemorando e lamentando.

— Eu vou sentir falta pra caralho disso — soluçou ela, olhando para mim, depois para a multidão aplaudindo. — Nossa, vou sentir sua falta, Luka, seu grandíssimo pedaço de mau caminho esloveno.

— Eu também sentirei sua falta, *buča* — eu disse, com sinceridade, inclinando-me para beijar seu rosto, provando o sal de suas lágrimas. *Buča... querida.*

Todos os dançarinos deram as mãos, levantando os braços enquanto fazíamos nossa reverência em agradecimento. Ash deu um passo à frente, olhando para a banda no poço da orquestra, aplaudindo-os também. Então ele juntou as mãos e pressionou-as contra o coração, antes de acenar para a plateia e sair do palco.

Yveta, Gary e Oliver deram um passo à frente comigo e com Sarah para agradecermos como colíderes, então também deixamos o palco.

E tudo havia acabado.

Os aplausos desvaneceram conforme a cortina descia pela última vez e as luzes se acenderam.

Depois foi a lenta volta à normalidade, ao mesmo tempo em que nos desconectávamos dos papéis que tínhamos desempenhado, junto com nossas roupas, perucas e maquiagem. E, no meu caso, as estranhas lentes de contato amarelas que me davam a aparência de lobo.

Eu não sentiria falta de usá-las todas as noites.

Os assistentes de palco começaram a desmontar o cenário para serem enviados de volta aos EUA.

Nós colocamos gelo nos músculos doloridos e nos revezamos para tomar banho nos banheiros apertados dos bastidores, guardando a maquiagem, roupas e sapatos de dança, toucas de cabelo usadas por baixo das perucas, spray de cabelo usado na sola dos sapatos para quando o palco está escorregadio. E havia Wendy, nossa gerente de figurino, pegando as roupas de apresentação para lavar e limpar a seco, reclamando sobre costuras rasgadas e lantejoulas ausentes, manchas de suor e zíperes quebrados. Existem roupas de baixo especiais que absorvem o suor, mas isso realmente não dá certo para dançarinos que mostram muita pele a maioria das vezes. Eu fui a exceção, vestindo um terno de três peças para este espetáculo, feito de um material leve que se movia com o meu corpo. Isso me fez suar feito um porco.

Mas, hoje à noite, em vez de vestirmos *legging* e agasalhos depois da apresentação, todos nos arrumamos para a festa de encerramento.

Sarah estava ameaçando fazer uma mistura de Fama e Apocalipse Zumbi até que Gary disse a ela que ninguém seria capaz de dizer a diferença de suas roupas habituais. Ash e Laney haviam alugado o último andar de uma boate próxima e providenciado comida e bebida para todos nós. E dança, é claro.

Todos os caras da banda iam, e os assistentes de palco, assim que terminassem de arrumar nossos adereços e cenário. Nós saímos com bastante frequência, exceto nas turnês curtas. Os músicos e dançarinos poderiam voltar ao hotel depois de cada espetáculo, mas se estivéssemos ali apenas por um dia, a equipe teria que desmontar o cenário e seguir para o novo local durante a noite e deixar tudo pronto na manhã seguinte. Era cruel, mas, felizmente, isso não acontecia com frequência. Tinham muito tempo de inatividade quando passávamos vários dias ou semanas em uma cidade. Também ajudava quando a equipe local era eficiente. Os caras em Londres foram incríveis, e nós os convidamos para a nossa festa de encerramento.

Sarah recostou-se à porta do vestiário masculino, ignorando o fato de que estávamos todos seminus. Ou completamente nus, no meu caso.

Não que a nudez fosse um problema. É apenas parte do trabalho. Temos que nos trocar na frente de todos o tempo todo, especialmente em teatros menores. Você se torna insensível rapidamente. Os dançarinos geralmente esquecem que a nudez não é um estado comum para outras pessoas, se você tem amigos que o procuram depois nos bastidores e todo mundo está se despindo e eles não sabem para onde olhar. É bem engraçado. As garotas estão usando fio-dental e o caras andando com cintos de dança – ou menos.

Eles não são sexys, mas os cintos de dança mantêm seu "equipamento" seguro, sem dar ao público uma aula de anatomia. Sério. Eles têm menos material do que uma coquilha, mas tudo fica guardado para que seu pau e bolas não se machuquem ou sejam esmagados entre as coxas — e os cintos de dança também escondem qualquer uma dessas ereções espontâneas e irritantes.

Agora mesmo, depois do banho, Sarah estava olhando apreciativamente para minha bunda nua.

— Meu Deus, Sarah, você é uma pervertida repugnante — reclamou Gary. — E de qualquer forma a minha bunda é muito melhor que a de

Luka. Eu poderia esmagar nozes com esses pães de aço.

— O quê? Esses pães moles? Acho que não, amor. Eu já vi elefantes com melhor tom de pele. Mas continue sonhando.

— Olha quem fala! Dá uma olhada nesses peitinhos; parecem dois ovos fritos em um prato. Eu já vi peitos maiores no Mister Universo.

Eu sorri, ouvindo-os brigar feito um velho casal. Eles seriam perfeitos juntos se Gary não fosse gay.

— Ele nunca vai dormir com você — continuou Gary, de forma mordaz, apontando a cabeça na minha direção —, assim como não vai dormir comigo.

— Isso seria um ménage interessante — acrescentou Oliver, removendo a maquiagem.

O pequeno espaço ficou silencioso e eu olhei para cima, vendo Sarah e Gary se encarando desafiadoramente.

— Pena que ele não dorme com pessoas com quem trabalha — continuou Oliver com um sorriso divertido no rosto quando vislumbrei seu olhar no espelho.

Ele piscou para mim, sabendo muito bem que estava jogando fogo na discussão entre Sarah e Gary.

— Hilary Clinton tem mais sensualidade — afirmou Gary, olhando para Sarah e jogando uma esponja de maquiagem nela.

— Sua bruxa bicha e velha — retrucou ela.

Eu chequei o camarim mais uma vez, vendo uma camiseta velha que quase ficou para trás e coloquei-a na minha mochila com o par de sapatos de dança.

Este foi o maior teatro que já dançamos em uma turnê, com quase 1200 lugares. Não havia outra emoção no mundo comparada a ouvir os aplausos de todas aquelas pessoas. Nem mesmo o sexo.

Porém Ash discordava. Perguntei a ele sobre isso uma vez, mas ele respondeu que eu não o entenderia.

— É o amor que faz a diferença, irmão.

Eu sabia que ele diria algo assim e talvez estivesse certo. Mas já me apaixonei antes e foi uma droga.

O amor machucava. O amor dilacerava e deixava a sua pele em pedaços ensanguentados pendurados de seu corpo. Deixava você marcado e queimado. Por fim, o amor é a pior coisa que pode acontecer a um ser humano. Na minha opinião.

— Vamos deixar Liberace chorando por causa de suas lantejoulas — fungou Sarah. — Estou pronta para a festa. Oliver, nos vemos lá.

— Não, se ele puder evitar — cantarolou Gary.

— Eu estava torcendo para que ele se livrasse de você — rebateu

Sarah.

— Você está com ciúmes por eu ter visto os bens de Luka e você não!

— Vá se foder, seu elfo maligno — murmurou Sarah. — E, para sua informação, eu já os vi, com frequência.

— Só porque você fica por perto quando ele está se trocando. Ele nunca vai arar o seu jardim com a grande enxada dele.

— Eu estou bem aqui! — disse, contrariado. — E nenhum de vocês será arado.

Gary soltou uma gargalhada.

— Eu te falei! O homem teve mais boceta do que um mulherengo com tesão... Credo.

Sarah pegou meu bíceps e passou o braço pelo meu conforme saíamos pela entrada dos artistas na parte de trás do teatro.

— O que você vai fazer o verão inteiro sem mim? — perguntou ela, deitando a cabeça no meu ombro. — Tem certeza de que não quer mudar de ideia e vir para Oz? A gente ia se divertir.

— Não. Eu visitei a Austrália um ano antes de *Slave*. Gostaria de passar um tempo em Londres. E, de qualquer forma, eu iria segurar vela para você e o James.

Ela revirou os olhos.

— Eu já falei um bilhão de vezes. Ele é meu ex e não vamos voltar. Ele é um cara legal, mas é só isso.

— Então, por que está voando 16 mil quilômetros para vê-lo?

— Não estou. Não exatamente. Ele disse que o estilo de vida é incrível e que poderia me ajudar a conseguir um emprego. Eu só quero ir e dar uma conferida nas coisas. Ir à praia, tomar um pouco de sol. Só relaxar, sabe?

— Claro, eu farei isso em Londres, sem a praia.

— Certo, boa sorte com o sol!

— Você é quem está viajando no inverno.

— Um inverno australiano é muito mais quente que um verão inglês.

— Alguma vez perde uma discussão, *buča*?

— Bobo!

— Achei que não — murmurei, baixinho.

— A propósito, o que é *bu-ka*?

Dei risada.

— É algo ruim?

— Não.

— Lu-ka!! Me diz o que significa.

Eu sorri e soltei o meu braço para jogá-lo em seus ombros, puxando-a para um abraço.

— Significa que você é uma graça quando está brava.

LUKA

— Palhaço. — Ela fez beicinho.

O clube do Soho tinha uma fila do lado de fora, mas fomos direto para a frente, mostrando nossos convites para o segurança. Havia algumas mulheres gostosas na fila — verdadeiras belezas. Eu sei por que dei uma conferida — e pensei em descer na pista principal mais tarde.

Sarah puxou meu braço e me olhou feio. Eu sorri para ela.

Os caras da banda já estavam no bar, e Sarah correu para flertar com um dos saxofonistas, sorrindo para mim por cima do ombro. Se eles iam ficar, hoje era a noite.

Devia ter outra entrada para a área vip, porque Laney já estava sentada em uma mesa com Ash. Sem chance de que ela teria conseguido subir com a cadeira de rodas. Ela acenou para mim e eu mandei um beijo. Ash ergueu as sobrancelhas me desafiando, mas eu só pisquei para ele.

Enchi meu prato de comida e me sentei em uma mesa com Yveta e alguns dos assistentes de palco, mas Sarah logo veio, sentando-se no meu colo e preferindo comer do meu prato a pegar um para ela.

— As calorias não contam se forem de outra pessoa — explicou.

Yveta bufou e revirou os olhos. Ela tinha uma atitude implacável em relação à comida e nunca ingeria nada que não devesse. Qualquer lapso era visto como fraqueza.

Suspirei quando Sarah puxou uma fatia de pizza debaixo da salada.

— De qualquer forma, é um pagamento por ficar no meu apartamento sem aluguel por todo o verão.

Era verdade. Sarah estava me deixando ficar no apartamento dela enquanto estava fora, o que foi outro motivo para eu não querer ir para a Austrália. Um verão livre em Londres? Eu estava pronto para isso, com certeza.

— Como é que nunca ficamos, Luka? — perguntou ela, colocando pizza na boca e sujando o rosto com molho.

Ela olhou para mim, sem parar de mastigar.

— Você é muito sofisticada para mim.

Yveta riu quando Sarah empurrou meu ombro.

— Sério. Você é solteiro, eu sou solteira. Temos muito em comum.

Eu pensei nisso, é claro. Ela era uma dançarina incrível, bonita, sexy, mas também era minha amiga. E mais do que isso, eu tinha uma regra pela qual vivia...

— Eu não durmo com...

— ... As pessoas com as quais trabalha. Eu sei. Mas estamos oficialmente desempregados agora. — Ela me olhou de forma especulativa. — Pode ser divertido. Uma boa despedida antes de eu partir para costas distantes.

Yveta levantou e se afastou, entediada pela intensa paquera de Sarah.

— Vamos trabalhar juntos de novo ano que vem — Eu a lembrei quando a peguei no colo e a joguei no assento vazio de Yveta. — Não queremos que as coisas fiquem estranhas.

— Puta merda, vê se te enxerga! Você não é tão bonito assim! Podemos nos comportar como adultos.

Fechei os olhos com força, tentando não imaginar no que ela estava me tentando. Mas sempre tive a vaga sensação de que ela gostava mais de mim do que estava dizendo. Eu não precisava de nada complicado. Esforçava-me para evitar complicações.

— Pensei que gostasse do Bryan?

— Sim, ele é gentil — respondeu ela, sorrindo para o saxofonista, que levantou o copo cumprimentando-a. Então ela se inclinou para sussurrar no meu ouvido. — Mas você é gostoso pra caralho.

Definitivamente, o sangue estava se movendo na direção sul quando fui salvo de responder pela chegada de Gary, que soltou uma bandeja de doses de tequila na mesa.

— Fala sério, Hilary. Estou salvando Luka de um destino pior que a morte. Você vai dançar comigo!

Ele agarrou o braço de Sarah, arrastando-a para a pista de dança.

Oliver sacudiu a cabeça, divertido.

— Nunca sei se eles se amam ou se odeiam.

— *Dvema gospodarjema ne moreš služiti.* — Sorri.

— Que significa o quê, exatamente?

— Ninguém pode servir a dois senhores.

Ele bufou, achando graça.

— Isso resumo tudo. Então, as coisas pareciam interessantes entre você e Sarah por um momento.

Soltei um gemido.

— Nós somos amigos.

— E? Amigos podem ser os melhores amantes.

— Não quero perder uma amiga. Sexo estraga tudo.

Oliver riu.

— Isso é verdade. Bem, tem certeza mesmo?

— De qualquer forma, ela vai para a Austrália por três meses para conversar com o ex.

Ele me olhou, divertido.

— Devo supor que sexo casual não é a sua praia?

Eu respondi sério, mesmo sabendo que ele estava me provocando.

— Gosto, mas não com a Sarah.

Ele assentiu e deixou quieto.

LUKA

— Sarah disse que você ficará no apartamento dela enquanto estiver fora?

— Vou descansar um pouco, dar uma conferida em Londres. Só estive aqui em turnê e gostaria de ver como é de verdade. E você? Vai voltar para Chicago?

Oliver assentiu.

— Sim. Quero visitar meus pais. Eles estão envelhecendo, então será bom conversar com eles. E vou ver meu irmão e seus filhos. — Olhou para o copo antes virar a dose. — E quero explorar alguns locais para um estúdio de dança.

— Você ainda está pensando em montar uma escola?

Oliver fez que sim com a cabeça.

— Estou envelhecendo. Quando Ash me deu esse trabalho, fiquei muito agradecido. — Você sabe como é. Bem, você ainda não sabe, mas quando se tem mais de 30 anos, conseguir trabalhos com dança fica cada vez mais difícil. Passe dos 35 e os trabalhos pagos são mais raros do que vacas tossindo.

Era verdade. Ser dançarino era difícil. Uma vida acelerada, breve e difícil. Você só precisa olhar para os nossos pés para descobrir. Temos corpos ótimos, mas pés feios. Multiplique isso por mil para uma dançarina de balé clássico.

Sarah e Gary estavam acenando feito malucos na pista de dança, gritando para eu me juntar a eles. Virei a dose de tequila que Gary havia comprado para mim e bebi cerveja por cima.

— Você vem, Oli?

— Não, querido. Nós, velhos, precisamos descansar.

Abri um sorriso para ele.

— Que seja. Eu vou aproveitar.

Ele se despediu de mim, apontando e virando outra dose de tequila.

Bebi e dancei, bebi e dancei até a noite começar a virar um borrão.

Conforme as pessoas iam embora, de volta ao hotel ou para a suas casas, despedidas chorosas e abraços suados aconteciam por todo o lugar.

Ash cambaleou em minha direção, seguido por Laney, que parecia achar graça.

— Vejo você antes de ir amanhã — disse, enrolado.

— É?!

Ele me puxou para um abraço apertado.

— Obrigado por estar aqui, Luka. Eu não poderia ter feito isso sem você, irmão.

— Para, você tem Laney agora.

— Você deveria encontrar alguém — comentou, segurando meus

JANE HARVEY-BERRICK

ombros e olhando nos olhos. — É a melhor coisa do mundo, porra.

— Você já tem a melhor mulher, portanto, eu deveria apenas desistir de tentar. — Eu sorri.

— Eu sei — respondeu, sorrindo para mim. — A melhor mulher do mundo, caralho. Melhor em fod... melhor mulher. Do mundo. A melhor...

— Ele está bêbado — disse Laney, erguendo uma sobrancelha para Ash, que estava balançando.

— Muito bêbado — disse ele, todo alegre. — Vamos voltar para o hotel para fazer muito sexo.

— Bem — respondeu Laney, um sorriso paciente no rosto enquanto observava o marido cambalear pelo lugar, abraçando a todos. — Vamos voltar para o quarto de hotel, mas acho que ele vai desmaiar.

Dei risada e inclinei-me para dar um beijo em seu rosto.

— Toma conta do meu garoto.

— Sempre.

Eles saíram logo depois com Oliver, e eu continuei dançando e bebendo até que mal conseguia me lembrar do meu próprio nome. É incrível — eu sei dançar quando estou bêbado, mas andar em linha reta é um desafio.

Engoli um pouco de água quando Yveta desabou no sofá ao meu lado e roubou minha garrafa.

Eu a observei abaixar a cabeça quando alguns assistentes de palco passaram por nós, seus longos cabelos cobrindo o rosto, escondendo a cicatriz grosseira.

Ash disse que ela era completamente diferente antes da facada, antes dos estupros — extrovertida, confiante, sensual. Ela nem sequer tomou café com um homem nos 15 meses que eu a conhecia. Além das pessoas do elenco, é claro. E demorou muito tempo para confiar em nós. Ela provavelmente era a mais próxima de Gary, porque ele sofrera com ela quando os soldados da Bratva os sequestraram. Nenhum deles falava sobre isso — mas dançavam a história todas as noites no *Slave*. Gary me disse uma vez que era uma catarse. Eu acho que deve ter sido para Yveta também, ou por que ela faria isso, repetir o horror de seus ataques diversas vezes?

Puxei seus pés para o meu colo e tirei os saltos de 12 centímetros com os quais havia dançado a noite toda. Então pressionei as pontas dos polegares no arco de seu pé, e ela deixou a cabeça rolar para trás, gemendo agradecida.

Gary se sentou em uma cadeira à nossa frente.

— Eu sou o próximo para a massagem nos pés.

— É somente para clientes especiais, e eu faço só uma por noite.

— Não foi isso que eu ouvi — comentou Gary, depois gargalhou de sua própria piada.

LUKA

17

Yveta me lançou um olhar divertido antes de se esticar com um suspiro satisfeito.

— Cachorra — bufou Gary. — De qualquer forma, Sarah está vomitando no banheiro. Ela está chamando por você.

— Ah, caramba! Você não pode ir? Se eu cheirar vômito, vou vomitar.

— Pare de reclamar, Luka. Sua namoradinha precisa de você.

Yveta sentou-se, tirando os pés do meu colo e curvou-se no sofá igual a um gato. Suspirando, eu me levantei cambaleando e Gary bateu na minha bunda, dispensando-me.

Andei pelo corredor e bati na porta do banheiro.

— Sarah...

Ouvi o som de alguém vomitando e cobri a boca com a mão, engolindo a saliva que se acumulava na língua.

— Estou morrendo. — Veio a voz penosa.

Empurrei a porta e encontrei Sarah abraçando um dos vasos do banheiro, com os cabelos suados e bagunçados, seus olhos azuis me implorando para que eu parasse com aquele martírio.

Afundei no chão e puxei seus cabelos para trás do rosto.

— Vomite tudo, *buča*.

E assim ela o fez. Gemendo e chorando, ela jogou tudo para fora, enquanto meu estômago revirava em solidariedade.

Meia hora depois, ela estava se sentindo muito melhor e eu estava cansado e bem sóbrio. Lavei o rosto dela, peguei uma garrafa de água e pedi ao barman que chamasse um táxi.

Ele estava mais do que feliz em nos ver partir, e eu deixei uma gorjeta extra por ter que limpar o vômito. Eu tinha trabalhado em um bar antes de minha carreira de dançarino decolar, então sim, eu sabia como era.

O táxi chegou, embora o motorista não parecesse muito feliz por ter Sarah como passageira.

— Não vou limpar vômito, companheiro.

— Ela ficará bem. Está só cansada.

— Ah, tá.

— Sarah, qual é o seu endereço?

— Rua com árvores — murmurou ela. — Por ali. — E apontou por cima da cabeça, quase enfiando o dedo no meu olho.

— Eu preciso de um endereço, companheiro — falou o motorista, ficando irritado.

— Sarah! — Agarrei seus ombros, sacudindo-a. — Acorde! Onde você mora?

— Eu não vou levá-la desse jeito.

— Ela mora em Camden, perto da estação do metrô.

Ele negou com a cabeça.

— Esquece, companheiro. Preciso de um endereço! Você é o namorado dela?

— Só um amigo.

Ele me olhou, crítico, e voltou a negar. Suspirando, entrei no táxi e disse para ele nos levar para o meu hotel, que não era longe. O motorista ficou muito mais feliz com isso e nos deixou na entrada, agradecido por se livrar de nós.

Coloquei o braço em volta da cintura de Sarah e consegui levá-la para o meu quarto sem mais nenhum drama. Ela caiu de costas na cama, sorrindo para mim.

— Luka! Eu sabia que você me amava.

— Claro que eu amo você, *buča*. Tire os sapatos e a calça e vamos dormir um pouco.

Ela os tirou, mas se enroscou com o jeans. Tive que ajudá-la a tirá-lo de seus pés, ao mesmo tempo em que soltava o sutiã e o jogava na minha cara, rindo, bêbada.

— Quer escovar os dentes? Sarah?

Pensei em colocá-la no chuveiro, mas, por fim, tudo o que consegui fazer foi usar um enxaguatório bucal antes de ela desmaiar.

Suspirando, tirei a cueca boxer, senti tontura quando me abaixei para tirar as meias, depois tomei um banho bem rápido antes de me esticar na cama, bocejando quando Sarah rolou sem abrir os olhos e se aconchegou em mim.

Coloquei o braço ao seu redor e ela deitou a cabeça no meu peito.

— Eu te amo.

— Eu também te amo.

Acordei no escuro com as mãos de Sarah no meu pau duro.

— O que você está faz...?

— Shhh... Sinto vontade de fazer isso há séculos.

— Sarah...

Meu cérebro encharcado de álcool zumbiu e gaguejou, mas nenhum pensamento coerente atravessou a névoa da tequila.

— Relaxe. Você sabe que será gostoso com a gente.

— Porra, devo estar mais bêbado do que pensei.

— Bem, eu não estou. Não muito. Vomitei tudo. — E riu baixinho.

Então ela tirou meu pau da cueca à medida que se ajoelhava sobre mim, suas coxas em ambos os lados da minha cintura. Uma mão descansou levemente em meus ombros, enquanto a outra guiou o pau para cima.

— Obrigada por cuidar de mim.

Seus lábios roçaram os meus, então ela se abaixou em mim.

Uma onda de calor pulsou em minhas bolas quando ela deslizou, um gemido suave subindo de sua garganta.

Ela era sedosa, quente e intensa, conforme se movia para cima e para baixo, devagar no começo, depois mais rápido e menos controlada.

Minhas mãos agarraram seus quadris quando a língua entrou na minha boca, e nossos corpos se encontraram na dança mais antiga de todas.

Existe algo de especial em transar com uma amiga. Tem confiança entre ambos, são compartilhados momentos de risadas e tristeza. Nós trabalhamos juntos, moramos juntos e amamos juntos por mais de um ano — ela era minha amiga, minha pequena *buča* e, embora a voz da razão lutasse com fraqueza para ser ouvida, a voz mais alta era a do sangue pulsando em meu corpo e o calor de seu peito pressionando o meu.

Estávamos bêbados e descuidados, selvagens e despreocupados.

Ela jogou para trás os cabelos longos, arqueando as costas, os seios se projetando para frente em minhas mãos ansiosas, contorcendo-se em cima de mim, extraindo uma onda de orgasmo pelo meu comprimento, explodindo da ponta em um grito que ecoou no quarto escuro.

Ela estremeceu ao meu redor, meu nome terminando em um soluço, desabando contra o meu coração acelerado.

— Puta merda!

— Eu disse que seria gostoso — murmurou ela.

Ela deslizou de cima de mim e estava dormindo em segundos.

Acariciei seus cabelos, meus olhos pesados se fechando outra vez e um sorriso esticou meus lábios.

Quando acordei, estava sozinho.

CAPÍTULO DOIS

— Será estranho não se preparar para o show hoje à noite.

Ash assentiu, bocejando e se espreguiçando.

— Sim, mas já estou pronto para descansar um pouco. Só quero ir para casa, passar um tempo com Laney.

Sorri para ele e levantei minha xícara de café, saudando-o.

— Ainda não consigo acreditar que está casado, irmão. Por essa eu não esperava.

Ash deu de ombros.

— Nem eu, mas é a melhor coisa que já fiz. É só que... — Pausou ele, em busca da palavra certa, depois desistiu. — Ela me entende.

Uma onda de inveja correu pelas minhas veias, mas só uma pequenina. Não conseguia imaginar em ficar por vontade própria com uma só pessoa pelo resto da minha vida. E apesar de jeito completamente maluco e trabalhando intensamente como eu vivia, acreditava na possibilidade... para outras pessoas. Mas não em casar-se, com a rara exceção de meu melhor amigo e sua esposa, ninguém mais que eu conhecia chegou nem perto de alcançar o ideal que o casamento deveria significar. Certamente, nem meus pais.

— Ouvi dizer que saiu com a Sarah ontem à noite.

Estremeci, balançando a cabeça para o que ele estava sugerindo.

— Ela estava bêbada demais para dizer o endereço ao taxista. Então eu a levei para o meu quarto, mas nós apenas dormimos na mesma cama. Só isso. Caramba, era provável que eu estivesse muito bêbado para ficar de pau duro, de qualquer modo — menti, desconfortável com a direção de nossa conversa.

Ash me lançou um olhar penetrante e tive que desviar.

— Sabe que ela gosta de você?

— Nós somos só amigos.

— Se você está dizendo — comentou, cético. — Então vai ficar em

Londres o verão inteiro?

Olhei para a vasta paisagem da cidade, brilhando ao sol de maio.

— Por um tempo. Sarah disse que posso ficar no seu apartamento enquanto ela estiver na Austrália.

— Não vai nem um pouco para a sua casa?

Pensei nisso. Eu ia sublocar meu apartamento em Koper para a minha irmã, e não havia hipótese alguma de eu ficar com meus pais. Talvez na minha avó para uma visita rápida, mas só também.

— Cara, estou viajando há tanto tempo que nem sei mais onde é a minha casa. Gosto de Londres, vai ser bom.

Ash sorriu.

— Bem, você está convidado a nos visitar em Chicago, quando quiser. Já conhece o nosso sofá.

Ergui as sobrancelhas.

— Laney sabe dessa oferta bastante generosa?

Ash riu.

— Devo ter dito. Está tudo bem por ela.

— Ela pensa que eu apronto demais.

— Você apronta.

— Eu sei. — Abro os braços. — E este é um *playground* e tanto.

Ash deu um tapa nas minhas costas, depois me puxou para um abraço apertado.

— Se cuida, irmão. Vou sentir a sua falta.

— Vejo vocês em dezembro, quando retomarmos os ensaios para a próxima turnê.

Ash concordou com a cabeça, me beijou nos dois lados do rosto e deu um passo para trás.

— Quando vai para Heathrow? — perguntei.

— Daqui uma hora. Selma providenciou um ônibus para nos levar ao aeroporto.

Todos os dançarinos e membros da banda foram contratados em Chicago, e com exceção de mim e de Sarah, voltariam juntos para casa.

— Acha que Yveta ficará bem?

Não sabia se estava perguntando de sua próxima cirurgia, ou... de todo o resto.

Ele franziu a testa, pensando na pergunta.

— Sinceramente? Não sei. Trabalhando em *Slave*, ela tinha um propósito, um motivo para se levantar pela manhã, sabe? Gary vai ficar de olho nela, mas no futuro? Sim, não, talvez.

Ele ergueu as mãos, impotente.

— Despeça-se deles por mim?

— Não quer se despedir?

— Não, odeio despedidas.

Vou sentir saudade deles, mas me despedi na noite passada. Isso bastava.

— Então, o que é isso? — Ele sorriu, apontando para si mesmo.

Dei risada e me levantei.

— Preciso terminar de arrumar as minhas coisas. Acho que te vejo daqui a sete meses.

— Ou antes — Ash me lembrou. — Mande notícias.

Ele saiu do bar na cobertura do hotel e eu olhei para as mesas vazias, um lugar que foi como um lar nas últimas duas semanas.

Peguei o elevador até o sétimo andar, cansado demais para descer correndo as escadas como sempre fazia.

Eu tinha guardado metade das roupas, mas estava esperando a lavanderia do hotel voltar com o restante. Então eu estaria longe daqui.

Nos últimos seis meses, nós viajamos pela metade da Europa com o espetáculo de dança de Ash, *Slave*. Deveríamos ter uma l-o-n-g-a pausa antes de fazermos uma miniturnê nos Estados Unidos no ano que vem, e Ash queria começar os ensaios em dezembro. Mas, até então, eu passaria os próximos três meses em Londres. Descansar, fazer algumas aulas de dança para não perder a forma e, no geral, desfrutar de um estilo de vida depravado ao beber, dançar e foder como se isso estivesse prestes a se tornar proibido.

Pelo menos tinha o apartamento de Sarah enquanto ela estava fora, o que economizaria muito dinheiro com aluguel. Além disso, ficou cansativo morar em hotéis com duas malas.

Minha roupa chegou, lavada e passada, e terminei de arrumá-las.

Estava adiando mandar uma mensagem para Sarah, entretanto, meu telefone vibrou com uma mensagem recebida.

> Por que me deixou beber tanto? Rsrs Estou com uma dor de cabeça filha da puta. Espero que esteja bem. Indo para o aeroporto. Esse é o meu endereço. As chaves estão debaixo do vaso.
> Bjs
> Sarah

Ela já estava indo embora. Meu estômago revirou. Ela se arrependeu do que fizemos ontem à noite. Droga! Não quero perder uma amiga.

O sexo foi bom e acordei desapontado por ela não ter ficado por alguns segundos, e agora ela estaria na Austrália. Tínhamos ficado próximos quando estávamos em turnê e eu sentiria falta de seu senso de humor

LUKA

sarcástico. Inferno, sentiria falta de ela enchendo o meu saco. Mas, talvez, um pouco de distância um do outro seria bom depois da noite passada. Suspeitei que fosse um engano — agora parecia que ela estava pensando o mesmo e me evitando.

Uma pontada de arrependimento veio seguida de alívio por não haver o constrangimento na manhã seguinte. Torcia para que ficasse tudo bem com Sarah porque éramos amigos antes, mas nunca se sabe quando o sexo vai estragar as coisas.

Chamei um táxi e levei as malas para o saguão.

Não tinha ido à casa de Sarah durante as duas semanas que nos apresentamos em Londres. Sabia que ela morava em alguma parte de Camden, a região boêmia e badalada da cidade, igual a Greenwich Village em Nova York, mas era todo o meu conhecimento.

Depois de dez minutos andando no táxi, ele me deixou no meio de um quarteirão de uma longa fileira de casas germinadas de tijolinhos com minúsculas áreas na frente, um pequeno espaço com a grama aparada e canteiros de flores em miniatura.

Vi um vaso azul com uma plantinha perto da porta da frente e soube que estava no lugar certo. Eu o levantei com cuidado e encontrei as chaves prometidas, abrindo a porta para um corredor, cerca de um metro em cada direção.

Arrastando as malas, entrei em uma sala conjugada à cozinha. Era pequena, mas cheia de luz do sol de ambos os lados.

A mobília era uma mistura de coisas modernas e antigas, dando um toque confortável e caseiro. A cozinha era nova e pouco usada, com uma bancada e dois banquinhos, e da janela dava para ver uma pequena varanda com mínimo espaço gramado.

E, na bancada, tinha um bilhete sob um cesto de frutas vazio.

> Luka,
>
> Obrigada pela noite passada. Meio que foi esquisito. rsrs
>
> Mas não se preocupe. Preciso ir pegar o meu voo, então te vejo daqui três meses!! Minha amiga Becky está dando uma festa hoje à noite. Você deveria ir, as festas dela são sempre incríveis. Bishops Avenue, 1876. Beba uma por mim!
>
> Amo vc!
>
> Sarah
>
> Bjs

Ela sempre me fez sorrir.

Três meses era bastante tempo para superar uma trepada em meio à bebedeira.

Mandei uma mensagem para desejar boa viagem. Ela não respondeu, provavelmente já estava no avião rumo ao sul.

Havia só mais uma porta que dava para a sala.

Eu a abri e fui imediatamente envolvido pelo perfume doce de Sarah. Por um bom momento, fiquei ali respirando profundamente.

Uma cama *king size*, com edredom roxo e travesseiros rosa predominava no quarto. Estremeci com o contraste das cores, mas isso me fez sorrir, também. Era a cara da Sarah. Parecia tão confortável que fiquei tentado a me deitar e dormir até curar da ressaca.

Enterrei o rosto nos travesseiros, sentindo o cheiro cítrico do xampu que ela usava. Isso me lembrou de todas as vezes que dançamos juntos, as longas viagens de ônibus na turnê onde nos sentamos, conversando ou discutindo sobre filmes e seu péssimo gosto pelo *glam rock* dos anos 80. Pensei de novo na noite passada, torcendo para que isso não mudasse as coisas. Então rolei e olhei para o teto, ouvindo o som de carros passando lá fora, ao mesmo tempo em que uma onda de solidão tomava conta de mim. Já sentia falta de Ash e Laney, sentia falta da minha família da dança. Até de Sarah eu sentia falta, embora agora esse pensamento viesse junto com uma dose de culpa.

Virei a cabeça para olhar no pequeno guarda-roupa. Uma porta parcialmente aberta mostrou que Sarah havia deixado um espaço para eu poder guardar as minhas roupas. Deveria desfazer as malas.

Sentei-me e saí da cama, dando uma conferida no minúsculo banheiro do quarto: sem banheira, apenas um chuveiro, pia e vaso sanitário. Tudo tão pequeno que parecia pertencer a uma casa de boneca. Mas era limpo e bastante arrumado.

Voltei para a cozinha e descobri que Sarah havia deixado meio litro de leite, uma lata de café e um pequeno pedaço de queijo na geladeira. Eu precisava mesmo comprar algumas coisas no mercado.

Mas, primeiro, ia me livrar daquelas malditas malas — seis meses era tempo suficiente para vê-las ficando cada vez mais surradas.

Encontrei uma gaveta que Sarah deixou vazia, tentando ignorar a tentação de olhar as calcinhas que ela não levou: deve ter levado as melhores com ela, de qualquer modo. Minha virilha endureceu ao pensar nisso, mas ignorei e terminei de desfazer as malas, depois eu as guardei em cima do guarda-roupa.

Decidi tirar um cochilo e pensar em como eu passaria a primeira noite em Londres como um homem solteiro e sem responsabilidades.

LUKA

O ângulo da luz tinha mudado quando acordei, com preguiça e desorientado. As cortinas eram finas e imaginei que estivesse anoitecendo. Não pretendia dormir tanto tempo. Meu estômago roncou de fome, mas senti os ombros cederem ao lembrar daquele pedaço de queijo velho.

Arrastei-me da cama, tentando alongar os músculos, depois andei pela cozinha à procura de cardápios para pedir algo para comer.

Achei na terceira gaveta, com comida chinesa, indiana, pizza e o que parecia ser uma padaria daqui perto — um monte de porcaria saudável.

Pizza. Estava com vontade de comer pizza e pedi uma grande de pepperoni com abacaxi. Não me julgue.

Cai na frente da TV e passei por uma dúzia de canais antes de voltar ao início. Ótimo. Sarah não tinha TV a cabo. Nada de filmes pornôs tarde da noite, a menos que eu acessasse algum streaming pelo wi-fi dela. Mas dei olhada no meu telefone, xingando não muito baixo. Nada de wi-fi, também.

Sabia que Sarah não tinha o apartamento há muito tempo antes de sairmos em turnê. Acho que ela nunca se preocupou. Previ muitos cafés da Starbucks no meu futuro, navegando em sua internet grátis.

A pizza chegou e me conformei com um filme antigo de ficção científica. Mas, às dez horas, eu estava me sentindo muito desperto e inquieto. Eu tinha 27 anos, pelo amor de Deus, e estava sentado sozinho em uma noite de sábado em Londres. Lamentável.

Voltei a olhar para o bilhete que Sarah deixou: *as festas dela são sempre incríveis*. É, serviria. Se eu não gostasse, voltaria à boate no Soho e daria uma conferida na pista de dança principal.

Tomei banho rápido, batendo os cotovelos duas vezes e reclamei por causa do pequeno espaço.

Eu me sequei e vesti uma calça jeans velha e uma camiseta azul-escura que Gary disse que destacava meus olhos. Não estava necessariamente em busca de sexo, mas não diria não, caso a oportunidade surgisse.

O taxista ergueu uma sobrancelha quando passei o endereço, mas foi só quando estávamos cruzando uma longa avenida arborizada que comecei a entender o porquê. Não eram casas comuns de Londres — eram mansões. A maioria eram monstruosidades gigantes do caralho.

— Não tem o apelido de Rua dos Milionários à toa, companheiro — disse o motorista, enquanto me observava boquiaberto pelo espelho retrovisor. — Você tem amigos aqui?

— Só uma festa que me disseram.

— Filho da mãe sortudo.

Paguei o taxista e caminhei pela entrada de cascalho, ouvindo música batendo forte pelas janelas.

A porta da frente estava aberta, com pessoas na varanda, fumando e bebendo.

— Oi, estou procurando a Becky.

Duas das garotas se viraram para olhar para mim e uma delas acenou com a mão de forma vaga, calculei que isso significava que Becky estava lá dentro. Não que ajudasse, pois eu não tinha ideia de como ela era.

Mas tive a impressão de que isso não importava. O lugar estava lotado, as pessoas dançando em uma sala enorme, outras mais se espalhando para o quintal, ao redor de uma grande piscina. Peguei uma taça de champanhe no bar e fui para a piscina.

O clima estava mais frio lá fora, e eu observei, confuso, quando uma garota linda de saia justa de couro se aproximou de mim, bebeu meu champanhe, piscou e mergulhou na piscina toda vestida e com os sapatos com saltos de treze centímetros.

Um rugido de aprovação explodiu quando ela tirou a blusa e a jogou em mim, sorrindo.

— Estou indo, mulher! — gritou o homem parado ao meu lado, parecendo achar que o corpete de couro tinha sido apontado para ele.

Ele conseguiu tirar a camisa e um sapato antes de perder o equilíbrio e cair. As pessoas bateram palmas e várias outras pularam também.

Peguei mais uma taça de champanhe, bebi em um gole só e decidi que era uma noite agradável para um mergulho.

Tirei a camisa e senti uma mão quente com unhas afiadas nas costas.

Uma mulher de cabelo loiro mel estava acariciando meu ombro.

— Eu não te conheço — disse ela.

— Você é a Becky?

Ela me olhou com interesse.

— Não, mas eu poderia ser.

Parecia que ia ser uma noite muito louca.

Nunca encontrei a Becky.

CAPÍTULO TRÊS

Acordei confuso. A luz do sol inundava através das enormes janelas em frente à cama em que eu estava deitado. Bem lá embaixo, o Tâmisa brilhava sob a luz do sol da manhã, uma fita prateada serpenteando por toda a cidade.

Minha cabeça latejava e eu massageei as têmporas, sentando-me devagar.

Senti os lençóis macios quando os esfreguei entre os dedos — algodão egípcio — com um número considerável de fios. Mas este não era um hotel, ou o apartamento de Sarah, e não era a casa onde comecei a noite.

Então me lembrei da pessoa com quem fiquei ontem. Atraente. Acho. Apertei os olhos, queria poder me lembrar de mais. Tive uma vaga imagem do cabelo castanho-claro e do sexo gostoso.

Fiquei surpreso por não ter sido acordado já com um táxi esperando por mim. Não gostava de passar a noite com uma trepada aleatória e geralmente ia embora antes de amanhecer, mas duas noites seguidas na farra, no final de uma longa turnê, cobraram um preço alto.

Procurei minhas roupas pelo quarto, mas não as achei.

Sranje! Merda! Onde foi parar o meu telefone e a minha carteira, cacete?

Mas então o som de rádio vindo de algum lugar do apartamento me tranquilizou. Eu ouvi os sons distintos de Coltrane — alguém gostava de jazz.

A primeira porta que arrisquei abrir revelou ser um enorme closet cheio de roupas de marca, mas a segunda levava a um banheiro do tamanho do apartamento de Sarah. Precisava muito mijar, mas foi amor à primeira vista quando vi o enorme chuveiro.

Eu me sentia muito melhor enfrentando o constrangimento da manhã seguinte se tomasse banho. Agora, minha pele cheirava a sexo, suor e cloro.

Levei um minuto para descobrir a complicada sequência de torneiras, mas entrar nos jatos de água quente que massageavam meu corpo parecia um pequeno pedaço do paraíso. Deus, eu definitivamente sairia de novo com essa pessoa, só por causa do chuveiro. E quem quer que fosse, tinha gosto caro com sabonetes líquidos: *Roger et Gallet*.

Eu teria ficado naquele chuveiro a manhã toda, a água quente nunca acabava. Mas minha barriga estava exigindo comida. Saí com relutância e enrolei-me em uma enorme toalha de banho que quase chegou nos tornozelos.

Tinha esperanças de que minhas roupas pudessem ter sido colocadas no quarto enquanto estava no banho, mas não tive essa sorte.

Quando entrei em uma sala do tamanho de uma catedral, encarei o lugar parecendo um caipira. O lugar era enorme, com teto duplo e uma parede inteiramente de vidro. Alguém muito rico era o dono deste lugar. Era reconfortante saber que eu tinha bom gosto mesmo quando estava bêbado.

Ouvi o som de uma voz atrás de outra porta, então eu a segui, ainda esperando tropeçar em minhas roupas ao mesmo tempo.

— Oi, lindo. Como você está nessa manhã? Peço desculpas por não ter vindo ver você ontem à noite, Michael. Eu sei, eu sei... A primeira noite em casa e deixo você sozinho. Estou muito arrependido, mas vou te compensar. Juro. Podemos fazer algo esta noite. Que tal assistir um filme... você, eu e um pote de pipoca? Talvez algumas tiras de cenoura?

Aquilo era uma porcaria, ouvir a pessoa com quem saí ontem pedindo desculpas a alguém. Imaginei que o telefonema fosse para o namorado. Iria embora na hora, se pudesse encontrar minhas malditas roupas.

De repente, uma porta se abriu e um cara saiu. Ele estava vestido com uma calça de moletom folgada e uma camiseta larga. Eu estava certo: o cabelo era castanho claro, mas não me lembrava dos óculos.

Sorri quando o vi me dando uma boa olhada comigo ali parado de toalha. Ele lambeu os lábios, então tocou a nuca, parecendo envergonhado. O movimento deslocou o decote da camiseta e vi um chupão em sua pele ligeiramente bronzeada.

É, cara. Explique isso ao seu namorado.

Seu rosto ficou vermelho com ele ainda olhando para mim.

— Oi — disse baixinho.

— Se me disser onde estão minhas roupas, vou embora — respondi, frio.

O rubor aumentou e seu olhar abaixou para o chão conforme seus pés se remexiam.

— É claro. Foi mal.

Ele apontou para uma pilha de roupas bem dobradas, e fiz uma senhora cena ao deixar cair a toalha no chão e vestir meu jeans e camiseta.

LUKA

— Você tem um corpo incrível — disse, baixinho, com a voz admirada.

— Obrigado.

Procurei pela minha carteira e chaves.

— Você não precisa ir — comentou, depressa. — Fiz o café da manhã.

Eu me virei para olhar nele e ergui uma sobrancelha.

— Café da manhã?

— Sim, mas não sabia do que você gostava — explicou com um sorriso tímido. — Então fiz uma salada de frutas, mas também tenho *croissants* fresquinhos. Ou eu poderia fritar ovos com bacon?

Percebi o tom de pergunta em sua voz e contraí os lábios. Ele queria cozinhar para mim?

Fiz que não com a cabeça e observei seus ombros cederem, decepcionados.

— Não, tenho que ir. E eu não gostaria de encontrar com o seu namorado. — O rápido lampejo de ciúme me surpreendeu.

— Eu... como? Que namorado?

— Ouvi você falando com ele — respondi, calçando os sapatos. — Michael.

Ele riu, os olhos enrugando com a risada.

— Michael não é meu namorado — disse, com um sorriso enorme.

— Tanto faz — murmurei, pegando minha jaqueta, ficando mais irritado.

Talvez, o fato de eu estar um pouco de ressaca não ajudou meu temperamento explosivo.

— Por favor, espere — pediu ele, seus longos dedos envolvendo meu pulso.

Olhei para sua mão e ele me soltou rapidamente, dando um passo para trás.

— Michael não é meu namorado — disse, com firmeza. — Deixe-me te mostrar. Ele está bem aqui.

Ele acenou para que eu o seguisse e me perguntei o que diabos estava acontecendo. Isso era algum tipo estranho de ménage? Eu não era avesso a sexo a três, mas não ia rolar quando estava cansado e com a cabeça latejando sem parar.

O cara abriu a porta. Dentro havia um cercadinho de criança. Ele apontou para um monte de pelos brancos no meio.

Eu pisquei.

— Michael é um coelho? — Minha voz soou fraca, convencido de que estava tendo uma alucinação.

— Sim, ele não é lindo?

Carinhosamente, ele se abaixou para acariciar a bola de pelo. As orelhas compridas do coelho se contraíram e ele esfregou a cabeça na mão do homem.

— Você deu o nome de "Michael" para o seu coelho?

O cara se virou, dando um sorriso surpreendentemente lindo por cima do ombro.

— Eu sei, eu sei. Dei o nome de um ex-namorado, mas ele é muito mais bonito. Você não acha?

— Não entendo nada de coelhos. Exceto que têm o gosto bom em uma panela.

Ele ficou horrorizado, tapando as orelhas do coelho com as mãos.

— Não escute ele, Michael! Jamais faria isso com você. — Olhou-me com cara feia. — Agora você o deixou aborrecido.

Balancei a cabeça, um sorriso relutante foi se abrindo devagar no meu rosto.

— Oh, você está sorrindo! Graças a Deus! Achei que teria um momento "Atração Fatal" e teria que defender a honra de Michael. E, francamente, tenho a impressão de que você seria capaz de esmagar minha traqueia com a mão.

Eu ri e abaixei-me para passar a mão em Michael. Seu pelo era tão macio. Olhei para cima e vi o cara dando uma conferida na minha bunda.

Tímido, ele deu de ombros quando me levantei.

— Desculpe — Deu um sorriso torto. — Você tem uma bunda maravilhosa. A propósito, meu nome é Seth.

Ele estendeu a mão e demos um aperto curto.

— Luka!

— Eu me lembro.

Eu não.

Olhamos um para o outro por um momento, antes de ele desviar o olhar.

— Bem, Luka, posso tentá-lo com um café da manhã?

Hesitei, então decidi que não parecia estranho.

— Sim, seria ótimo. Muito obrigado.

Seth me levou para outra grande sala, esta forrada com eletrodomésticos de aço inoxidável que pareciam pertencer a um restaurante com estrela Michelin.

— Eu sei — comentou, vendo a direção do meu olhar. — Totalmente exagerado. Quase nunca uso. É bom ter uma desculpa para usá-la, no entanto.

Ele acenou com a mão para um monte de comida que teria alimentado seis adultos esfomeados.

LUKA

— Você está esperando amigos? — perguntei.

Ele ficou vermelho.

— Não, apenas você. Fiz muito?

— Posso levar um pouco comigo?

Seu semblante mostrou-se decepcionado.

— Claro, vou embrulhar para você. Leve o que quiser.

Toquei seu ombro devagar.

— Eu quis dizer depois de tomarmos o café da manhã. Posso levar um pouco?

— Ah — comentou, feliz. — É claro!

Ele puxou um banquinho do balcão para mim, e eu me sentei, quase babando com a refeição sensacional.

Seth se movia pela cozinha fazendo o café enquanto eu enchia o meu prato com frutas e doces. Depois, respirei o aroma de seu café Colombiano.

Senti minha bunda um pouco sensível quando me mexi no banco duro. Devo ter deixado ele me penetrar, o que era incomum para mim, especialmente com alguém que não conhecia.

Ele tinha acabado de tomar um gole de café quando falei.

— Então, acho que fodemos noite passada?

Ele se engasgou, cuspindo no balcão, limpando a sujeira rapidamente com um guardanapo de papel.

— Você... você não se lembra?

— Não muito — admiti. — Mas presumo que fizemos sexo. Minha bunda, com certeza, acha isso.

Seu rosto inteiro ficou vermelho de vergonha. Do jeito que estava agindo, eu me perguntei se eu tinha sido o primeiro gay com quem transou sem compromisso. Mas acho que não, ele mencionou um ex-namorado. Talvez fosse apenas tímido.

— Foi... Você foi... Uh, foi bom — gaguejou ele.

— Só bom?

— Na verdade, foi incrível pra caralho. — Ele sorriu. — Pelo menos foi o que eu achei. E, como não se lembra, suponho que terá que acreditar na minha palavra.

E riu.

— Sim, acho que sim — eu disse, inclinando-me em sua direção e descansando a mão em sua coxa. — Ou pode me mostrar o que perdi.

Seus olhos se dilataram e vi luxúria e desejo em seu rosto.

— Deus, adoraria dizer sim — murmurou ele, esfregando a mão na minha, lambendo os lábios de novo ao mesmo tempo em que seu olhar desceu para o meu pau endurecido.

— Então diga sim — sugeri, tomando sua boca em um beijo violento.

Ele não era o tipo de cara que eu normalmente procurava. Ele era alto, do tipo magro, e mais nerd do que descolado. Mas era gentil e engraçado. E fez o café da manhã para mim.

Sua boca tinha gosto de café e, quando o puxei para mais perto, senti o cheiro de perfume caro. Ele fez a barba e senti apenas um leve arranhão sob os dedos, de onde deixou uma parte.

Minhas mãos viajaram por seu corpo, apreciando as partes e ângulos firmes, tão diferentes de estar com uma mulher. Flashes da noite passada voltaram para mim.

De repente, Seth se afastou, seus lábios inchados e o cabelo, bem penteado, agora despenteado pelas minhas mãos.

— Provavelmente vou me arrepender disso pelo resto da vida — sussurrou. — Mas preciso estar em outro lugar e não posso cancelar.

Decepcionado, endireitei-me e dei de ombros.

— Não tem problemas.

Ele suspirou, frustrado.

— Eu realmente quero ficar — disse. — Mas prometi à minha mãe que iria à igreja com ela.

Eu o encarei.

— É algo que fazemos quando estou em Londres. Olha, posso te ver esta noite, Luka? Pagar um jantar para você? Por favor?

— Tipo... um encontro?

Ele sorriu.

— Sim, vamos ter um encontro. Jantar, beber, dançar, o que quiser.

— Dançar?

Ele não parecia um dançarino.

— Ah, eu sei fazer alguns movimentos! Minha irmã garantiu que eu aprendesse o básico. — E sorriu de novo.

— Claro, tudo bem. Não tenho mais nada planejado.

Ele me deu um olhar magoado.

— Não foi o que eu quiz dizer.

— Tudo bem. Então... me passa o seu número de telefone?

Trocamos os números e combinamos de nos encontrar no Ivy às 20h. Ou o cara tinha muita grana ou estava tentando mesmo me impressionar. Talvez, os dois. Sabia que era preciso reservar mesa com semanas de antecedência e gastar cem libras por pessoa, fora o vinho. Meus olhos percorreram o apartamento de Seth: ele podia pagar.

— Eles têm coelho no menu? — perguntei, todo inocente.

Seth fechou a cara.

— Se tiverem, é melhor que não peça!

LUKA

Pisquei para ele e um sorriso relutante apareceu.

Depois que terminamos o café da manhã, Seth chamou um táxi para mim.

Ele colocou lentes de contato, o que explicava eu não ter conseguido me lembrar dele usando óculos, embora achasse um pouco sexy.

E estava me lembrando de mais coisas da noite passada. Tive a impressão de estar dançando com um grupo de pessoas e de vê-lo me observando em um canto. Mas não conseguia me lembrar de como passei dessa situação para ir com ele até sua casa. Não importava, mas esperava que me contasse mais tarde.

Por um instante, fiquei pensando no que teria acontecido com a mulher que pulou na piscina. Senti cheiro de cloro em mim.

Seth vestiu terno e gravata antes de sairmos. Isso o fez parecer ter os ombros mais largos, mas ainda era magro. Não exatamente um cavalo de raça, mas ainda assim, um belo espécime.

Conforme estávamos no lobby de seu prédio, tive a impressão de que ele queria me beijar de novo, pelo jeito que olhava para meus lábios. Sorri para ele, depois passei a língua pelos dentes e vi seu rosto ficar vermelho.

— Você é tão mau — murmurou. — Vou levar a minha mãe à igreja e estou com todos esses pensamentos nada religiosos na cabeça.

Meu táxi chegou, interrompendo tudo o que eu poderia ter dito. Ou feito. Provavelmente foi melhor assim.

— Até logo — eu disse, entrando no táxi.

Ele segurou a porta, impedindo-me de fechá-la.

— Será? Vou te ver mais tarde?

Afirmei com a cabeça.

— Estarei lá.

Ele sorriu e bateu à porta.

— Para onde vamos, parceiro? — perguntou o motorista.

Dei a ele o endereço de Sarah e recostei-me no banco, fechando os olhos.

Eu dormiria algumas horas, depois seria bom fazer compras no mercado.

Meu telefone tocou, acordando-me de um sono profundo.

— Zdravo?

Houve uma pausa.

— Luka?

— Sim, quem está falando? — perguntei, voltando ao inglês agora que estava mais acordado.

— É o Seth.

Seth — o cara da noite passada. Ele tinha olhos bonitos.

— Ah, oi. Como está?

— Eu te acordei?

— Sim, deitei-me um pouco. Que horas são?

— Quase cinco.

Sranje!

— Suponho que isso é ruim — disse ele, humor alegrando a sua voz.

— Desculpa. Tinha um monte de coisas que queria fazer.

Teve um longo silêncio.

— Oh, bem, tudo bem. Outra hora, então.

Sorri com a decepção que ouvi em seu tom.

— Não estou cancelando nada, só disse que deveria fazer compras, checar meus e-mails, fazer outras coisas. Não durmo o dia todo. Continua de pé para hoje à noite.

Olhei para o meu pau, e chutei os lençóis. Estava definitivamente de pé. E ansioso para o nosso encontro.

Um pensamento me ocorreu em meio ao meu cérebro com sono pesado.

— Seth, por que está me ligando?

— Ah, é mesmo. Hum, achei que deveria dizer que o Ivy tem um código de vestimenta. Para o caso de você não saber.

— Que é?

— Esporte Fino. Hum, nada de shorts. E se usar uma camisa de mangas curtas, precisará de um blazer. Mas posso levar um, se você não tiver. Ou você pode usar uma camisa de manga comprida. Nem precisa usar gravata.

O balbuciar dele era fofo. Irritante, mas fofo.

— Huh, ia de jeans rasgado, chinelo e regata.

Ouço sua respiração ofegar.

— Está brincando comigo, não é?

Ele estava rindo, mas ouvi um tremor de incerteza.

— Vejo você às oito.

— Ah, tudo bem. Às oito. Tchau, Luka.

— Tchau.

Olhei para o banheiro de Sarah. Ontem, parecia pequeno, mas agora

LUKA

35

parecia quase claustrofóbico... em comparação ao de Seth.

Nossa, eu era um cretino ingrato. O chuveiro de Sarah era de graça e me despertou.

Precisava de roupas.

Quando vesti um jeans e camiseta limpa, fui ao supermercado no final da rua, um daqueles lugares que é maior do que uma loja de conveniência, mas menor do que um shopping nos limites da cidade.

O apartamento de Sarah ficava perto de uma rua movimentada próxima ao metrô de Camden Town. Era muito mais boêmio do que o de onde Seth morava, um caldeirão de vozes e sotaques, cores de pele e estilos. Antes de andar seis metros, ouvi uma dúzia de idiomas diferentes e poderia ter comprado qualquer coisa, desde o último telefone celular até roupas *tie dye* — tingidas — vindas diretamente da década de 1970, e eu tinha certeza de que um cara, do lado de fora de um restaurante de churrasquinho, estava vendendo maconha.

Mas o clima era descontraído e amigável, e eu conseguia ver a razão pela qual Sarah queria morar aqui.

Quando voltei para o apartamento, com quatro sacolas lotadas de mantimentos, já eram sete da noite. Corri para guardar tudo, depois separei jeans novos e uma camisa de manga longa. Era o melhor que eu conseguiria fazer.

Estava ansioso para ver Seth. Ele definitivamente não era meu tipo, normalmente, mas me fez rir.

Eu estava atrasado. Xingando baixinho, corri até o metrô, irritado porque o ar abafado de um dia excepcionalmente quente de fim da primavera me deixaria todo suado. Por outro lado, um metrô subterrâneo lotado tinha o mesmo efeito.

Depois de ir para Leicester Square e subir a Charing Cross Road, estava ainda mais atrasado e pude sentir o suor escorrendo nas costas. Odiava perder hora e isso me deixava mal-humorado.

Não deveria ter importado, era só um encontro, mas me foi ensinado desde os sete anos de idade que um profissional aparecia na hora marcada, executava o seu trabalho, não reclamava e dançava com o coração. Chegar atrasado era inadmissível.

Sendo assim, eu não estava no melhor estado de espírito para algo tão sofisticado quando cheguei ao Ivy.

Seth estava sentado no bar, olhando seu relógio de pulso, uma taça de vinho intocada na frente dele. O sorriso enorme que deu quando me viu quase valeu a pena a irritação de atravessar Londres no verão.

— Achei que ia levar o bolo — disse, levantando-se e enfiando as mãos nos bolsos.

Tive a impressão de que ele ia me abraçar, mas mudou de ideia porque estávamos em público.

Inclinei-me e dei um beijo em seu rosto, achando graça ao ver o rubor imediato.

— Pensou que eu não iria aparecer? — perguntei, sentando-me no banquinho ao lado dele.

— Sei que devo agir com indiferença — disse, com a testa franzida. — Mas não sou assim. E eu não gosto de pessoas que curtem joguinhos, sabe?

Inclinei a cabeça de lado, analisando-o. Sua expressão era séria, e meu palpite era de que alguém o fez sofrer no passado.

— Se eu gosto de alguém — continuou —, conto e mostro o que eu sinto. — Ele pausou. — Não é como se eu fosse um perseguidor assustador ou algo assim.

— Bom saber — eu disse, impassível.

Ele mordeu o lábio por um momento, então acenou para o bar.

— O que você quer beber?

— É sério?

— Bem, sim — respondeu, incerto.

— Podemos ir a algum lugar mais à vontade?

Olhei em volta para as outras pessoas comendo ali. Éramos os únicos com menos de 30 anos.

— Formal demais? — Ele pareceu desapontado.

Eu me inclinei para mais perto.

— Olha, agradeço essa coisa toda de tentar me impressionar, e às vezes, eu adoro esse tipo de lugar...

— ... mas não esta noite?

Concordei com a cabeça.

Ele deu um sorrisinho.

— Tem razão. Estou tentando impressionar você. Está funcionando?

Ele era fofo. Já havíamos transado, mas estava agindo como se não tivéssemos nos beijado ainda. Eu não tinha certeza de como lidar, mas sabia que gostava dele. Talvez Seth pudesse ser uma forma divertida de passar o verão.

— Posso te dar uma dica? — perguntei, pegando sua taça de vinho e tomando um longo gole.

— Creio que sim.

Inclinei-me e sussurrei em seu ouvido.

— Você não precisa se esforçar tanto.

Quando me afastei, seus olhos estavam fechados. E, então, eles se abriram e suas íris azul-acinzentadas foram eclipsadas pela luxúria.

Ele piscou algumas vezes, depois se levantou e colocou uma nota de

LUKA

37

dez libras sob a taça de vinho.

— Conheço um pequeno restaurante italiano na esquina. São bancos corridos e mesas de fórmica, mas a comida é ótima. O que acha?

— Perfeito. Estou morrendo de fome! Não comi desde o café da manhã.

— Sério? Por que não?

Dei de ombros.

— Eu meio que dormi o dia todo. Estou na casa de uma amiga e não tinha comida no apartamento. Precisava fazer compras antes de comer. Mas depois teve esse cara que me ligou para me lembrar que íamos jantar juntos.

Ele me deu o seu sorriso rápido.

— Um cara ligou para você? Era gostoso? Pode ser sua noite de sorte.

— Já é.

Caminhamos pela Charing Cross Road conversando sobre coisas típicas do primeiro encontro: música que gostávamos, de onde eu era. Ele até já esteve na Eslovênia, contando-me de uma despedida de solteiro que ele foi em Ljubljana, embora a chamasse de "noite de cavalheiros".

— Adorei a cidade, mas foi um fim de semana horrível. Todos os amigos de Harry eram heterossexuais. Eles sabiam que eu não era, mas ficou óbvio que estavam desconfortáveis. Nossa, as *strippers* foram o pior! Mocreias velhas e feias com bocetas depiladas parecendo bonecas Barbie malfeitas, um horror!

Sorri ao pensar na cena.

— Não iria me incomodar.

— Bem, nem a mim, mas não é exatamente a minha onda, também.

— Você... surfa? — perguntei, intrigado.

Seth riu.

— Desculpa! Isso é muito britânico. Mas seu inglês é tão bom... significa que não é do que eu gosto.

— Ah, tudo bem. Gosto de *strippers*, se forem boas; mulheres ou homens. Faço sexo com os dois.

— Já transou com *strippers*?

— Sim, mas...

— É mesmo?

— Claro. — E me virei para observar seu rosto. — Com os dois: homens e mulheres.

Suas sobrancelhas subiram e ficou boquiaberto.

— Você... Eu... Sério?

— Isso é um problema? Você disse que não gostava de manipulações.

— Você é mesmo bissexual?

— Sim, sou mesmo bi.

— Você faz sexo com mulheres? — perguntou, sua boca retorcida com desgosto.

— Sim.

— Com frequência?

— Jesus Cristo. Sim, sempre. E com homens, também.

— Quando foi a última vez que você... com uma mulher?

— Na noite antes de conhecê-lo.

— Uau. — Seth balançou a cabeça devagar. — Não sei o que dizer.

Meus ombros ficaram tensos.

Você ficaria surpreso com quão intolerantes os gays podem ser — realmente preconceituosos. Eles não gostam de lésbicas e odeiam bissexuais. Como eu. Alguns deles ficam totalmente enojados com a ideia de boceta. Que porra tem de tão assustador? Todos eles saíram de uma vagina. Exceto meu amigo Erik, que sempre jura que nasceu de cesariana e nunca esteve perto de uma boceta na vida.

Eles pensam que ainda não "saí do armário", tipo, que estou negando o que sou. Não é bem assim. Conheço alguém e a conexão existe ou não. Não importa se são homens ou mulheres, gays ou heterossexuais. É a conexão.

Meu amigo Ash é um dos caras mais gostosos que já conheci, mas ele é hetero, e eu respeito isso. Mas ainda há uma conexão — uma que nunca será sexual. Estou bem com isso.

Mulheres heterossexuais acham que ser bissexual é só uma tara, e quando eu encontrar a mulher certa — ou seja, elas — então vou cair em algum tipo de adoração de bocetas. Desculpe, mulheres, não é assim que funciona.

Nunca conheci ninguém com quem gostaria de passar o resto da minha vida. Não consigo ver isso acontecendo.

E a outra coisa é: uma mulher diz que por ela está tudo bem eu ser bissexual, mas se ela me vê dando em cima de um cara, isso se torna um ataque pessoal a ela — à sua feminilidade ou sensualidade.

Então ser bi é complicado. E ainda estou procurando por essa conexão especial, alguém que me aceite como eu sou... pelo que eu sou.

Não conto a quantidade de pessoas com quem dormi, mas provavelmente são cerca de sessenta porcento homens e quarenta porcento mulheres. Minha primeira experiência sexual foi quando eu tinha 14 anos com um garoto na escola que gostava de me chupar. Por quase um ano, pensei que era gay, e isso me assustou muito. Mas a primeira vez que transei foi com uma garota. Fiquei tão feliz por não ser gay e tirei da cabeça os boquetes do vestiário. Nós namoramos por quase um ano antes de ela deixar

LUKA

39

Koper para estudar na universidade em Ljubljana. Naquela época, eu estava começando a descobrir que sentia atração igual por homens e mulheres, mas se passou mais um ano antes de eu fazer sexo com um homem. Dizer que minha adolescência foi confusa seria um enorme eufemismo.

Minha sexualidade é... flexível.

Dançar era a única coisa que me mantinha são, uma forma de canalizar toda aquela frustração e emoção negativa.

Seth estava olhando para mim, confuso com uma expressão de repulsa no rosto.

Decepcionado, eu me virei e comecei a caminhar de volta para a estação de metrô. Encontraria um lugar barato para comer...

— Luka, espere! Por favor — disse ele, correndo atrás de mim. — Desculpa. Só fiquei... surpreso, apenas isso. Nunca saí com ninguém que fosse bissexual.

Cruzei os braços, observando seus olhos rastrearem meu corpo enquanto me esperava falar.

— Não preciso ver, certo?

Soltei o fôlego que estava segurando e ri.

— Não. Eu não sou do voyeurismo.

— Ah, graças a Deus — murmurou.

— Ainda vamos jantar?

— Sim — respondeu com firmeza. — Ainda vamos jantar.

CAPÍTULO QUATRO

O restaurante italiano era exatamente como ele descreveu. Pegamos uma pequena mesa na parte debaixo, descendo uma escada estreita com pouca iluminação, mas a comida era incrível, mesmo que o vinho da casa fosse ruim.

Seth bebeu quase a garrafa toda. Fiquei bêbado nas últimas duas noites e não queria repetir o desempenho. Duas noitadas de sexo estando embriagado que eu mal conseguia lembrar bastavam para qualquer homem.

— Você não estava brincando com o lance de ser bi, por acaso, não é? — perguntou, depois da quarta taça, enquanto eu bebia um café expresso.

— Não.

Ele esfregou as mãos no rosto.

— Então, eu tenho que ter ciúmes de todos?

Eu sorri.

— Só se tiverem mais de 18 anos e menos de 80.

Ele se encolheu.

— Não! Isso inclui minha mãe *e* irmã. Meu Deus! E o padre!

Ele apoiou a cabeça na mesa.

— Sim — comentei, provocando. — Mas estou aqui com você.

— Está? — perguntou bruscamente, olhando para cima. — Por que estou tendo dificuldade em entender por que um cara como você sairia comigo?

— Um cara como eu?

— Nossa! Você tem que saber, Luka! Você é gostoso pra caralho! — disse, mais alto do que o necessário.

A mulher da mesa ao lado deu uma risadinha, embora seu namorado não tenha achado graça.

Seth se inclinou sobre a mesa e pegou a minha mão.

— Você vai comigo na boate que eu vou para eu poder te exibir? Caso contrário, ninguém vai acreditar que eu seria capaz de arrumar alguém igual a você.

Soltei a mão e fechei a cara para ele.

— Não sou a porra de um troféu.

Seus olhos se arregalaram e ele estremeceu.

— Sinto muito, eu sei que não é. Isso foi grosseiro. Não quis dizer isso. Podemos fazer o que você quiser.

Ficamos sentados em silêncio, e considerei me levantar e ir embora. Ele tocou em um ponto fraco, ainda que não soubesse. Quando eu tinha 22 anos, namorei Astrid. Ela era mais velha do que eu e pensei que fosse amor, mas descobri que só gostava de ter um homem mais jovem e bonito ao seu lado. Com certeza, ela não se importou com a porra dos meus sentimentos.

Seth colocou a mão ao lado da minha, não propriamente tocando.

— Me desculpe, por favor.

— Está tudo bem — respondi, firme. — Podemos ir a esta boate.

Ele hesitou.

— Tudo bem, então.

Ele se levantou para pagar a conta, que era menos do que o preço de uma entrada no Ivy, e eu o segui para fora.

Tirei um cigarro do bolso e o acendi. Demorei um pouco para me tocar e ofereci um a Seth, mas ele recusou com a cabeça.

— Não te vi fumar antes.

Não fumava com frequência — geralmente, quando estava estressado; às vezes, depois de transar. Portanto, não respondi.

Estávamos caminhando pelo Soho quando vi o teatro onde *Les Misérables* estava passando. Queria ver aquele espetáculo outra vez.

— Você gosta de ir ao teatro? — perguntou Seth.

— Sim.

— Eu também. Talvez pudéssemos ver alguma peça juntos?

— Talvez.

Ele suspirou e continuamos a caminhar em silêncio até chegarmos à boate.

A entrada era discreta, entre dois loureiros em miniatura em vasos de prata, ao lado de um restaurante nepalês.

Seth cumprimentou o porteiro pelo nome, antes de descer os degraus à frente.

A luz diminuiu e pude ouvir a batida do baixo de uma música, embora não conseguisse distinguir qual era.

— Eles têm uma pista de dança e uma área mais tranquila onde podemos conversar — explicou Seth. — Qual você prefere?

— Qualquer um está bom.

Franzindo a testa um pouco, ele nos levou a uma grande área com o teto baixo e sofás de couro vermelho espalhados ao redor de mesinhas.

Eu me acomodei no assento macio e Seth se sentou ao meu lado, deixando um grande espaço entre nós. Um garçom logo chegou.

— Oi, Ryan! — cumprimentou Seth, forçando um sorriso. — Como você está?

— Estou bem, obrigado, Seth. O que posso trazer para você e seu amigo?

Pedi uma cerveja e Seth pediu um uísque puro malte.

— Nunca perguntei com o que você trabalha? — disse Seth, quando o garçom se afastou. — Ou está aqui de férias?

— Acabei de fechar um contrato, então acho que estou de folga agora. E você?

Seth ergueu as sobrancelhas e sorriu para mim.

— Você nunca adivinharia olhando para mim, mas sou banqueiro.

— É, jamais adivinharia — comentei, impassível, tentando impedir que um sorriso aparecesse.

Seth riu.

— Você ia dizer dublê, não ia?

Neguei com a cabeça.

— Forças especiais?

Mordi o lábio enquanto meus olhos sorriam para ele.

— Tive que desistir de domesticar leões depois de um infeliz incidente. Não quero falar nisso...

— Sabe, você é meio maluco.

— Para um banqueiro?

— Para qualquer coisa.

Seth sorriu, parecendo mais relaxado.

— Você gosta de loucura?

— Talvez — respondi, com cuidado.

Ele ajeitou-se e sorriu.

— Bom. Então, diga-me que tipo de homem acha os banqueiros insuportavelmente atraentes, a ponto de ficar totalmente maluco toda vez que eu digo "Garantia Contratual" ou "Provisão de modificação de empréstimo"?

Ele era um banqueiro rico, e eu, um cara que vivia com duas malas e falava com o corpo. "Porra" e "trepar" eram minhas palavras favoritas em inglês. Mas, de alguma forma, isso não importava.

Fechei os olhos, inclinando a cabeça para trás no sofá, um sorriso curvando meus lábios.

— Sim, amor, repete.

LUKA

Seth riu, e eu senti o sofá afundar perto de mim conforme ele se aproximava.

Quando abri os olhos, seu olhar era intenso.

— Você é lindo pra caralho, Luka.

Pisquei com a mudança repentina de tom, mas o olhar em seus olhos estava me excitando.

— Vamos dançar — eu disse, olhando para ele. — Gosto de dançar.

Ele lambeu os lábios.

— Isso explica o corpo espetacular.

O garçom chegou com nossas bebidas, colocando-as na nossa frente.

— Faz um tempo que não vemos você por aqui. É bom vê-lo de novo.

— Obrigado, Ryan. Estive em Hong Kong nos últimos três meses. Só voltei para o Reino Unido há alguns dias.

— Bem, não suma — disse o garçom, olhou para nós dois e piscou.

Seth pegou sua bebida e brindou com a minha garrafa.

— Saúde!

— *Na zdravje!*

Virei a garrafa, saboreando um longo gole de cerveja gelada.

— Quer dançar agora, mostrar alguns de seus passos? — perguntou Seth, passando os olhos pelo meu corpo.

— Só se você me mostrar os seus.

Seth riu.

— Tudo bem, contanto que prometa não rir de mim.

— Não faço promessas a homens estranhos.

— Eu não sou estranho, apenas... raro.

Dei risada.

— Acho que gosto de raro.

— Estava torcendo para que dissesse isso.

Ele parecia ter superado a coisa toda da bissexualidade, e pegou minha mão, levando-me para outro ambiente com uma pequena pista de dança. Já estava lotado e os casais dançavam, e algumas mulheres, também.

Seth largou a minha mão.

— Você está olhando aquelas garotas?

Eu poderia estar errado a respeito de ele ter superado o assunto.

— Nossa!

Ele me encarou por um segundo antes de olhar para o chão.

— Tá certo, desculpe... De novo.

Balancei a cabeça, pensando em como esse cara gentil e engraçado, que era, obviamente, rico e bem-sucedido, podia ser tão inseguro.

— Vem cá — eu disse, puxando-o até mim pelos passantes do cinto.

Ele cambaleou um pouco, batendo contra o meu peito. Passei as mãos por suas costas, sentindo a pele firme sob os dedos.

— Estou aqui com você. — Respirei em seu ouvido, satisfeito em ver um tremor percorrer seu corpo.

Descansei as mãos em seus quadris e ele envolveu os braços no meu pescoço.

E dançamos.

No início, não era muito mais do que o balançar com a música quando Seth começou a se sentir mais confiante, quase literalmente. Mas depois de alguns minutos, ele estava pegando o jeito. E ele estava certo — sabia alguns movimentos. Fiquei surpreso com o quanto ele dançava bem, considerando o tanto que podia ser desajeitado.

Foi incrível ver esse outro lado dele: confiante, sexy, intenso, e senti curiosidade em saber se ele era assim no trabalho.

Queria me lembrar mais de como ficamos.

Permanecemos na pista de dança até que ficou lotada, e nós dois tínhamos caras tentando apalpar nossos pacotes.

Quando voltamos para os nossos lugares, o garçom voltou, piscando os olhos para Seth.

Eu disse que pagaria a próxima rodada de bebidas, mas Seth apenas sorriu e disse que já cuidou de tudo.

Isso me irritou um pouco. Estava acostumado a pagar minhas coisas, mas decidi que Seth estava só tentando ser gentil. Eu sobreviveria.

Ele virou duas doses rapidamente, ao mesmo tempo em que eu tomava a segunda cerveja. Ele estava quase bêbado, mas isso o deixou autoconfiante.

— Quero beijar esses lábios sensuais — sussurrou.

— Estou bem aqui — desafiei.

Ele se inclinou e me beijou suavemente. Segurei sua nuca com uma das mãos e o mantive no lugar enquanto pressionava a língua em sua boca, provando o uísque.

Seth beijava bem: não era muito melado ou apressado. Senti meu pau endurecer e, não demorou, ele estava me acariciando por cima da minha calça conforme eu esfregava a palma da mão contra sua virilha.

— Vamos sair daqui — sussurrou, no meu pescoço. — Podemos ir para a sua casa? Gostaria de ver onde você mora.

Eu me inclinei para trás e sorri para ele.

— Você está preocupado que Michael fique com ciúmes se eu for para a sua de novo.

— Verdade. Prometi a ele uma noite vendo filmes e comendo pipoca. Ele não gosta de ser abandonado.

— Tem certeza de que não precisa voltar e alimentá-lo ou algo assim?

LUKA

Ele sorriu, contente.

— Não, já fiz isso antes de sair. Ele ficará bem.

— Por que você tem um coelho de estimação?

Ele deu de ombros.

— Trabalho muitas horas, mas odeio voltar para casa e encontrar um apartamento vazio. Adoraria um cachorro, mas não tenho tempo para ter um. Fui ao *pet shop* comprar um gato, mas daí vi Michael e foi amor à primeira vista.

Ergui uma sobrancelha.

— É recíproco?

— Não, ele é um completo sem vergonha. Qualquer homem que chega perto de casa e ele fica todo: "Olhe para o meu lindo nariz, que treme! Olha o meu pelo lindo! Veja só essas orelhas, cara! Sabe o que dizem de orelhas compridas".

Engasguei-me com uma risada.

— Não sabia que deveria conferir as orelhas de um cara, mas as suas são bem sensuais.

Seth virou a cabeça para a esquerda e para a direita.

— Muitos homens concordariam com você.

— Têm muitos homens?

— Talvez. Está com ciúmes?

— Talvez. Eu deveria estar?

— Uma pena, mas não. Não saio muito.

— Por quê?

Ele deu de ombros, o sorriso desaparecendo.

— Longas horas em um ambiente de trabalho competitivo. As mulheres estão sempre falando de igualdade em um mundo dominado por homens como a banca de negócios, mas é ainda pior quando se é gay.

— Então, por que trabalhar com isso?

— Eu gosto do que faço, e paga muito bem. Mais alguns anos e, talvez, eu mexa com algo completamente diferente. Mas agora estou pagando uma hipoteca que vai me custar a alma.

— Com o que gostaria de mexer?

Seus olhos escureceram e um sorriso lento se formou em seu rosto.

— Com você.

— Quero pegar você esta noite.

Ele lambeu os lábios.

— Minha bunda é sua.

— Sim, é minha.

Ele gemeu.

— A que distância fica a sua casa?

— Vinte minutos de metrô. Dez de táxi.

Ele pegou seu celular.

— Vou chamar um táxi.

— Seria mais rápido encontrar um na rua.

— Amo a sua maneira de pensar.

— Acho que você ama o jeito que eu fodo.

Ele riu.

— Você nem se lembra da noite passada!

Ergui as sobrancelhas.

— Estou começando a me lembrar.

— Jura?

— Sim.

Ele engoliu em seco e se inclinou para me beijar outra vez.

— Se fizer isso, ficaremos de pau duro procurando por um táxi.

— Eu diria que você é um provocador — murmurou, contra os meus lábios. — Mas você tem razão.

Saímos da boate, curtindo o ar mais fresco em nossa pele, enriquecido pelo sabor da vida da cidade: perfumes, fumaça de carro, comida apimentada e restaurantes.

Não demorou muito para conseguir um táxi preto, um dos famosos símbolos de Londres. Esses caras são incríveis. Pode passar qualquer rua de qualquer bairro, por mais estranho que seja, eles irão direto até lá, pegando atalhos.

Seth entrou bêbado no táxi enquanto eu dava ao motorista meu endereço e, com um aceno rápido, ele saiu.

Queria beijar Seth de novo, mas ele não era um grande admirador de demonstrações públicas de afeto fora de seus lugares seguros. Acho que sua linha de trabalho o tornou cauteloso. Ou, talvez, tivesse se assumido há pouco tempo.

Passei a curta viagem de táxi passando a mão de seu joelho até a virilha enquanto olhava pela janela, sorrindo ao ouvir seus gemidos reprimidos. Dei uma olhada rápida nele, mas estava de olhos fechados e com a cabeça mole contra o banco.

Quando o táxi parou, peguei minha carteira.

— Oh, uau, isso é estranho. — Seth estava com a expressão confusa. — Conheço alguém que mora ao lado da sua casa.

— Ah, é? — respondi, sem muito interesse, e paguei ao taxista, depois abri a porta, esperando Seth me acompanhar.

Só que ele estava olhando feio para mim, com as mãos na cintura.

— Que merda é essa de você estar com a chave da casa da minha irmã gêmea, quando sei que ela foi para a Austrália ontem?

LUKA

47

Aquilo me deixou confuso.

— Quem, Sarah?

— Sim. Minha irmã Sarah.

Sranje!

De repente, tudo se encaixou. Sabia que Sarah tinha um irmão — ela havia me falado — e sabia que ele morava em Londres. Porra, eu até sabia que ele estava trabalhando em Hong Kong. Mas, até este segundo, nunca associei os fatos. Não perguntei o sobrenome de Seth. Não tinha motivo para isso... Mas agora...

— Luka?

— Sarah é amiga minha.

Ele piscou, confusão e álcool o prendendo no lugar.

— Amigos? Uau.

— Você vai entrar ou ficar do lado de fora?

— Você deve conhecê-la muito bem se ela lhe deu as chaves de sua casa?

Seus olhos se estreitaram, suspeitos.

— Trabalhamos em duas turnês juntos. Nós somos amigos. Como eu disse. — *Que dormiram juntos na noite antes de nos conhecermos.*

— Turnês?

— Sou dançarino. Trabalhamos juntos em *Slave*.

— E é só isso?

Não respondi, eu me virei para entrar. Estava cansado de discutir no degrau da porta. Deixei a porta, mesmo sem ter certeza de que me seguiria.

Mas ele entrou.

Eu o senti me observando conforme pegava duas cervejas da geladeira e oferecia uma a ele.

Ele fez que não com a cabeça, ainda com cara de bravo.

Dei de ombros, coloquei música e afundei no sofá baixo, tomando um longo gole de cerveja.

— Você é ele, não é? — perguntou, apontando um dedo acusador.

— Porra, cara, não faço a mínima ideia do que você está falando, mas está me deixando puto de verdade.

— Sarah sempre disse que tinha um cara no espetáculo de quem ela gostava, mas não me contava o nome porque sabia que eu não ia parar de falar no assunto. Eu não me lembro de você, no entanto. Assisti o espetáculo em Amsterdã e conheci o elenco depois.

Semicerrei os olhos para ele, tentando lembrar.

— Acho que fiquei doente naquela semana, então não saí com o pessoal. Mas você me viu dançar: eu interpretava Volkov, o lobo.

Ele arregalou os olhos.

— Com a peruca e aquelas lentes de contato amarelas bizarras! Caramba, isso mesmo! Eu me lembro! E aquele tango que dançou com outro homem! Aquilo foi... brutal... mas muito sexy. Você me assustou!

Não retribui o sorriso.

— Mais de uma vez.

— Merda, me desculpe, Luka. Mas precisa admitir que é muito esquisito que, em uma cidade do tamanho de Londres, acabamos nos encontrando em uma festa e você está morando no apartamento da minha irmã.

— Não é tão estranho, ela me disse para ir à festa porque era na casa de uma amiga.

— Ah, agora faz sentido! Então, está tomando conta da casa enquanto ela está na Austrália?

— Sim.

Ele remexeu os pés.

— Tudo bem, vai soar muito estúpido o que vou dizer, mas não consigo transar no apartamento da minha irmã, na cama dela.

— Eu não estava oferecendo — retruquei, cruzando os braços.

Ele ficou confuso.

— Estraguei tudo, né?

Ele parecia tão triste que achei melhor pegar mais leve.

— Olha, nós dois estamos cansados. Você acabou de voltar de Hong Kong e estou viajando em turnê há seis meses. Vamos só... deixar isso para lá.

Seth veio e se sentou ao meu lado.

— Não quero ir embora. Gosto muito de você, de verdade, Luka. Há uma conexão... não consegue sentir?

Conseguia, e esse era um problema para mim. Senti repulsa só de pensar que transei com dois irmãos, apesar de não saber nada na época. Agora eu sabia.

— Ela é sua irmã *gêmea?*

De alguma forma, aquilo piorou as coisas ainda mais.

Ele me deu um sorriso triste.

— Tecnicamente, ela é minha irmã mais nova. Nasci meia hora antes dela, portanto...

Cada palavra que dizia piorava tudo.

— É estranho para mim, também. Sarah é uma boa amiga. Eu me sentiria... mal... em ficar com o irmão dela.

— Ah. — Ele se afastou de mim, depois mudou de ideia. — Ela não se importaria. Bem, morreria de ciúmes porque ela gosta de você de verdade. — Então pausou. — Ela disse que você não estava interessado, mas minha irmã é uma mulher bonita e você disse que gosta de mulheres, sendo assim...?

Esfreguei os olhos com a palma das mãos.

— É sempre uma péssima ideia dormir com as pessoas do trabalho.

— Então, você gosta dela?

Eu me levantei, irritado.

— Vá embora, Seth. Estou cansado, como eu disse antes.

Ele xingou baixinho e saiu abruptamente.

Chutei, fechando a porta depois que ele saiu.

— Tenha uma boa noite com Michael — gritei para ele.

CAPÍTULO CINCO

Sabia que não era justo expulsá-lo daquele jeito, mas fiquei confuso ao saber que ele era irmão de Sarah. Tomara que ela nunca conte a ele que nós fodemos. Ou talvez tivesse esperanças de que ele nunca revele a ela. Não tinha certeza.

De qualquer forma, não ter mais nada a ver com ele parecia uma jogada inteligente. Mas fiquei desapontado. Já fazia muito tempo que não sentia uma conexão assim.

Cansado e deprimido, tirei a roupa e joguei-a no chão, depois caí na cama.

Dormi 12 horas, acordando no meio da tarde. Espreguicei-me devagar, apreciando o lento despertar. Mas então as memórias da noite passada voltaram e meu humor azedou.

Obriguei-me a entrar no chuveiro, depois sentei-me na pequena cozinha e bebi café, olhando para o minúsculo quintal.

Tinha tantas coisas que queria fazer durante minha estadia em Londres, mas agora a ideia de ficar sozinho e não ter trabalho, não me entusiasmou. Ser turista era mais divertido quando se tinha alguém com quem dividir o momento.

Vários dias de folga da dança me deixaram com a sensação de estar enrijecido e, junte isso com meu mau humor, resolvi que precisava encontrar um lugar para ter aulas.

Xingando a falta de internet e a lentidão de uma conexão 3G, finalmente encontrei o que procurava a três quilômetros dali. Não sabia dizer se era o tipo adequado de escola, mas, encontrando outros dançarinos profissionais, eu logo descobriria.

Liguei para lá e descobri uma aula que daria certo e começaria dentro de uma hora se eu conseguisse chegar a tempo para me inscrever.

Praguejando baixo, tirei os tênis de dança favoritos que estavam bem gastos e eram muito confortáveis. Eles ainda me serviam bem, mesmo estando surrados.

Joguei um monte de roupa na bolsa de ginástica e desci correndo a rua ao invés de esperar o ônibus. Cheguei lá um pouco suado.

Era um edifício antigo, mas moderno por dentro. A recepcionista se lembrou da minha ligação e entregou vários formulários, explicando que eu precisava preenchê-los antes de poder assistir ao curso.

— Senhora, levo uma eternidade para ler em inglês — eu disse, mostrando a ela meu melhor sorriso. — Quero muito fazer essa aula, mas vou me atrasar... — E gesticulei para os formulários.

Ela fez uma cara séria.

— Arlene é muito rígida com isso. Este é o seu estúdio e ela vai dar a segunda parte da aula hoje. Gosta de se manter atualizada com relação aos dados dos alunos.

Cruzei os dedos, fazendo uma pose em uma oração.

— Prometo que vou preenchê-los depois.

— Não sei... Ela tem padrões bastante elevados.

Inclinei-me no balcão e vi seus olhos se arregalarem um pouco, e soube que eu a estava conquistando.

— Sou muito bom — comentei, sorrindo de forma conspiratória.

Ela balançou a cabeça e deu risada.

— Você é do tipo eloquente, também. Vá em frente, pode ir! Não diga que não te avisei! Arlene normalmente faz metade da classe chorar.

— Eu nunca choro — respondi, piscando para ela.

Sorrindo, coloquei os papéis no bolso de trás da calça jeans e corri para o vestiário.

Li o primeiro parágrafo da primeira folha.

Nossas aulas utilizam-se de material vindo de produções futuras, aulas baseadas na dinâmica, com foco em conexões esqueléticas e imaginação para encontrar facilidade e fluidez do movimento através do corpo. As aulas começam com um trabalho exploratório sozinho ou com um parceiro e, depois passam para exercícios formais que visam impulsionar as sequências de movimentos. A ênfase é colocada no dinamismo, inversão e uso expansivo do espaço combinado com a força interna. É esperado que se faça um aquecimento leve, de, pelo menos, 40 minutos de uma aula de 60 minutos.

Meus olhos ficaram turvos. Não me dei mais o trabalho de continuar lendo.

Vesti uma regata, uma camiseta de mangas compridas, agasalho e calça de moletom. Gostava de poder tirar as peças conforme me aquecia.

Havia dois outros caras e 12 garotas no estúdio, e a maioria estava fazendo alongamentos em uma barra de balé fixada de um lado. Isso me confundiu um pouco, porque eu não tinha formação de balé e sempre fazia aquecimento de jazz. Tomara que não tenha entrado na aula errada. Mas então percebi que só uma das garotas usava sapatilhas de balé, e relaxei.

— Oi, você é novato.

A garota com as sapatilhas sorriu para mim sem parar de fazer uma série de exercícios de barra: segunda posição de plié e outros movimentos que reconheci.

— Tipo isso. — Depois gesticulei com a cabeça para suas sapatilhas de balé. — Arlene faz aquecimento de jazz, né?

Seus olhos se arregalaram horrorizados.

— Ugh, de jeito nenhum. Ela vai dar aula hoje?

Ergui as sobrancelhas.

— Uma parte da aula, foi o que me disseram.

A garota estremeceu.

— Ela é um monstro. Todo mundo a odeia.

Sorri ao ver a expressão em seu rosto. Todos os dançarinos têm professores que não suportam — geralmente porque são os mais durões que não deixam você escapar impune.

Enquanto esperava o início da aula, comecei meu próprio aquecimento. Eu já estava aquecido por ter corrido até aqui, mas isso não é nada igual ao aquecimento de dança. Rolei o pescoço para cima e para baixo, de um lado para o outro, e fiz o mesmo com os ombros. Em seguida, fiz alongamento para a coluna. Pessoas que não são da dança de salão não fazem isso, mas é muito importante para nós. Você já viu como é o Samba? A maneira como os dançarinos conseguem ondular a região peitoral? É esse tipo de alongamento que ajuda. Fiz para frente, para trás, de um lado para o outro, depois girei, e o mesmo com os quadris.

Pessoas formadas em balé não movem os quadris como nós. Eles dançam como se tivessem vassouras enfiadas na bunda se tentassem a dança de salão — ótima abertura, mas sem molejo no quadril.

Depois, alongamentos e agachamentos, passadas de rumba, chá-chá--chá, noções básicas de samba e passo triplo de jive.

Percebi que estava sendo observado pelos outros dançarinos — parecia que eu era a única pessoa treinada em dança de salão aqui. Hm, essa aula ia ficar interessante.

Uma mulher com cerca de 30 anos vestindo *legging* e regata com estampa do estúdio de dança entrou na sala.

— Boa tarde a todos. Meu nome é MJ. Farei o aquecimento para a primeira parte da aula, depois Arlene irá planejar uma rotina de jazz com a temática na dança de salão latina. Meredith, você precisa trocar para os tênis de dança.

A garota com as sapatilhas de balé parecia apavorada.

— Eu não...

— Você tem sapatos de dança de salão?

LUKA

— Sim, MJ.

— E certifiquem-se de que seus celulares estão desligados. Arlene não tolera interrupções.

Queria saber qual seria a punição por isso.

Ela passou alongamentos de coxa e tendão, rotação de ombros, pliés, agachamentos, e fez os caras fazerem o dobro de abdominais que as garotas.

Depois, alongamentos de jazz para os quadris, espacatos e saltos de jazz.

— Grande e gracioso — gritou MJ.

Tirei o moletom logo no início, sentindo os músculos alongados, mas ainda não soltos por completo.

Dez minutos depois, eu estava pingando de suor e tirei o agasalho e regata.

Eu vi a porta se abrir e uma mulher entrou. Ela tinha 60 anos, mais ou menos, e estava vestida de preto. Acho que essa era Arlene.

Ela observou criticamente por vários minutos, e senti o nível de energia na sala aumentar. Todos a odiavam, mas queriam impressioná-la, também.

MJ deu um passo para trás respeitosamente, e todos nós ouvimos com atenção enquanto Arlene cuspia uma lista de instruções para a execução — uma longa e complicada série de passos que nos movimentou por todo o estúdio. Esse era o tipo de coisa que se fazia nas audições — normalmente as aulas não eram tão intensas. Mas eu gostei, combinava com o meu estilo.

Apenas dois acertaram tudo na primeira tentativa, e os olhos de Arlene se estreitaram, furiosos.

— Isso foi terrível… Dois de 15 alunos! É *inaceitável*. Precisam pegar isso mais rápido. Meredith, você está com o braço muito solto! Rose, a cabeça acompanha o ritmo no final. Adam, você está dançando de boca aberta; você não é um peixe! Concentre-se! Vamos lá, pessoal! Quero mais energia! Estão cansados depois de quarenta minutos? Acham que seus pés doem agora? Isso é fácil. Atitude! Outra vez! De novo!

No final de uns 20 minutos realmente intensos de Arlene nos treinando, estávamos todos ofegantes como se tivéssemos acabado de correr no Kentucky Derby, suor escorrendo, mas era bom. A dose de endorfina foi incrível — só o espetáculo em si o superava.

MJ nos passou um relaxamento e eu me deitei no chão duro, esticando-me devagar, deixando o coração voltar ao normal. Meu corpo conhecia, entendia, ansiava por isso.

— Garoto novo!

Virei a cabeça para olhar. Arlene estava apontando para mim.

A garota do balé murmurou, baixinho:

— A besta acorda...

Tive que esconder um sorriso ao responder.

— Senhora?

— Meu escritório.

E ela se virou e saiu.

Arlene estava brava por eu não ter preenchido os formulários? MJ me lançou um olhar que não consegui interpretar.

— O escritório dela fica atrás da recepção. Boa sorte.

— Preciso disso?

— Você conheceu Arlene? — Ela riu, balançando a cabeça.

Vestindo o agasalho com o corpo encharcado para não esfriar muito rápido, fui para o escritório dela.

Gostei da sua aula — ela me lembrou de um professor russo que eu tive uma vez, formado no estilo soviético. Nada era assustador depois disso.

Arlene ergueu os olhos da mesa quando entrei e apontou a caneta para uma cadeira à sua frente. Eu me sentei nela e esperei ela assinar um pedaço de papel com um floreio.

— Não te vi antes.

— Não, senhora.

— Por que não?

— Não estou em Londres há muito tempo. Acabei de sair de uma longa turnê e...

— Que turnê?

— Você viu o *Slave*?

Seus olhos brilharam.

— Sim! Muito inspirador. Qual era o seu papel?

— Volkov, o lobo.

— Ah! O tango argentino com dois homens — trabalho muito bom.

— Obrigado, senhora.

— Isso explica por que está em forma. Alguma lesão?

Fiz que não com a cabeça, curioso para saber aonde ela queria chegar com tudo isso.

— E quais são seus planos agora? — perguntou, batendo a caneta na mesa.

— Faremos uma nova turnê no inverno. Ficarei três meses em Londres. Não tenho nada planejado.

— De onde você é?

— Eslovênia.

— Bom, não é necessário visto. Hmm, bem, é o seguinte. Sou a coreógrafa do espetáculo *O Guarda-costas*, em West End, já viu?

— Assisti ao filme — admiti.

— Completamente diferente — explicou ela, acenando com a mão com desdém. — Estou procurando um dançarino de swing. Um dos meus rapazes fraturou o metatarso e ficará afastado por oito a dez semanas; outro vai se casar. — Ela revirou os olhos. — E, bem, nem vou continuar, mas preciso de um substituto. Eu vi como lidou com a execução que passei hoje. Você poderia começar imediatamente, dançar três ou quatro vezes por semana, além dos ensaios de substituto. A remuneração é igual para todos. Você receberia mil e quinhentas libras por mês; mais, se fizer mais espetáculos.

Não era muito dinheiro para um espetáculo em West End que desse um bom lucro para seus patrocinadores, mas seriam três ou quatro mil dólares que eu não tinha agora.

Ser dançarino de swing era um saco, mas pode ser divertido por um tempo, e nada que eu não tivesse feito antes. Isso também não significa dançar no estilo swing: é ser um substituto que conhece todos os papéis do seu gênero, e pode ser chamado para dançar em um curto espaço de tempo. É preciso conhecer todas os ritmos, caso alguém se machuque ou entre de férias.

— Claro, por que não?

— Bom. É um trabalho básico de suplente, nada que não possa dar conta. — E ela deu um breve sorriso que me mostrou sua verdadeira personalidade. — Vá amanhã até o Dominion Theatre às 10h da manhã, fica perto da Tottenham Court Road. Apresente-se à Kathryn, ela é a coordenadora de dança. Você aprenderá as rotinas pela manhã, ensaiará com os outros dançarinos à tarde e fará as provas de figurino. Se tudo correr bem, estará no palco na segunda à noite ou talvez na matinê de domingo. Alguma dúvida?

— Consigo um contrato?

Ela riu.

— Garoto esperto. Sim, consegue. Qual é o seu nome?

— Luka Kokot.

— Bem, Luka, você receberá seu contrato quando chegar amanhã para trabalhar. Não me decepcione!

— Não, senhora.

Apertamos as mãos e voltei para o vestiário um pouco atordoado. Conseguir um emprego era a última coisa que eu tinha em mente. Mas sim, definitivamente dava certo para mim agora que Seth...

Afastei o pensamento e fui para o chuveiro.

Quando saí do estúdio, era início da noite e eu estava com fome. Dormi durante o café da manhã, pulei o almoço para ir para a aula, e agora eu seria capaz de comer um boi inteiro.

Uma lanchonete estava chamando por mim e sentei-me para comer um lanche com tudo que tem direito e um milkshake de chocolate. Eu podia comer o que quisesse e nunca engordava. Na verdade, manter meu peso podia ser um problema na turnê. Embora Ash tenha garantido bons hotéis com boa comida para nós, e não porcarias de lugares em que estive na turnê alemã e australiana no ano passado. Mas, às vezes, nada vence um hambúrguer gorduroso.

Parei em um bar para tomar uma cerveja. Adorava os pubs de Londres — eram diferentes de qualquer outro lugar do mundo. A América tinha bares, mas Londres tinha os pubs. O que escolhi ficava fora da rua principal e só o encontrei por engano. Era bem quieto e só parecia popular entre os caras mais velhos que levavam três horas para beber um litro de cerveja amarga e escura e os trabalhadores de um canteiro de obras próximo. Você pode pedir torta de enguia com purê de batata. Parecia nojento — e eu queria muito experimentar um dia.

Ninguém deu em cima de mim ou falou comigo, a não ser a mulher com a maquiagem pesada servindo no bar. Seus brincos tilintaram quando movia a cabeça, e um homem poderia se perder naquele decote por uma semana sem ver a luz do dia — caso não se importasse de dormir com uma mulher mais velha que a sua avó.

— Você parece um homem que tem muito no que pensar, amor — comentou, enchendo uma caneca do barril com braços que pareciam capazes de esmagar um urso.

— Sim, um pouco. — Sorri para ela.

— Bem, sabe o que dizem. "O único dia fácil foi ontem".

Estava quieto, sem música ou TV, e eu assisti os redemoinhos de poeira pegos no crepúsculo da noite enquanto estava sentado tomando a minha bebida. Ninguém me incomodou aqui. Sentei-me em um banco surrado e deixei o cansaço tomar conta de mim. Talvez tenha sido um erro voltar ao trabalho tão cedo — meu corpo precisava de descanso. Mas a ideia de não ter nada para fazer e ninguém com quem fazer vários nadas não era a liberdade que eu esperava: era deprimente.

Imagens de Seth se sobressaíam na minha cabeça. Como não percebi que ele tinha os olhos iguais aos de Sarah? Lembrei-me dela falando do irmão, e Seth até me disse que sua irmã lhe ensinou alguns passos de dança.

Bebi a cerveja gelada e fechei os olhos.

Dormi com os dois — que desastre.

Escutei as conversas ao meu redor — apostas, principalmente, em corridas de cavalos, mas também alguns comentários a respeito de mulheres. A mesma coisa de sempre.

Terminei a cerveja e fui para casa. Minha noite emocionante incluiu aprender como funcionava a máquina de lavar de Sarah e assistir à TV.

Amanhã seria um longo dia, mas eu estava ansioso.

Fiquei surpreso ao ver uma elegante Mercedes branca estacionada em frente ao apartamento de Sarah — ainda mais porque não era o tipo de rua que tinha muitos carros caros. Mas então vi Seth sair do lado do motorista e caminhar em minha direção.

— Podemos conversar?

Eu o analisei por um momento. Estava vestindo uma calça social preta e camisa branca com uma gravata azul afrouxada no pescoço. Ele obviamente veio do trabalho.

Olhei para o meu relógio no pulso.

— Por favor, Luka?

Suspirei.

— Claro. Entre, já conhece o caminho.

Enquanto ele me seguia, pude sentir seus olhos em mim o tempo todo. Foi um pouco enervante. Joguei a bolsa em um canto e abri a água da torneira da cozinha até que esfriasse, enchendo um copo. Depois eu me inclinei contra a pia.

— Quer falar do quê?

— Queria muito te pedir desculpas por causa da noite passada — começou, suas mãos enfiadas nos bolsos da calça. — Foi tão estranho. Mas só porque você e Sarah são amigos, não tem razão para não nos vermos, tem?

Havia um grande, enorme motivo.

— Não é uma boa ideia.

— Por que não? Não é como se tivesse dormido com a Sarah ou algo assim.

Abri a boca para responder, mas ele continuou apressado, sem me dar chance de falar, ou não querendo ouvir o que eu diria.

— Temos a chance de algo bom aqui, Luka. Gostaria de tentar de novo. Podemos...

— Eu não...

— Não fale mais nada. Apenas... Pense nisso um pouco. Vamos... sair juntos. Por favor?

— Sair juntos?

Ele sorriu para mim, o sorriso que eu estava começando a ter esperança de ver.

— Acho que sim...

— Ótimo! — disse ele. — E parece que finalmente fez compras.

— Sim, é bem diferente de comer comida de hotel o tempo todo.

Estou meio que ansioso para fazer minha própria refeição.

— Sério? Você é bom nisso?

— Haha, talvez. Já tem um tempo que fiz.

— Sarah odeia cozinhar, e ela adora estar em turnê.

— Eu sei.

— Sim, suponho que sim.

Ele hesitou, e eu odiei que a descontração que tivemos ontem tivesse ido embora. Ele riu, sem jeito.

— Ela diz que viveria feliz em hotéis a vida toda, serviço de quarto para sempre.

Eu dei a ele um sorriso educado, não tendo nada a acrescentar, e ele tossiu, constrangido.

— Eu a ajudei a comprar este apartamento; como investimento, na verdade.

— Ah, é?

— Assim ela sempre teria um lugar para onde voltar... Além de ficar na minha casa e jogar suas coisas por todo o lugar. Ou, bem, voltar para a casa de nossa mãe. — E ele fez uma cara engraçada.

— Tenho um apartamento em Koper, minha cidade natal, pelo mesmo motivo, mas eu o subalugo.

— É mesmo? — Não sabia.

Havia muito que Seth não sabia a meu respeito.

— Como é Koper?

— Pitoresco, antiquado. — Sorri. — Mas fica a apenas alguns quilômetros da fronteira com a Itália, no litoral. Não temos muito costa litorânea.

— Como é morar lá?

— Não cresci lá, mas sim, eu gosto. Quando não estou em turnê.

— Você gosta de fazer turnê?

— Existem prós e contras — expliquei, recostando-me e fechando os olhos.

— Que são? — perguntou.

Meus olhos se abriram e virei a cabeça para vê-lo me observando atentamente, como se cada palavra fosse de ouro.

— Sarah deve ter falado disso?

— Quero saber como é para você.

— Tá bom... bem... é um trabalho de tempo integral ser artista. A carga de trabalho é louca. Estar em turnê por meses, talvez por um ano, pode-se viajar pelo mundo e fazer turismo; fazer o que ama e ser pago por sua paixão. Portanto, viajar é a parte boa, uma das vantagens, mas também é uma das desvantagens, viver só com uma mala. As pessoas acham que é super glamouroso estar em um hotel novo todos os dias. Mas você acorda e

LUKA

nem sabe em que cidade está na metade do tempo. É muito isolado, como se estivesse em uma pequena bolha fora da realidade. Você sente falta da família e dos amigos, mas as pessoas com quem viaja tornam-se família.

— Então... Sarah é sua família?

Estremeci. Pensar nisso era desconfortável, então dei de ombros como resposta.

— Somos amigos — eu disse, finalmente.

— Desculpa. Só estou tentando entender como é com você.

— O que você quer, Seth?

— Eu quero você. — Foi tudo o que ele falou.

Balancei a cabeça, observando seus lábios virarem para baixo, decepcionados.

— Mas podemos ser amigos, não?

Hesitei. Poderia precisar de um amigo, mas as coisas com Seth eram complicadas.

— Sim, podemos ser amigos.

As palavras saíram da minha boca sem permissão.

Seth sorriu aliviado e tirou a gravata, colocando-a no bolso.

— Hum, bem... quer ir a um pub? Tomar uma bebida?

— Na verdade, não — respondi, sincero. — Estou muito cansado e amanhã vai ser muito corrido.

— Pensei que estava de férias?

— Estava. Consegui um emprego hoje.

— Ah, é? Que tipo de trabalho?

Lancei a ele um olhar impaciente.

— Neurocirurgião. O que acha?

— Você ficaria bonito de jaleco. Sério, vai trabalhar com o quê?

— Dança!

— O quê, tipo em uma boate? Porque estou te imaginando um *stripper* agora.

— Vá se foder!

— Luka, estou brincando — disse ele, o sorriso desaparecendo.

— Sou só o assunto de suas piadas? O estrangeiro maluco que não fala inglês direito? É isso? Acha que dançar não é coisa séria? Pratico desde os seis anos! Acha que não é trabalho de verdade?

— Não! Nunca... Não!

— Então por que ri de mim?

— Me desculpe! Estava só tentando... Não sei, aliviar o clima. Sinto muito.

Grunhi para ele e dei uma olhada nas mensagens no meu celular para evitar ter que encará-lo. Então senti sua mão descansar, timidamente, em meu braço.

— Me desculpe, de verdade. Estou um pouco nervoso e digo coisas idiotas quando fico assim. Não acho que atuar seja brincadeira. Eu vi o quanto Sarah trabalha, e sei que não é fácil.

— Sim — murmurei, irritado comigo mesmo por perder a paciência. Eu geralmente era um cara muito calmo, mas Seth mexia comigo.

— Então — ele disse devagar — , onde vai dançar?

— Vou me apresentar em um espetáculo dançando swing... sou dançarino substituto no espetáculo *O Guarda-costas*, em West End.

— Uau! Que incrível! Como conseguiu?

— Sendo um dançarino bom pra caralho — rosnei, vendo-o estremecer.

Não sabia por que estava sendo tão ruim com ele, mas não conseguia parar.

Ele suspirou e se levantou.

— Estou dizendo tudo errado. Acho melhor eu ir. — Mexeu nas chaves do carro enquanto eu olhava para a tela em branco do meu celular. — Nós podemos... sair para uma bebida ou algo assim? Um dia desses, depois de seu espetáculo? Deixe-me te pagar um jantar. Você tem que comer, né?

Concordei com a cabeça, sem falar.

Ele se virou para ir embora, mas, de repente, agarrou meus ombros e me puxou para ele de forma que nossos peitos se bateram, beijando-me com tanto calor e intensidade que fiquei duro feito uma rocha em segundos.

— Não quero ser seu amigo — murmurou, contra os meus lábios. — Quero muito mais do que isso.

E foi embora.

Fiquei aturdido. Mas com um sorriso no rosto.

LUKA

CAPÍTULO SEIS

O dia seguinte foi uma loucura — o tipo bom de tortura. Não tive muito tempo para pensar em Seth, ou naquele beijo ardente.

Que mentira. Eu bati punheta no chuveiro depois que ele foi embora, imaginando meu pau em sua boca. E dormi muito bem. Talvez eu pudesse admitir para mim mesmo que me senti mais leve depois da visita de Seth.

Mas precisava me concentrar. Arlene me disse para estar no teatro às 10h, então estava lá às 9h45min. Há um ditado no *showbiz*: Chegar cedo é chegar na hora, chegar na hora é chegar tarde, chegar tarde é inaceitável.

A menos que você seja a estrela. E, mesmo assim, existem menos divas do que você imagina. Os mais difíceis de se trabalhar são os novatos que alcançaram grande sucesso com clipes musicais e acham que agir feito idiotas vai fazer as pessoas respeitá-los.

Costumava fazer muitos videoclipes, mas era um trabalho pavoroso. A dança era mínima, em grande parte eram encoxadas e esfregação. Participei de um vídeo da Britney uma vez. Ela foi muito legal, mas a gravação foi ao ar livre, e estávamos todos com aquelas roupas justas e difíceis de se mexer, dançando no concreto. Por oito horas. Um dos dançarinos acabou com canelite. Como eu disse — pavoroso.

Apareci quando deveria, aprendi os passos e mantive a boca fechada.

Ser um dançarino de apoio neste espetáculo não seria muito diferente, mas, pelo menos, eu seria tratado com profissionalismo. Assim esperava.

Kathryn era a mão direita de Arlene, coreógrafa assistente em tudo, exceto no nome, e coordenadora de dança da companhia.

A coordenadora é a pessoa responsável por manter a coreografia e o movimento do espetáculo, e ensinar novos membros do elenco como eu quando entram em cena. Alguns coordenadores fazem parte do elenco, outros não. Olhando para Kathryn, imaginei que ela se enquadrasse na segunda categoria.

— Normalmente faço o teste com os dançarinos de swing — disse, erguendo as sobrancelhas. — Mas a palavra de Arlene é o 11º Mandamento por aqui, portanto... é melhor que seja tão bom quanto ela diz que é. Temos outra dançarina nova hoje. — E apontou para uma moreninha que estava sentada no chão, fazendo alongamentos.

— Oi — cumprimentou, acenando e sorrindo para mim. — Estou muito feliz por não ser a única novata. Meu nome é Alice.

— Luka. — Sorri de volta, abaixando-me para apertar a mão dela.

Kathryn bateu palmas.

— Tudo bem, sem tempo para conversas. Vamos começar.

Ela nos levou para o palco e ouvi Alice ofegar. Senti vontade de fazer a mesma coisa. O teatro era enorme. Foi o maior palco em que já dancei, com um par de elevadores hidráulicos complicados que moviam o cenário. Depois, fileiras e mais fileiras de assentos em veludo vermelho vivo, subindo até as sombras nos fundos, com duas fileiras de assentos circulares e quatro camarotes, ornados com cortinas de brocado.

Era um daqueles momentos em que lembraria quando fosse velho, grisalho e aposentado dos palcos.

Kathryn sorriu por causa dos nossos olhares.

— É mesmo impressionante, né? É um dos teatros mais novos de Londres, ainda não tem cem anos, mas é uma beleza. Todo mundo já encenou aqui, de Charlie Chaplin a Judy Garland. Nós nem fechamos durante a guerra.

Ela falou como se tivesse estado lá pessoalmente. Se fosse o caso deveria ter 90 anos, não 40.

— Tem muita história e agora fazem parte dela... não me decepcionem! Vou passar três, talvez quatro números hoje. São 17 no total; 14 com dançarinos de apoio. Então, no final da semana, devem estar preparados.

Alice me lançou um olhar preocupado.

Kathryn nos passou um aquecimento muito bom, o que me garantiu que ela sabia o que estava fazendo. Alongar-se bem antes e depois de um espetáculo é a melhor maneira de evitar lesões — muitos dançarinos também fazem ioga, embora eu não seja um deles. Sempre tem gelo disponível, também. Se você se machucar, coloque o gelo.

Precisava disso hoje.

Achei que tive sorte com Alice como parceira: linda, tão flexível que me fez imaginar todas as posições que poderíamos fazer na cama. Eu sou um cara — não consigo deixar de pensar assim. Mas depois que ela pisou nos dedos do meu pé cinco vezes e me deu duas joelhadas nas bolas, estava me sentindo muito menos entusiasmado.

— Desculpa — sussurrou, pela centésima vez.

— Você é formada em balé, não é? — grunhi quando ela me deu uma cotovelada sem querer nas costelas. De novo.

— É tão óbvio?

Para mim, sim, era bastante óbvio. O balé ensina rotação — pés virados para fora e quadris abertos. Dança de salão é pés e joelhos para frente, e nos movemos com mais naturalidade. Razão pela qual, a cada passo dado, ela batia em mim.

Depois de uma manhã inteira ensaiando, eu estava exausto e Kathryn também não estava contente, despejando em alguém no seu celular — provavelmente em quem mandou Alice.

— Você me odeia? — perguntou Alice, mordendo o lábio enquanto eu me sentava no palco para esfriar com um saco de gelo na canela, onde ela me chutou repetidamente durante o primeiro número que Kathryn estava nos ensinando.

— Não, mas as minhas bolas se esconderam — respondi. — E estou um pouco preocupado com a minha capacidade de gerar filhos.

Ela deu uma risadinha fofa e se sentou ao meu lado, quente e suada, encostando a cabeça no meu ombro.

— Desculpa mesmo. Farei melhor amanhã. Talvez você devesse, hum, você sabe, usar um protetor masculino. Por baixo da fantasia.

Ela achava que eu era a porra de um amador?

— Estou usando, Alice — eu disse impaciente —, mas amanhã usarei a armadura completa.

— Ugh, foi tão horrível assim?

Ela parecia tão culpada que fiquei mal por fazê-la se sentir dessa forma.

— Vou sobreviver — eu disse, piscando para ela enquanto me levantava sob os pés cansados e machucados.

A tarde foi passada trabalhando em mais duas rotinas. Eu daria conta de fazer o show naquela noite com aqueles números, mas era óbvio que Alice não estava preparada, e eu não tinha certeza se ensaiar no resto da semana bastaria para ela.

— Kathryn me odeia — sussurrou ela.

— Não, ela não odeia — menti.

— Bem, eu me odeio. Detesto ser tão ruim — murmurou, com os olhos cheios de lágrimas. — Estou acostumada a ser boa em tudo.

Suspirei e dei a ela um sorriso triste.

— É só o primeiro dia. Você vai pegar o jeito das coisas amanhã.

Ela jogou os braços em volta do meu pescoço e me beijou no rosto.

— Obrigada, Luka!

E saiu para os vestiários parecendo muito mais feliz.

— Você deveria ganhar uma medalha. — Kathryn fez uma cara feia.

— Se eu tivesse tempo para encontrar alguém que pudesse substitui-la, eu o faria e a dispensaria. Mas preciso dela. Que merda, era para ela ter aprendido todos os papéis femininos, como diabos fará isso quando não consegue nem aprender um único do começo ao fim?

Era prática padrão para os dançarinos substitutos de swing, coristas e músicos terem quatro ou cinco reservas, que poderiam substituí-los a curto prazo.

Nos espetáculos de longa duração, os músicos teriam pelo menos três caras para cada cadeira, então, se ficassem doentes ou mesmo se só quisesse uma noite de folga, havia uma lista aprovada de pessoas que os mediadores, os produtores do contratante principal, poderiam ligar.

Ser um substituto não é tão ruim quanto parece, e muitos músicos trabalham durante o dia, então ganham bastante dinheiro.

E nós somos pessoas criativas, portanto, fazer longos espetáculos pode ser entediante e você se torna obsoleto. Ser substituto oferece variedade. Os músicos geralmente não permanecem por muito mais do que um ano ou mais. Aqueles que o fazem tendem a se desviar.

Alguns são demitidos. Conheci um baterista que estava cheirando cocaína na bateria durante um show. Ele foi despedido quando não apareceu em um dia.

Também conheci pessoas que transam durante o espetáculo, só para ver se conseguem se safar. É um risco idiota. Se está entediado assim, saia fora. Porque se tiver má reputação, não conseguirá trabalho de novo quando a notícia se espalhar.

Para os atores de um espetáculo de longa duração, os produtores tentam evitar o fator do tédio, tornando padrão a troca de elenco a cada seis meses. Alguns são convidados a ficar, mas não muitos.

É diferente com os dançarinos — não conseguiremos muito trabalho depois dos 30 anos, não igual aos músicos que podem durar para sempre. Cobrimos internamente o máximo possível com a equipe de swing, mas ainda há um grupo itinerante fora da produção, e pode-se até mesmo ser substituto em mais de um espetáculo. Eu fiz isso uma vez, e era muito difícil manter vários papéis na cabeça em shows diferentes — e que, talvez, tenha dançado pela última vez há alguns meses. Mas os dançarinos de swing de apoio são o degrau mais baixo no teatro — somos praticamente apenas peões para o mundo dos palcos. Se você atua, sua carreira é mais longa, mas se não... Caramba, às vezes eu me perguntava por que qualquer um de nós fazia isso. Preferia as turnês — uma explosão curta e seguia em frente.

— Alice se saíra bem — eu disse, estoicamente.

Kathryn me olhou com tom crítico.

— Você daria um bom coordenador de dança, talvez um professor, algum dia. Foi muito paciente com ela. Para ser honesta, não esperava por isso.

LUKA

Dei de ombros, sem saber o que dizer.

— E acho que ela tem uma pequena queda por você — continuou Kathryn.

— Tenho namorado — deixei escapar.

Não sei porque eu disse isso. Talvez para que ela contasse a Alice e eu não tivesse outro problema.

Kathryn riu, gentil.

— Oh, pai amado... A coitada da Alice ficará muito desapontada.

Sorri para ela e pisquei.

— Certo, tome um banho e depois Gretchen quer você para a prova da fantasia. Não a deixe irritada ou acabará com algo que provavelmente o castrará. Tenho ingressos para você e para Alice verem o espetáculo de hoje à noite: assista e aprenda. Então vá para casa e tenha uma boa noite de sono... Pretendo pegar pesado com você amanhã.

— Sim, senhora. Uh, gostaria de saber, Arlene costuma contratar dançarinos de dança de salão?

— Se ela precisar, sim. Ela prefere dançarinos com experiência. Evita jovens que só frequentaram a escola de dança. — E deu uma estremecida de leve. — Santo Deus, não. Não aguento todas as reclamações. Sempre está tudo errado. O palco não é grande o bastante, o camarim é pequeno demais. Sempre tem alguma coisa. Mas os dançarinos que participaram do circuito de competição de dança de salão, eles são linha dura.

Não tinha certeza se concordava completamente, mas sabia do que ela estava falando.

As competições de dança de salão são brutais. São competições eliminatórias, então todos têm que comparecer às 8h30min para a primeira rodada. Maquiagem completa e fantasia, o que significa que você tem que chegar lá por volta das 7h. Tem que ficar lá o dia todo até ser eliminado. O que significa que os competidores que chegarem às quartas de final terão dançado o dia todo, sem parar. A banda ao vivo, se houver, entra para as rodadas noturnas, e fica até a meia-noite, quando os vencedores são anunciados. A essa altura, todos os músculos de seu corpo gritam de cansaço e seus pés estão prestes a cair. Mas você continua sorrindo — porque isso é o que é preciso para vencer.

Minha classificação era entre as mais altas quando eu participava dos torneios — que foi onde conheci Ash. E devo dizer que estar entre os cinco melhores do país foi fantástico — quase melhor do que um boquete. Mas dependia de quem estava fazendo.

Embora muitas vezes eu ache que só outro homem sabe fazer um boquete realmente bom —sabemos o que é bom, o que parece certo. Algumas mulheres chegaram perto, mas, no final, elas nunca conseguem saber *exatamente* do que gostamos. Apenas um comentário. Não estou reclamando. Qualquer chupada é melhor do que nada.

Voltei a pensar em como Alice havia conseguido a vaga, mas, para ser justo, ela não reclamou nenhuma vez. Era péssima em se lembrar do que deveria estar fazendo, mas eu gostava dela.

Quando tomei banho, encontrei Gretchen esperando por mim.

Ela era tão baixa quanto redonda e provavelmente estava na casa do setenta e tantos anos, mas se movia em um ritmo surpreendente conforme tirava a medida do meu pescoço, peito, cintura, quadris, pernas e comprimento dos braços com a velocidade de um especialista.

Tinha cinco trocas de roupas durante o show. A primeira era uma calça preta justa com uma espécie de arreios em volta do peito que parecia ter saído direto da masmorra de uma boate de Berlim. As calças foram feitas para parecerem de couro, mas, na verdade, eram feitas de lycra, uma imitação de couro.

Era uma porcaria, mas eu já sabia quão dramático ficaria no palco, com a pele nua brilhando sob os brilhos das chamas reais dançando nas tochas seguradas nas mãos.

Havia um número em que eu tinha que usar um terno de três peças, seguido por uma troca bem rápida. No pior momento de todos. Tanto faz — eu me acostumaria.

Os outros trajes eram genéricos de vídeo pop — jeans stretch, regatas brancas ou coletes sem camisa, colete de couro. Em um momento, tive que usar um chapéu *pork pie*. Odiava usar chapéus no palco — sempre caíam ou eram derrubados, e alguém pisava ou tropeçava neles. Basicamente, são um grande pé no saco.

Gretchen riu da minha expressão e disse que a vocalista principal, Beverly, que interpretava o papel de Whitney Houston, tinha 26 trocas de roupa, então eu não tinha com o que me preocupar.

Era justo.

Ela murmurava em alemão o tempo todo, quase cuspindo alfinetes quando respondi a ela com algumas palavras que aprendi quando estava em turnê por lá, ano passado. Esperava que o sorriso dela significasse que eu não estaria ganhando nenhuma calça castradora.

— Vocês, jovens, pensam que inventaram o mundo. Fui dançarina, 57 anos atrás. — E ela soltou uma gargalhada. — No famoso Teatro Windmill. A Grã-Bretanha era muito divertida; tudo era tão vivo. Eu me apaixonei pelos figurinos: tão transparentes, que o público vinha na expectativa de ver um seio. E a dançarina de leque estava nua. Ah, sim! Havia nudez em pedestais, mas deveriam parecer estátuas. Todas as meninas odiavam aquele trabalho. Imagine ter que ficar sentada sem se mover por 15 minutos,

LUKA

tentando nem sequer respirar. Uma garota desmaiou. Ela fez um baque terrível ao cair.

Ela suspirou e sorriu.

— Não tínhamos permissão para ser amigos dos meninos; aqueles porcos brutos! Mas eu sempre parava para um beijo e um carinho nas escadas. Por sorte. — E ela me olhou com atenção. — Você tem muita sorte, eu acho.

Dei risada, mas não respondi, e terminamos a prova numa boa.

Só tive tempo para um lanche rápido com Alice antes de irmos ver o espetáculo com um público animado.

E, assim que as luzes do teatro diminuíram, meu pulso acelerou. Posso estar em um assento, mas meu corpo acreditava que eu estava nos bastidores, pronto para dançar no palco sob a luz.

Alice se inclinou para frente, olhos fixos nos artistas. Deu para ver a ansiedade, a emoção em seu rosto, a onda de adrenalina — sabia, porque estava sentindo isso também.

O show foi habilidoso e bem elaborado, e o elenco não parecia cansado ou entediado. Todo mundo estava dando 100%. Você nem sempre se consegue isso em um espetáculo de longa duração. Aqueles que não têm resistência para isso desistem mais cedo ou mais tarde.

Foi divertido estar na plateia, para variar. Comprei sorvete para Alice durante o intervalo e ouvimos todos os comentários do público quanto às músicas e aos figurinos, de toda a produção — e da ridícula fila enorme para o banheiro feminino, sempre um assunto popular.

— Estou tão animada — comentou Alice, agarrando-se ao meu braço quando o show terminou e o público se levantou para aplaudir. — E pensar que estarei ali na semana que vem, dançando na frente de todas essas pessoas! Minha nossa, tomara que eu não vomite.

— Você vai se sair bem. Assim que a música começar, voará.

— Espero não cair. Seria tão vergonhoso.

— Se isso acontecer, levante-se e continue. Regra de ouro do *showbiz*, querida, não permita que saibam quando está doendo.

Ela deu uma risada de nervoso.

— Certo, tá bom. Vou tentar. Obrigada por ser tão legal comigo, eu agradeço muito. Posso te pagar uma bebida para agradecer adequadamente?

— Obrigado, mas preciso ir para casa.

— Ah, claro, sem problemas. — Ela soltou meu braço e torceu os dedos. — Suponho que tenha alguém esperando por você.

Sorri com o jeito que estava procurando informações.

— Sim, meu namorado.

Seus lábios se abriram e ela piscou rapidamente. Um lampejo de decepção cruzou seu rosto, e depois, de alívio.

Eu sabia o que ela estava pensando: se eu fosse hétero e a rejeitasse, isso machucaria seu ego; se eu fosse gay, não era a mesma coisa.

Vou deixar ela pensando assim, mas só para esclarecer...

— E mesmo que não houvesse alguém esperando por mim — acrescentei —, nunca saio com pessoas com quem trabalho. Um bom amigo me disse que todo o drama deveria estar no palco.

Ela riu.

— Bem, isso é definitivamente verdade!

Combinamos de nos encontrar para tomar um café no dia seguinte e, então, eu a acompanhei até o ponto de ônibus, ficando com ela até que ele chegasse.

Não pensei que Seth estivesse esperando por mim quando eu chegasse em casa, mas ele estava.

E eu não esperava estar tão animado para vê-lo, mas estava.

— Oi — disse ele, baixinho.

Abri a porta da frente, sorrindo por cima do ombro quando ele me seguiu. Eu ia fazer a fantasia da noite passada se tornar realidade.

Assim que entramos, Seth me empurrou contra a parede, sua agressividade me excitando no mesmo instante. Agarrei seus braços, girando-o para que fosse ele, o preso contra a parede, e apertei os quadris contra os dele, sentindo o calor de seu pau duro pressionando entre as minhas coxas.

— Esta noite você é meu — sussurrei, lambendo seu pescoço e circulando a língua em volta de sua orelha.

Sua cabeça bateu contra a parede.

— Sim, o que você quiser. — Caramba, assim!

Seus dedos puxaram a barra da minha camiseta, tentando empurrá-la para cima enquanto nos beijávamos.

Respirando com dificuldade, minha pele corou com o calor, dei um passo para trás por um segundo e deixei-o tirá-la de mim com força. Ele jogou a camiseta de lado sem olhar, suas mãos vagaram pelo meu corpo, as palmas quentes e secas acariciando meu peito, barriga, minhas laterais e curvando-se ao redor da minha cintura até as costas.

Eu o beijei com força conforme Seth se atrapalhava com os botões de sua camisa. Ficando impaciente, abri sua camisa e ficamos pele a pele, o calor combinado de nossos corpos alimentando a pressa, a necessidade.

Lentamente, ele caiu de joelhos, seus olhos negros de desejo, loucos de querer, olhando para mim. Ele beijou minha barriga, sorrindo e eu prendi a respiração.

— Estou perdoado? — perguntou ele, alcançando a fivela do meu cinto.

— Pelo quê?

— Por ser um idiota, principalmente.

— Sim, claro... argh... Porra, sim.

Precisei agarrar seus ombros enquanto ele abria o zíper da minha calça jeans e puxava meu comprimento para fora.

— Você tem mesmo o pau mais lindo — disse, beijando o eixo, seus lábios macios e quentes, úmidos e tentadores.

Queria sua doçura, queria sua dureza, queria suas mãos gentis e sua boca agressiva. Deus, eu queria tudo.

E queria agora. Mas esta noite, eu estava no comando. Agarrei seu cabelo e empurrei contra sua boca.

Ele beijou a ponta, chupando a coroa devagar. Cerrei os dentes quando sua língua pressionou contra minha fenda e ele chupou novamente.

Uma mão se estendeu para agarrar minha bunda, ancorando-me contra ele, e a outra apalpou as minhas bolas pesadas, massageando-as até que gemi de novo. Ele riu baixinho, a vibração zumbindo ao longo do comprimento do meu pau, levando-me a um novo nível de desejo.

— As brincadeiras param agora — soltei.

Ele olhou para mim com um pequeno sorriso no rosto.

— Tá bom.

E com essa palavra, ele me engoliu, chupando e lambendo, puxando para trás para correr a língua ao longo da veia saliente que estava se destacando como um mapa em alto relevo.

O calor úmido de sua boca, suas mãos minuciosas, o brilho em seus olhos, seu cabelo macio em minhas mãos enquanto eu fodia seu rosto, era demais. Muito e não o suficiente.

Senti o orgasmo disparar feito foguete da base da espinha, efervescendo por todo o corpo à medida que eu me derramava em sua boca, sem aviso.

Sua garganta se contraiu ao meu redor, sugando mais de mim, até que eu estava mole e exausto.

Ele tirou a boca do meu pau com um leve estalo, lambendo os lábios, antes de dar um beijo doce na minha semiereção. Então ele se levantou, beijando-me com força enquanto eu me provava, pressionando nossos corpos juntos. Um novo raio de luxúria passou por mim, e meu pau se contraiu.

Corri os dedos sobre o zíper esticado de sua calça, observando seus olhos fecharem e a boca se abrir.

— Você vai me dar sua bunda esta noite.

— Eu...

— Diz que sim.

— Puta merda, sim.

— Devo fazer você implorar?

Ele negou com a cabeça, um olhar desesperado e faminto em seu rosto.

— Precisa dizer que me quer, Seth. Quero ouvir as palavras.

Depois de tudo o que aconteceu entre nós, ele precisava dizer, admitir em voz alta.

— Eu quero você — sussurrou, contra o meu pescoço, enquanto eu mordia sua clavícula.

— Diga meu nome — insisti, agarrando seus pulsos.

— Luka!

— Bem melhor.

Sorri para ele ao puxar minha calça jeans para não cair quando entrei no quarto. Ele me seguiu rapidamente, franzindo um pouco a testa. Presumi que fosse porque ainda estava preocupado com o fato de ser o apartamento de Sarah. Não lhe dei tempo para pensar, empurrando-o para a cama e rastejando em cima dele.

— Agora diga que você me quer e fale o meu nome.

— Cretino! — grunhiu, ofegando e tentando me agarrar.

— Não foi isso que pedi — provoquei. — Tente de novo.

— Luka!

— Sim? — Dei risada. — Diga: por favor!

— Eu quero você pra caralho, Luka! Por favor!

Seus braços envolveram meu pescoço, puxando meu rosto para o dele.

— Imaginei fazer isso de novo tantas vezes — sussurrou, acariciando minha garganta e pressionando beijos suaves contra o meu pomo de adão. — Várias vezes. Deus, Luka, você é tão sexy.

Fiz uma pausa e ele olhou para mim com olhos arregalados e curiosos.

É difícil explicar por que suas palavras me incomodaram. Claro que eu queria que ele se sentisse atraído por mim, mas queria que fosse mais do que isso. Queria que ele me conhecesse. Coloquei um sorriso no rosto e inclinei-me para beijá-lo de novo, mas Seth segurou meus ombros com firmeza.

LUKA

71

— Que cara foi essa? O que eu disse?

— Nada, estou bem.

É tudo uma questão do que se vê, eu sei. Trabalho muito para deixar meu corpo forte e elegante, para ser capaz de dançar no palco por duas horas sem parar. Gary sempre diz que somos atletas com sapatos melhores.

Mas eu não fiz nada para merecer meu rosto — apenas um par de genética fodida herdada de meus pais idiotas.

Claro, quero ter uma boa aparência, mas ocasionalmente quero que alguém veja além do exterior. Venho ganhando meu próprio dinheiro e pagando minhas despesas desde os 17 anos. Tive que crescer rápido e não confiar em ninguém, exceto em mim. Precisa ser inteligente e forte neste meio, ou será mastigado e cuspido. Eu sou a porra de um campeão, não um lindo *brinquedinho* que ele pegou em uma boate.

Sua confusão se dissipou quando olhou para mim e acariciou meus antebraços com as palmas das mãos, passando os dedos por meus punhos apertados para que pudesse segurar as minhas mãos.

— Você está achando que eu só queira um namorado bonito? Luka, quando te conheci naquela festa, te ouvi rindo. Ouvi uma risada maravilhosa e despreocupada, e fiquei intrigado. Você parecia tão... alegre. Procurei quem quer que fosse, em todo aquele mar de principiantes e, quando vi seu rosto, era um coro de anjos cantando. Mas eu queria conhecer o homem que ria com toda a sua alma. Então, sim, acho você divertido. E, sim, acho você inteligente, afinal, me deu uma segunda chance, não foi? Sim, acho você lindo e incrivelmente gostoso. E... acho que poderíamos ter algo especial. Não apenas baseado em sexo... embora eu realmente espere que haja muito disso também.

Observei seus olhos enquanto ele falava. Na dança, é preciso ser capaz de ler seu parceiro — você se alimenta das emoções e reações dele à música e aos passos. A linguagem corporal de Seth me disse que ele era sincero. Eu queria muito, muito acreditar nele.

Seu olhar me fez sentir totalmente exposto e vulnerável, e senti o calor subir no meu rosto.

— Gosto do jeito que você fica vermelho — sussurrou.

Suas palavras eram tão íntimas que achei difícil olhar para ele. Isso *nunca* aconteceu comigo. E nunca fiquei vermelho de vergonha.

Ele sorriu, gentil, e me puxou para mais perto, até que nossas respirações se fundiram. Então aquela torrente de calor se acendeu novamente, e nós estávamos rasgando as roupas um do outro até que ficamos nus, todos os músculos duros e pontas se contraindo.

Abri uma gaveta no armário de cabeceira para pegar o lubrificante, enquanto Seth mordia minha bunda com força.

72   JANE HARVEY-BERRICK

— *Sranje!* — gritei, esfregando a bunda.

— Caramba, você é tão sexy quando fala na própria língua. — Ele riu e ofegou ao mesmo tempo.

— *Pokaži mi svojo lepo rit.* Significa role e me mostre a sua bunda — ordenei.

— Sim, senhor! Hum, Luka, deixe-me colocar a camisinha em você. É um lance, me excita.

Eu sorri para ele, um brilho em meus olhos.

— Ah, é mesmo? Porque você parece bastante excitado para mim. — E agitei seu pau duro com a mão, fazendo-o se contorcer.

— Ei! Cuidado com os meus bens!

— Vire-se — repeti, minha paciência se esgotando depressa.

Lubrifiquei meu pau e, depois passei por toda a costura de sua bunda, trabalhando minha língua lá dentro, antes de usar os dedos lubrificados. Seus gemidos estavam dificultando para que eu fosse mais devagar. Para mim, essa é a única desvantagem do sexo com um homem: você não pode simplesmente enfiar com tudo na bunda, tem que ir aos poucos ou alguém vai se machucar. Às vezes, você não quer preliminares, só quer foder forte. Mas eu sabia que Seth valeria a pena esperar.

A respiração de Seth era superficial, o corpo magro tenso e imóvel, pequenos arrepios marcando sua pele. Desci mais, beijando suas costas, saboreando o seu suor, cheirando o almíscar de seu corpo, despertando minha própria fome a níveis insanos.

Nós dois ofegamos quando passei do anel de músculos tensos, e então, estava dentro dele. Por um segundo, fiquei parado.

— Puta que pariu, me fode, Luka!

Música para os meus ouvidos.

LUKA

CAPÍTULO SETE

Não conseguia parar de sorrir. Eu era um daqueles cretinos presunçosos que você vê no caminho para o trabalho, todo sorriso, e você sabe, *apenas sabe*, que fizeram sexo incrível na noite anterior. É, bem, hoje era a minha vez. E o sexo foi ótimo durante toda a semana.

Seth tinha deixado muito claro para mim — várias vezes por noite — como ele se sentia a meu respeito. Disse que não era um cara que se continha ou era de brincadeira, e eu gostei muito disso nele. Gostava muito dele, ponto final.

Esse foi um pensamento um pouco assustador para mim, deixar alguém se aproximar tão rápido, permitir que ficasse tão próximo. Não se tratava de confiança ou amizade, embora eu gostasse dele como amigo — era sobre a conexão, a rara sensação de que você estava destinado a encontrar essa pessoa.

Depois de horas do sexo bom e louco naquela primeira noite, ele me persuadiu a ir com ele para a sua casa, assim Michael não ficaria sozinho a noite toda. É. Meigo.

E apesar do fato de que ele tinha que sair para trabalhar estupidamente cedo, às 5h30min — algo relacionado com o mercado financeiro de Tóquio que eu não entendi —, ele tirou um tempo para fazer café da manhã e o deixou pronto na cozinha para mim. Ele também me deixou dormir em seu apartamento, sem se preocupar que eu, talvez, pudesse vasculhar sua gaveta de cuecas — o que não fiz —, ou acessar seu computador — eu não tinha a menor ideia de como fazer —, ou de cozinhar o seu coelho.

Na verdade, todas as manhãs, eu bebia seu café e dividia uma salada de frutas e doces incrível com Michael, enquanto nos sentávamos no sol na varanda de Seth, observando a cidade acordar, os sons distantes de Londres aumentando.

Parecia um novo começo, algo bom.

Então coloquei o coelho de volta em seu cercadinho com alguns morangos e peguei o ônibus para casa, aproveitando o sol da manhã.

Também posso ter tirado uma soneca quando voltei para o apartamento, sentindo que tudo estava bem com o mundo. Até eu aparecer para os ensaios finais com Alice, sabendo que estávamos cobrindo as férias de outros dançarinos e estaríamos no espetáculo, hoje à noite.

Ela parecia um desastre, com olheiras pesadas sob os olhos e os movimentos bruscos e nervosos. Com qualquer outra pessoa, eu teria me perguntado se tinham usado crack, mas eu sabia que era puro nervosismo no caso dela.

— Ai, meu Deus! Estou feliz que esteja aqui. Luka! — disse, trêmula, apertando-me num abraço sufocante. — Não preguei o olho na noite passada. Estou tão nervosa.

— Você vai se sair bem — eu disse, o mais gentil que pude. Por dentro, eu me perguntei se ela realmente daria conta de se apresentar em um show para um público com mais de duas mil pessoas.

— Acha mesmo? — perguntou, desesperada.

— Claro — menti. — Você é uma boa dançarina.

Essa última parte era verdade, mesmo sendo inexperiente; seu nervosismo era paralisante. Não pude deixar de pensar em como ela conseguiu o emprego — porque não tinha como ela ter passado no teste para este trabalho.

Nós ensaiamos por três horas com o resto do elenco de apoio com Kathryn gritando os movimentos sobre a música. Meus pés estavam machucados e exaustos no final, e parei de ouvir as desculpas horrorizadas de Alice cada vez que ela me deu uma joelhada nas bolas, pisou nos meus pés ou chutou minhas canelas.

Mesmo que ainda não soubesse bem todas as sequências, virei os olhos suplicantes para Kathryn, que concordou com um intervalo, mesmo com a cara de quem não estava muito feliz.

Gretchen estava assistindo nos últimos vinte minutos, provavelmente querendo fazer mais uma prova antes do show.

Quando Alice foi para o banheiro, eu me virei para Kathryn.

— Ela não está preparada.

— Isso é bastante óbvio! Maldito inferno, já vi lhamas de três pernas que dançam melhor do que ela.

— Ela dança bem, você está a deixando nervosa.

Kathryn me lançou um olhar venenoso.

— Se Arlene estivesse aqui, Srta. Alice Munroe já teria levado um chute na bunda, não importa quem seja o tio dela.

Isso explica algumas coisas.

Eu me alonguei no palco, relaxando os músculos, e liguei meu telefone. Sorri quando vi duas mensagens de Seth.

LUKA

75

> Já estou com saudades de você.

> Acho que você ama mais o Michael do que eu. São as orelhas, né?

O cara era maluco. Droga, ele me fez sorrir.

Depois de um pequeno intervalo, os dançarinos regulares começaram a chegar. Eu senti o choque de adrenalina enquanto fazíamos quase uma sequência completa, mas sem os cantores, e com músicas gravadas nos dando as deixas. Alice se saiu muito melhor e vi sua confiança aumentar. Depois de estarmos ensaiando por mais de cinco horas. Meus pés doíam, as pernas latejavam — acho que nunca dancei tanto em um dia, com um show de duas horas pela frente.

Peguei uma garrafa de um litro de água e bebi de uma vez. Precisava me manter hidratado ou teria cãibras.

Alice veio se sentar comigo, com os olhos arregalados e tentando não entrar em pânico.

Coloquei o braço em volta dela e ela se inclinou em mim conforme colocávamos gelo em nossos músculos doloridos e pés cansados. Discretamente, coloquei outra bolsa de gelo na virilha.

— Você quer repassar o terceiro número de novo? — perguntei. — Ajudar você a entender melhor?

— Nossa, você faria isso?

— Sim, claro — respondi, decidindo que um ensaio extra seria a maneira mais rápida de preservar as bolas a longo prazo.

Noventa minutos antes de a cortina subir, os protagonistas chegaram e iniciaram o aquecimento vocal. Você nunca sabe se vai encontrar uma diva ou alguém realmente legal entre os protagonistas. Quando trabalhei com Kelly Clarkson, esperava uma megera, mas ela foi incrível, trabalhadora e sensata, muito amigável e andava com todos.

Martin, o protagonista principal, apertou minha mão e beijou Alice no rosto, mas não parecia muito interessado. Beverley, que interpretava o papel de Whitney Houston, foi mais afetuosa, mas meio distraída, mesmo assim, recebeu a gente na família, o que achei um gesto legal.

O vestiário dos coristas ficava no subsolo do teatro, então tivemos que subir as escadas correndo para a área dos bastidores entre algumas das rápidas trocas de roupas. Mas, esperando nos bastidores, você podia *sentir* o público atrás da cortina pesada, sua empolgação transbordando.

Eu não tinha voltado a falar com Alice, mas pude vê-la do outro lado do palco. Parecia que ela ia passar mal. Torcia para que não fosse o caso — não é divertido escorregar no vômito, ainda mais no de outra pessoa.

De um canto nos bastidores, conseguia ver o público, ver todos os seus rostos mesmo, bem atrás do balcão superior. A expressão de Alice estava congelada e eu sabia o que ela estava pensando: "Minha nossa, o que estou fazendo aqui?".

Mas eu não estava preocupado, ainda que ela estivesse tremendo. Porque todos nós nos sentimos assim. Quando a música começa, você liga e executa. Jesus, o zumbido — é a maior sensação.

As luzes diminuíram e a música começou a tocar, os dez garotos e garotas da orquestra parecendo muito maiores no vasto teatro.

A voz de Beverly era forte, explodindo pelos alto-falantes. Não tinha mais tempo para pensar e meu corpo sabia o que fazer. Além disso, os outros caras eram totalmente profissionais e, se eu perdesse o sinal, só precisava olhar para eles para saber onde estava e quais passos deveria dar. Não esperava precisar da ajuda deles, mas é bom saber que os outros dançarinos estão ao seu lado — todo mundo quer um bom show.

E eu estava voando, eletricidade fluindo pelas veias, girando ao meu redor, alcançando as estrelas naqueles holofotes incandescentes.

É mágico.

Estávamos chegando ao intervalo quando aconteceu.

Foi como ver um trem prestes a colidir. Em câmera lenta. Você está gritando por dentro, mas, como um daqueles sonhos em que tenta correr pela areia movediça, não consegui chegar a tempo.

Alice decolou com o pé errado na direção errada, indo rumo aos dançarinos vindos da direção oposta. Os dois primeiros conseguiram esquivar-se dela, mas o terceiro, um cara realmente grande, chocou-se contra ela, esparramando-a no palco, quase fazendo Beverley tropeçar, que estava tentando fazer seu solo no final do primeiro ato.

Alice caiu de bunda, no centro do palco, e ouvi uma onda de choque e, em seguida, a diversão aumentando da plateia. Esperei que se levantasse e saísse do caminho, que se movesse, qualquer coisa! Mas ela apenas ficou ali, uma expressão de horror congelada no rosto.

Na minha cabeça, eu estava gritando com ela. *Saia daí!* A primeira regra da dança, a primeira regra do teatro, o espetáculo deve continuar. Não importa o que aconteça no palco, continue, mas Alice congelou. Não só causou um acidente, mas estava prestes a causar um reação em cadeia, já que os dançarinos vindos dos bastidores não viram o que aconteceu e corriam para o palco, tropeçando nela.

Tinha que tirá-la de lá. Não havia tempo para fazer mais nada, portanto, corri para frente, deslizando o joelho e parei abaixo da linha dos olhos de Beverley, peguei Alice nos braços e corri para fora do palco.

Eu a carreguei até o vestiário feminino. A essa altura, o choque estava passando e, quando a soltei em uma cadeira, ela colocou os braços em volta dos joelhos e começou a balançar.

— MeuDeusMeuDeusMeuDeusMeuDeus!

Então ela olhou para mim, as lágrimas manchando seu rosto.

— Serei demitida.

Era assim que eu pensava, também. Dependia apenas de quão bons seus contatos realmente eram.

Gretchen entrou, agitada, seguida por uma Kathryn carrancuda.

— Tem coisas piores, *liebchen*... querida. Não deve se preocupar. — Ela deu um tapinha no meu braço. — Você é um bom garoto.

Acho que ela teria dito mais, mas Kathryn estava fervendo.

— Luka, poderia nos dar licença?

Alice me lançou um olhar de pânico.

— Sim, senhora — respondi, com relutância, voltando para o subsolo.

A gritaria começou imediatamente, e eu tive a sensação de que Alice não dançaria no segundo tempo.

Não vi Alice sair do teatro, mas ouvi dizer que estava chorando. Kathryn ficou furiosa e estávamos todos de cabeça baixa.

Ela não foi demitida, apesar de ser da vontade de Kathryn.

— Luka — chamou, ríspida, caminhando em minha direção. — Vai improvisar as sequências que dançaria com aquela idiota. E, pelo amor de Deus, faça com que o levantamento de Bev fique bem alto e por cima da cabeça.

Quando sua coordenadora de dança fala com você assim, há apenas uma resposta:

— Sim, senhora.

A segunda parte correu bem, não diria mais nada além disso. Se eu fosse a coordenadora no show, teria tirado o meu papel de uma vez, mesmo sendo o cara que erguia a Bev. Era colocar muita confiança em alguém na primeira noite, ainda mais depois do que aconteceu. Apreciei o voto de confiança, mas todos estavam um tanto nervosos e todos perdemos o ritmo, só um pouco.

Não acho que o público percebeu, ou se notou, não os impediu de bater palmas no final. A sensação foi boa.

Tomei meu banho e me troquei. Estava cansado, não dormi muito na noite passada, mas o tipo de cansaço bom — o que significava que eu dormiria muito bem esta noite. Porém a ideia de voltar para um apartamento vazio não era muito atraente.

Seth tinha me mandado mensagens o dia todo, mas não havíamos combinado de nos encontrar. Talvez amanhã, depois de eu...

— Oi, lindo.

Seth estava encostado na parede ao lado da entrada dos artistas, um sorriso enorme no rosto. Ele estava de terno, devia ter vindo do trabalho. Suas horas eram mais loucas que as minhas.

— Não via a hora de poder te ver de novo — disse ele. — Pretendo me tornar seu novo perseguidor favorito.

— Sabe, você é meio maluco.

— Num sentido positivo?

Dei risada.

— Dá certo comigo.

— Ah, que alívio.

— Olha, não sei se você gosta, mas um amigo me mandou uma mensagem dizendo que estão todos indo no The Yard. Não funciona até tarde, só ficam abertos até meia-noite, mas servem comida. Além disso, você precisa comer. Deixe-me te alimentar, querido. E temos que comemorar sua noite de estreia. Eu teria vindo, mas o trabalho... Como foi?

Ele levantou a mão para acariciar meu rosto suavemente, deixando-a cair quando alguns dos músicos passaram, dando-me um aceno quando seus olhos passaram por Seth.

— Desculpe — disse, depressa.

— Eu estou bem com você me tocando, Seth — falei, puxando a lapela de sua jaqueta e dando um beijo daqueles nele.

Ouvi a porta do teatro abrir algumas vezes, mas ignorei.

Quando nos separamos, ele estava sorrindo.

— Ainda quer pedir desculpas? — perguntei.

— Definitivamente, não. Melhor ideia de todas. Sou um gênio.

— Você vai ficar se achando?

— Não. Meu ego tem proporções perfeitas, assim como a sua bunda.

— Você é um cuzão.

— Você percebeu!

Caminhamos pelas ruas movimentadas, as pessoas curtindo a noite quente de verão, sentadas à mesa bebendo vinho ou tomando café. Adoro isso nas cidades — conseguir sentir companheirismo entre estranhos.

Ou pode parecer o lugar mais solitário da Terra. Perspectiva é tudo.

The Yard era um edifício sem definição, decorado com cestos suspensos e disposto em três andares. Mas, o melhor de tudo, tinha uma área externa iluminada com cordinhas de luzes e uma atmosfera tranquila.

Seth acenou para um pequeno grupo de rapazes que estava sentado ao redor de uma mesa de madeira com móveis de jardim.

— *Finalmente*, Sr. Bobo Banqueiro! — disse o que usava jeans tão apertado que obviamente cortou o suprimento de sangue para seu cérebro. *Que panaca.*

Seth revirou os olhos para o idiota.

— Se isso é o que chama de trabalhar horas extras — disse outro, seus olhos disparando para mim enquanto sorria para Seth. — Pode contar comigo.

Ele se levantou e apertou a mão de Seth, depois deu-lhe um abraço rápido.

— Pessoal, este é meu amigo Luka, e esses otários são Edwin, Jeff, Chris e Julian.

— Você não precisava se vestir bem para nós — zombou aquele chamado Julian, olhando meu moletom surrado e minha camiseta desbotada.

Dei de ombros e dei uma conferida na sua calça jeans e jaqueta de couro cara.

— Não sabia que estávamos competindo.

Os outros riram e Julian me lançou um olhar irritado.

— Luka veio direto do trabalho.

— Oh, por favor, não diga mais nada! Isso me dá urticária.

Seth gemeu, mas não respondeu. Então ele me passou um menu e pedi um sanduíche com batatas fritas.

Edwin assobiou, seu rosto a imagem de ciúme.

— Queria poder comer assim e manter a silhueta. Qual é o seu segredo? Fanático de academia?

Dei risada.

— É, acho que sim.

— Luka é dançarino — explicou Seth, com orgulho na voz.

— Ah, é? Igual a Sarah? — perguntou Edwin. — Adoro sua irmã, Seth.

— Sim — respondeu Seth, os ombros se contraindo ligeiramente com a menção do nome dela.

Fiquei quieto — se ele não queria falar da irmã, tudo bem para mim. Não queria outra noite estranha.

— Sotaque delicioso. De onde você é?

Conversamos um pouco da Eslovênia. Embora nenhum deles tivesse estado lá, passaram por muitos lugares na Europa que eu conhecia ou onde trabalhei.

Com exceção de Julian, gostei dos amigos de Seth. Eu tendia a ser cauteloso com pessoas novas, especialmente quando estava namorando um cara e...

Esse pensamento me fez parar. Era isso? Namoro? Olhei para Seth e ele sorriu feliz para mim, estendendo a mão para colocar o braço em volta dos meus ombros.

Trabalhando com dança, ou em qualquer área criativa, as pessoas são mais abertas em relação à sexualidade e geralmente mais receptivas. Mas, no mundo normal, nem tanto.

E era diferente para Seth, principalmente pelo que ele disse do seu trabalho, então fui cuidadoso com seus amigos e segui suas dicas de quanto toque era permitido. Pensei no seu pequeno surto quando tocou meu rosto fora do teatro. Ele ficava muito mais à vontade com seus amigos gays.

Terminei minha comida dividindo minhas batatas fritas com Seth. Tudo era tão fácil com ele. Simplesmente... certo.

— Vai voltar para casa comigo esta noite? — sussurrou, no meu pescoço.

— Eu preciso mesmo dormir um pouco — respondi, arqueando uma sobrancelha. — E você parece acabado. Bocejou o tempo todo na última hora.

Ele acenou com a mão.

— Vou dormir mais no sábado. Por favor, Luka? Não me faça implorar.

— Mas eu gosto quando você implora. Muito.

— Tudo bem. Por favor, venha para casa comigo esta noite. Poooor favoooorrrr.

Dei risada de como ele estava sendo ridículo. E muito fofo. Não pude resistir a seus olhos suplicantes.

— Tá certo, tudo bem, vou com você!

Seth recostou-se na cadeira, parecendo muito satisfeito consigo mesmo.

— Isso foi mais fácil do que eu esperava.

— Sim, estou com muita vontade de ver Michael.

Ele inclinou a cabeça de lado.

— Eu estava certo a respeito das orelhas, não estava?

— Você é adorável pra caralho — eu disse, beijando-o com força.

Depois ri alto, mais leve e mais feliz do que me sentia em anos.

Parecia um verão de possibilidades, mas não queria pensar no que significaria quando o verão acabasse.

CAPÍTULO OITO

— Não diga a eles que você é bi.

Encarei Seth, a testa franzindo, formando uma carranca. Ele se encolheu e desviou o olhar da minha expressão atordoada.

Ele estava dando um jantar na noite de segunda-feira, no meu dia de folga, e convidou vários de seus amigos. Tive a impressão de que era muito importante para ele, embora não o tivesse admitido.

Continuei encarando-o, pensando se tinha ouvido direito.

— O quê? Por que não?

Ele enfiou as mãos nos bolsos e remexeu os pés, observando-me pelo canto do olho.

— Eles não vão entender.

Pude sentir a raiva ferver por dentro.

— É sério isso? Em um jantar com gays, tenho que esconder minha sexualidade?

Seth corou, parecendo chateado.

— Luka...

— Não — eu disse, baixinho, mas não havia dúvida de que ele me ouviu.

— Por favor.

Soltei um suspiro calmo, tentando não reagir com exagero, mas estava aborrecido.

— Não acredito que está me pedindo para fazer isso, para mentir para seus amigos. Puta que pariu! Você, entre todas as pessoas, sabe o que isso significa.

— Eu sei e peço desculpas. Mas... Eu só quero que a noite vá bem.

Esfreguei as mãos no cabelo.

— Isso é uma palhaçada.

Ele tentou segurar as minhas mãos e me abraçar, mas eu o empurrei com força.

— Por favor, Luka? São os meus amigos.

— E eu sou o quê?

— Tudo.

Sua resposta me fez parar, mas então meu lábio subiu em um sorriso de desdém.

— Se isso fosse verdade, você me aceitaria como sou.

— Eu aceito! Eu te aceito sim! Eu am... eu gosto de verdade de você.

Pisquei, dor e prazer disparando em mim. Ele disse as palavras com sinceridade. Quase. Mas o que era amor? Apenas uma chance para dar certo? Ou terrivelmente errado.

— Você... você me ama? É cedo demais para dizer isso.

— É? Talvez, não sei. Eu nunca senti... tanto assim. Me assusta o quanto.

Seus lindos olhos azul-acinzentados estavam vidrados de paixão e um pouco de desespero.

Abaixei o olhar.

— Não sabia disso.

— Agora sabe.

Mordi o lábio e desviei o rosto do dele.

— Portanto, agora, se eu não fizer o que você quer, vou me tornar cretino ingrato.

— Não foi por isso que eu disse.

Sua voz soou magoada, mas cheia de indignação, também.

Eu não queria amá-lo — não fazia parte do plano. Era para ser um lance de verão, casual, divertido. Não... não o que estava se transformando. Eu não me envolvia em relacionamentos sérios. Ficava longe de complicações. Ser bi já era complicado o suficiente. As pessoas diziam que aceitavam, mas eu conseguia ver as perguntas, a dúvida em seus olhos. Até Seth. Principalmente Seth.

Fiquei longe de relacionamentos e mantive tudo platônico com meus amigos de trabalho. Ou tentei... Mas isso parecia o começo de precisar de alguém.

Eu estava apavorado, porra.

— Você entende o que está me pedindo para fazer ao mentir para eles?

Poderia dizer pela expressão em seu rosto que ele sabia.

Assumir que é gay ou bi é uma das coisas mais difíceis que se pode enfrentar na adolescência, mesmo na idade adulta. Ficar confuso a respeito de sua sexualidade, saber que é diferente, mas não entender como ou por quê. Primeiro, ter que enfrentar a verdade sozinho — isso é muito difícil, muito doloroso, porque você sabe que está se separando do padrão pelo resto da vida. Sem esposa e um casal de filhos para você.

LUKA

Depois, tem que contar para seus amigos e família. E isso pode dar muito, muito errado. Falando por experiência própria.

Demorou ainda mais para reconhecer e aceitar a minha bissexualidade. Então, quando o homem que estava se tornando importante para mim me pediu para mentir — doeu demais, caralho.

Ele estava me observando, os olhos implorando.

— Tudo bem. Farei isso. Mas não me peça para mentir por você de novo.

Ele se aproximou e colocou os braços em volta do meu pescoço, descansando o rosto contra o meu.

— Não vou. Prometo.

Eu o deixei me abraçar por um segundo, e então me afastei, pegando minha jaqueta e as chaves no caminho da porta.

— Aonde você está indo?
— Para casa
— Mas...
— Preciso de um tempo.
— Luka, eu...
— Só esta noite.

Ele concordou com a cabeça, a expressão dividida. Meu lugar em sua vida parecia frágil, incerto.

— Desculpa — disse ele.
— Sim, eu entendi.
— Eu te amo, Luka.

Não respondi.

Na segunda-feira à noite, permiti que a irritação desaparecesse, e deixei Seth fazer as pazes comigo na cama. Ele era um amante muito sensível — parecia saber do que eu precisava antes de mim. Isso deixou o sexo mais excitante. Se significasse mais do que isso, eu não iria admitir.

Seth tinha planejado trazer um serviço de buffet até que eu o lembrei de que sabia cozinhar.

— Mas não quero que você passe o seu dia de folga na cozinha — disse ele.

— Não me importo. Gosto de cozinhar. Eu estava pensando em sopa de ervilha com hortelã, *mushroom rižota*, risoto de cogumelo para você, com *kislo zelje*. Você chamaria de chucrute e panquecas de sobremesa.

— Parece maravilhoso. Hum, o que é *palachiquer*?

Eu ri de sua pronúncia assassina do esloveno.

— São panquecas finas recheadas com nozes e geleia de damasco, cobertas com chocolate derretido e servidas com creme de leite.

— Uau, você sabe fazer tudo isso?

— Minha *babica*, minha avó me ensinou.

— Eu já te disse como você é incrível, ultimamente?

— Não desde que eu estava fodendo você na noite passada.

Seus olhos enrugaram nas bordas enquanto ele sorria para mim, passando a língua sobre os dentes. Depois ele olhou para o relógio.

— Ah, merda. Vou me atrasar. Está tudo bem mesmo por você fazer o jantar?

— Claro. Basta trazer vinho. Muito vinho.

— Pode deixar. Ou eu poderia trazer champanhe.

— Estamos comemorando?

— Sempre. — Ele piscou para mim.

Eu o puxei para mim e o beijei com força.

— Agora tire essa bunda sexy daqui. Nos vemos depois.

— Você acha a minha bunda sexy?

— Sim, principalmente quando estou entrando forte nela.

Ele saiu, sorrindo, com a promessa de que voltaríamos a esse assunto mais tarde.

Passei um dia tranquilo fazendo compras, cozinhando e ficando com Michael.

Encarei-me no espelho do banheiro. Queria causar boa impressão pelo bem de Seth, porque parecia ser importante para ele. Mas era minha noite de folga, então não ia me barbear e uma barba rala loira pálida cobria meu rosto e queixo. Arlene insistiu que seus dançarinos estivessem bem limpos. Sem pelos no corpo também, então, uma vez por mês, faço depilação com cera no peito, axila, virilha e na bunda, além de um bronzeado artificial. Momentos divertidos. Contratualmente, eu não precisava fazer depilação masculina, embora muitos dançarinos fizessem. Por um lado, faz seu pau parecer maior, não que eu tivesse qualquer preocupação nesse departamento. Mas quando eu danço, eu suo muito, então acabo preferindo assim.

Coloquei meu jeans favorito e uma camiseta de malha de manga comprida que pertencia a Seth. Porém ele me mandou uma mensagem dizendo que estava atrasado.

> Estou indo! Prometo. Por favor, não cozinhe o Michael!!!

LUKA

85

Mas ele ainda não tinha aparecido quando seus primeiros convidados chegaram. Infelizmente, era o idiota do Julian com um cara novo que eu não conhecia, chamado Eugene.

— Ah! — Julian disse, com surpresa exagerada. — Você está atendendo a porta dele agora?

Sorri e abri espaço para deixá-lo entrar.

— Parece que estou.

— Algo cheira bem — disse Eugene, educadamente, entregando-me uma garrafa de Prosecco.

— Seth usa um serviço de buffet incrível... — começou Julian.

— Na verdade, não contratei — revelou Seth, aparecendo de trás deles e tirando seu terno. — Luka que cozinhou. Desculpe pelo atraso, amor. — E me beijou com firmeza nos lábios e apertou minha bunda.

Ergui uma sobrancelha, surpreso com sua possessividade territorial. Não tinha visto esse lado dele antes.

— Eugene está certo, o cheiro está incrível. Vou tomar um banho rapidinho. Já volto.

— O que acha da garotinha europeia de Seth? — Ouvi Julian perguntar a Eugene.

É, eu não ia deixar isso passar.

— Você tem algum problema com isso? — perguntei, inclinando-me contra o batente da porta para que meus bíceps aumentassem e meus um metro e oitenta de altura se elevassem sobre ele.

— Nem um pouco, querido — Eugene respondeu por ele com um sorriso. — Apenas um ciúme louco da sua gostosura, só isso. — E piscou para mim.

Virei os olhos para Julian, que parecia surpreso por eu tê-lo enfrentado. Ele se recusou a olhar para mim e entrou na sala.

— Não se preocupe com ele — disse Eugene, dando-me um tapa no ombro. — Ele está com TPM o dia todo. Agora, vamos começar a festa.

Mais pessoas chegaram, incluindo Jeff, Chris e Edwin, que conheci no Yard, e alguns caras mais velhos, até que havia dez de nós esparramados na enorme sala de Seth, bebendo e conversando em pequenos grupos.

Os amigos de Seth foram receptivos e curiosos — exceto pelo idiota —, gratos pelo fato de eu ter cozinhado para eles.

Seth me ajudou a servir a comida e fiquei satisfeito com o silêncio repentino que recaiu enquanto provavam cada prato.

Jeff se virou para Edwin com um sorriso.

— Estou trocando você por Luka. Ele cozinha melhor do que Paula Deen e tem olhos iguais aos de Paul Hollywood.

— E o corpo do Steven Chevrin. Pode parar com o flerte, querido, ele não vai olhar duas vezes para um teletubbie como você.

— Talvez ele goste de gorduchos.

E todos eles se viraram para me olhar com expectativa.

— Gorduchos? — perguntei, fingindo que não tinha entendido. — Igual ao Seth?

Acariciei seu peito com a mão, apreciando a sensação das superfícies duras e estrutura esguia.

Edwin riu da expressão no rosto de Jeff.

— Não se preocupe, gordinho, eu ainda te amo.

— Não tem nada de errado com um pouco de carne no corpo — resmungou Jeff.

Mas eu poderia dizer que ele e Edwin estavam bem juntos.

— Gays são uns fascistas corporais. — Riu Chris. — Oh, você sabe que somos, queridos. Nós, os mais cheios, temos que tolerar dois tipos de discriminação. Ser corpulento e entrar em uma boate como gay foi pior do que me assumir para minha tia Grace.

— Sim, sem peitorais, sem sexo.

— Não necessariamente! — Jeff riu.

— O que aconteceu?

— Ela chorou e perguntou o que deveria fazer com o manto de batizado que fez de crochê para meu primogênito. Levou só 11 anos para ela fazer.

Todos nós rimos, por que o que mais se pode fazer?

— Todo mundo sabia que eu era gay antes de mim — disse Eugene, com seu sotaque irlandês musical. — Eu me preocupo com isso. Na escola primária, todos os meninos queriam jogar futebol no intervalo. Eu não. Queria ficar na sala, pintando. Eu era o melhor na aula de artes, mas era só mediano no futebol.

Vários dos outros murmuraram, simpatizando. Entendi o que ele estava dizendo, mas sempre gostei de futebol. Ainda gostava. Eu não jogava com muita frequência porque um ataque ruim poderia me deixar sem trabalho por meses.

— Ah, minha escola era muito sagrada — continuou Eugene, um largo sorriso no rosto. — Fui ensinado na escola cristã. Acho que foi daí que peguei amor pelo couro. Nunca ficavam sem a correia, esses cristãos.

— Eles... batiam em você? — perguntei, sem saber se ele estava brincando ou não.

— De fato, batiam — disse ele solenemente. — Ainda gosto um pouco de bondage e couro até hoje.

Ele sorriu, mas vi a tristeza em seus olhos.

— No dia em que saí da escola, plantei um beijo na boca do Paddy

LUKA

87

O'Donnell, bem ali na frente de todos os professores durante a Assembleia. Saímos de lá em sua scooter. Ah, grande dia, isso sim.

Ele se voltou para mim.

— Qual é a sua história, Luka? Eu já conheço todas essas pequenas fadinhas fofoqueiras. Como você se assumiu, lindo?

Seth fechou a cara, e eu sabia que ele estava preocupado que eu contasse a eles que era bi. Fiquei tentado, e não apenas por causa das quatro taças de champanhe que bebi.

— Uma professora da escola me viu sendo chupado por um cara mais velho no vestiário da escola.

Todos ficaram em silêncio.

— Merda, desculpe — disse Eugene. — Não queria bisbilhotar. É apenas uma daquelas perguntas de jantar... — Suas palavras cessaram.

Dei de ombros.

— Fui chamado de *viado*, bicha, gay, durante anos porque fazia aulas de dança. Batia em qualquer um que me chamasse assim. Eles me deixaram em paz. Eu não me considerava gay.

— Obviamente que não, se você foi chupado em um vestiário por um menino mais velho — zombou Julian.

— Já que eu estava saindo com garotas, sim, isso me surpreendeu — eu disse calmo.

— Você não precisa falar disso — Seth disse, tenso.

Isso me deixou puto, porque eu sabia que não era preocupação com meus *sentimentos*.

— Não ligo — eu disse, dando-lhe um olhar desafiador.

Seus lábios estreitaram em uma linha fina, e ele se recostou na cadeira com os braços cruzados.

— O professor contou ao diretor, e o diretor contou aos meus pais. Minha mãe me bateu com tanta força que arrancou um dente. Meu pai me expulsou de casa, então fui morar com minha avó. — Fiz uma pausa, vendo os olhares de conhecimento de causa e reconhecimento em seus rostos. — As coisas melhoraram depois disso.

— Quantos anos você tinha? — perguntou Eugene, de forma educada.

— Quatorze quando começou; quinze quando descobriram.

Peguei minha taça de champanhe e tomei um longo gole.

Seth me deu um sorriso triste.

— A turma já conhece minha história — disse, baixinho, observando-me o tempo todo. — Eu tinha 23 anos e tinha acabado de terminar com uma namorada de longa data, atrapalhando os planos de minha mãe de um grande casamento e netos. Conhecia Edwin desde a universidade e precisava de alguém para conversar. Fomos beber juntos e fiquei bêbado.

Acabamos no Heaven e tive minha primeira experiência gay no banheiro masculino. — Ele sorriu. — E foi muito bom, também.— O sorriso desapareceu. — Contar para a minha mãe foi um dos piores dias da minha vida. Passaram-se dois meses antes de ela falar comigo de novo, e só então porque Sarah implorou. — Ele deu de ombros. — Muitos sonhos foram destruídos naquele dia. — E ele olhou diretamente para mim.

Acenei com a cabeça minuciosamente, mostrando que entendi. Isso explicava tantas coisas: porque ele odiava o fato de eu ser bissexual; porque ele não queria que ninguém soubesse. Eu não gostava de mentir para seus amigos, mas, pelo menos agora, eu entendia seu motivo.

Vergonha.

Ele achava que sabia como seria a sua vida e agora precisava encontrar um novo caminho. Ele ainda estava se esforçando.

— Uau, isso é um verdadeiro assassino de humor — disse Eugene. — Talvez eu deva contar a você sobre o sonho que eu tive noite passada. Estava neste vestiário e havia todas aquelas roupas de homens espalhadas. Eu sabia, sabia que todos esses caras lindos estavam nus na sauna. Então, se conseguisse entrar... mas havia um barulho realmente irritante, e eu não sabia de onde vinha. Parecia um porco com problemas de sinusite: uuugh--óinc-uugh-gggggng.

Engasguei-me com o champanhe quando ele demonstrou.

— E me lembro de pensar, posso dar uma cotovelada nas costelas dele e fazer com que pare de roncar antes que estrague meu sonho, ou devo apenas correr até aquela porta?!

Depois que todos foram embora, Seth se limpou enquanto eu tomava um longo banho quente.

Rolei o pescoço conforme a água caía na pele, massageando os músculos. Fechei os olhos e deixei correr sobre a cabeça. Não ouvi Seth entrar, mas senti uma corrente de ar frio nas costas e suas mãos calorosas passando pela minha cintura, acariciando a barriga.

Apesar do meu cansaço, meu pau acordou na hora, esticando-se rapidamente enquanto ficava pesado com o meu desejo.

Seth virou meus quadris para que eu ficasse de frente para ele, e caiu de joelhos.

— Obrigado por esta noite — disse.

Sua boca quente e úmida envolveu a cabeça do meu pau, e suas bochechas afundaram quando me chupou. Um longo suspiro flutuou da minha garganta quando me engoliu.

Eu não sabia se ele estava me agradecendo pela refeição ou por manter o silêncio a respeito da minha sexualidade. Mas aquela voz irritante aborrecida foi abafada pelo prazer líquido de ter meu namorado me chupando no calor úmido de seu chuveiro duplo.

Meus dedos entrelaçaram em seu cabelo curto, alisado pela água quente, enquanto eu enfiava o pau em sua boca. Meus quadris sacudiram ritmicamente, fodendo seu rosto. E se foi mais duro do que de costume, ele não reclamou e não parou.

Segurou minhas bolas com a mão livre, massageando levemente. E não parou de envolver a língua em volta do meu pau conforme o esperma quente descia por sua garganta.

Seus olhos estavam febris e brilhantes quando se levantou lentamente, beijando-me com força, para que sentisse meu próprio sabor de sal e almíscar em sua língua.

Agarrei seu pau duro para fazê-lo gozar o mais rápido possível. Isso era tudo que eu poderia dar de mim mesmo agora.

Ele se agarrou aos meus ombros, sua cabeça caindo contra o meu peito, soluçando através de seu orgasmo. Meu cérebro parou de funcionar e deixei o peso opressivo de meus pensamentos se dissipar.

— Os caras disseram que querem ver você no espetáculo. Você se importa?

Fiz uma pausa enquanto alimentava Michael com abacaxi fresco, não esperando a pergunta de Seth ou a ansiedade em sua voz.

— Eles ficaram surpresos por eu não ter visto ainda.

— Não consigo tantos ingressos grátis em uma noite.

— Não, claro que não. Vou comprar. Tenho vontade de ver você no palco. Estava esperando... — Ele limpou a garganta. — Estava esperando que você... sabe... que você me chamasse para ir.

Olhei para cima de novo.

— Não sabia que você queria ir.

— Caramba, Luka! Você é meu namorado! Claro que quero ver você dançar.

Ele balançou a cabeça, frustrado.

— Você pode ser tão irritante! Você é um enigma.

Ergui as sobrancelhas.

— Dormimos juntos quase todas as noites. Como isso é um enigma?

— Isso é sexo, mas não é tudo, é?

Eu o encarei, genuinamente perplexo.

— É realmente difícil conhecê-lo. Você é tão reservado. Nunca sei o que está pensando.

— Eu não confio em muitas pessoas — eu disse, com cuidado, enquanto fazia carinho em Michael. — Minha experiência é que as pessoas te decepcionam. Mas não estou escondendo nada.

Ele concordou com a cabeça, mas deu para perceber que não gostou muito da resposta.

— Conte-me sobre sua avó.

— O que quer saber?

— Qualquer coisa? Quando foi a última vez que você viu ela? Quando foi a última vez que falou com ela? Não sei! Qualquer coisa!

Ele estava ficando muito nervoso, mas eu não tinha certeza do porquê.

— Eu a vi em março, quando fomos com o espetáculo para Ljubljana. Minha irmã Lea veio com ela. E liguei para minha vô na semana passada.

— Ah! — Ele ficou surpreso. — Você não disse nada.

Estudei o rosto de Seth. Ele estava magoado por eu não ter contado o fato de que tinha ligado para ela.

— Estava pensando em ir vê-la, talvez em setembro.

— Bem, que bom. Tenho certeza de que ela iria gostar.

— Quer vir comigo?

Seus olhos se arregalaram, surpresos.

— Jura?

— Claro.

— Tipo... você quer que eu conheça sua avó? Ela não ficará chocada?

Dei risada.

— Nada espanta a minha *babica*. É por isso que ela me acolheu quando meus pais me expulsaram. Ela diz que a vida é muito curta para o ódio.

Eu dei de ombros.

— Ela viveu a Segunda Guerra Mundial e viu o que aconteceu quando a Iugoslávia desmoronou e vizinhos se voltaram contra vizinhos. Acho que o neto dela ser bissexual não parecia importante depois disso.

— Você realmente vai me levar para vê-la?

— Se conseguir tirar uma folga do trabalho — indiquei.

LUKA

Seth deu um grande sorriso.

— Pode apostar que vou. Você acha que ela vai gostar de mim?

— Um banqueiro inglês? Sim, ela vai pensar que eu mandei muito bem.

Seth riu.

— Nunca sei quando está me provocando.

Eu sorri de volta, mas respondi beijando-o nos lábios.

Seth comprou seis ingressos para os assentos mais caros da quinta e sétima fileira do teatro. Ele não conseguiria comprar os assentos mais baratos a menos que reservasse dois meses antes, e não queria fazer isso. Sua urgência retorceu algo dentro de mim: ele estava com pressa porque não via a hora de me ver dançar ou por que achava que não estaríamos juntos em dois meses? Era por isso que eu não tinha relacionamentos — odiava a maneira como distorciam meus pensamentos e me faziam adivinhar cada maldito movimento. Mas ele disse que teria uma folga em setembro para viajar comigo para a Eslovênia. Eu tinha que me controlar.

Ben me lançou um olhar divertido quando terminei a maquiagem e coloquei a primeira fantasia.

— O que está te deixando todo nervoso?

Dei risada. Ele poderia ser bem exagerado para um cara hétero — um dos poucos no elenco.

— Seth está vindo para ver o espetáculo hoje à noite e vai trazer um monte de amigos com ele.

— Ah, claro. Sim, isso sempre faz diferença. Bem, muita merda, cara.

Não tínhamos uma expressão equivalente para isso em esloveno — apenas desejávamos "boa sorte" a alguém, mas, por algum motivo, o mundo do teatro pensava que desejar boa sorte trazia o oposto. Estranho, mas verdadeiro.

Eu poderia concordar com isso.

O camarim era apertado e úmido, mas tínhamos uma área maior onde íamos fazer nossos aquecimentos.

Alice acenou e me soprou um beijo.

Eu estava muito orgulhoso: ela ficou mais confiante e habilidosa desde aquela primeira noite desastrosa. Podemos até brincar com o assunto agora. Ben lhe deu um certificado que dizia "Prêmio da Pior Primeira Noite de Todos os Tempos", que ela orgulhosamente colou no espelho do camarim feminino.

Eu tinha ouvido histórias de pessoas quebrando ossos ou se atirando no palco, mas nunca tinha visto nada pior do que a estreia de Alice. Kathryn a fez ensaiar por semanas antes de deixá-la se aproximar do palco novamente.

Alice terminou seus alongamentos e se aproximou para me beijar no rosto. Ela observou criticamente enquanto eu afrouxava o peito, para frente, para trás, de um lado para o outro, depois ao redor, e o mesmo com meus quadris. Alice tentou me copiar. Ela ainda precisava trabalhar em seus alongamentos, mas estava melhorando.

Nós sorrimos um para o outro enquanto o diretor de palco corria para se certificar de que todos os iniciantes estavam no lugar, quem abria o show.

Meu coração começou a bater mais rápido e tive que sacudir as mãos para aliviar a tensão. Alice me lançou um olhar curioso.

— Seth está aqui hoje — sussurrei.

— Posso conhecê-lo?

— Claro. Eu disse que ele e seus amigos poderiam vir aos bastidores depois, e então nós vamos sair para beber.

— Gostaria de conhecer seu namorado — ela disse, melancólica.

Eu sorri para ela, e então, as luzes diminuíram.

É um momento complicado para nós, porque você vai das luzes fortes à escuridão, de volta ao brilho e, nesses poucos segundos, tem que se colocar no palco sem ser cegado pelas luzes ou desorientado pela escuridão. Só precisa de prática.

Era importante para mim que esta noite fosse perfeita. Eu não me importava com o que os amigos de Seth pensavam de mim, mas queria que ele visse o que eu era capaz de fazer. Acho que adiei convidá-lo para ver o espetáculo porque era apenas um dançarino de apoio. Sabia que ele tinha me visto no *Slave*, mas ele não sabia quem eu era na época.

Mas esta noite eu faria os movimentos que sabia, com o melhor de minha capacidade, porque este era meu lugar, minha casa — e, por alguns segundos, eu seria o centro das atenções.

A música explodiu e eu pulei no palco, com Ben vindo da ala oposta. Ele fez a pirueta no ar e fiz uma estrela sem mão. O público ofegou e aplaudiu, e estávamos em transe.

Eu tinha algumas peças de coreografia chamativas que eu realmente podia dançar, mas muitas delas eram no estilo de um videoclipe, dançando pop, esfregação de corpos e correr ao redor do palco, enchendo-o de movimento.

No final, todos na plateia estavam de pé, cantando junto. Foi uma sensação ótima e eu sabia que Seth estava me observando. Pude sentir seus

LUKA

93

olhos no meu corpo.

Depois que a cortina baixou, voltei para o camarim apertado. Disse ao diretor de palco que tinha convidados esta noite, mas não pensei que chegariam aqui tão depressa. Achei que talvez fosse tomar uma bebida no bar primeiro.

Eu ainda estava no meu protetor masculino, refrescando-me com bolsas de gelo em ambas as pernas, quando Seth entrou com Jeff, Chris, Edwin, Eugene e Julian.

Ben e os outros dançarinos também estavam quase nus, e os amigos de Seth pareciam incapazes de decidir se olhavam ou desviavam o olhar. Eles acabaram fazendo as duas coisas, mas Seth estava sorrindo para mim.

— Bem-vindo ao mundo glamoroso do *showbiz* — eu disse, acenando para ele entrar, e derrubei uma lata de spray de cabelo ao mesmo tempo.

— Você foi incrível! Simplesmente, uau!

Ele olhou para Ben, então se inclinou para me beijar de leve nos lábios.

— Fiquei tão orgulhoso de você — sussurrou.

Balancei a cabeça, satisfeito, mas desejei que ele pudesse ter me visto em algo que realmente mostrasse o que eu poderia fazer. Esperançosamente quando *Slave* fosse retomado.

Então Seth viu as bolsas de gelo nas minhas pernas.

— Você está bem?

Joguei as bolsas em um balde e me levantei devagar, esticando-me até estar aprumado.

— Estou bem... é bastante normal depois de um show.

Não pude deixar de notar que os olhinhos gananciosos de Julian estavam em mim. Bem, Seth estava olhando também, mas eu gostava quando ele fazia isso.

— Vou tomar um banho e depois levá-lo para conhecer Beverley e o resto do elenco. E Alice quer muito conhecê-lo.

— Quem?

— Aquela garota de que falei, com quem ensaiei na minha primeira semana.

Ele fez uma cara de confuso.

— Ah, ela.

— Você está com ciúmes? — Eu sorri.

Ele fechou a cara e se virou.

Eu o observei por um momento, então dei de ombros. Não ia estragar esta noite começando uma briga.

Jeff se aproximou e apertou minha mão, antes de dar um tapinha no meu ombro meio sem jeito, como se não tivesse certeza de onde me tocar.

— Ótimo espetáculo! — disse, com entusiasmo. — Eu adoro Whitney.

Você foi fabuloso, querido. — Seus olhos me beberam, apreciativos. — Não sei como o nosso amigo banqueiro teve tanta sorte.

Então sorriu para Seth.

— Estou brincando, querido. Mas não posso dizer que não estou terrivelmente com ciúmes. E o seu amigo? Ele gosta de bichas gordinhas?

Ben sorriu para nós.

— Desculpe, amigo. Hetero até debaixo d'água.

— Afogou o meu coração. — Suspirou Jeff. — Não se preocupe, posso apreciar a paisagem.

— Posso apreciar muitas coisas — disse Seth, seus olhos se enchendo de calor quando encontrou o meu olhar.

Eu não me importava se estava com calor, suado e quase nu na frente de seus amigos. Eu o puxei para mim e o beijei docemente, dando uma mordidinha seu lábio inferior enquanto me afastava.

— *Hvala*. Obrigado por vir me ver. Significa muito para mim.

— Eu te garanto... O prazer foi meu.

Julian tossiu alto e murmurou algo baixinho.

Hora do banho. E um dos frios.

CAPÍTULO NOVE

Era uma bela manhã, já quente, com a brisa suficiente para deixar Londres suportável no final de agosto.

Segunda-feira era feriado e as pessoas estavam em clima de festa, uma boa despedida para o verão que acabava.

O apartamento de Seth tinha ar-condicionado, e até mesmo a casa de Sarah tinha janelas na frente e atrás, entrando ar constantemente. Eu não chamaria de ar fresco, mas bom o bastante. De qualquer forma, eu só tinha mais uma semana em Camden antes de Sarah voltar para casa. Não tinha decidido o que faria a longo prazo, embora por enquanto Arlene ainda me quisesse no espetáculo e até mesmo sugeriu que eu estaria trabalhando mais próxima de Kathryn. Fui promovido a membro integral do elenco há pouco mais de um mês.

Eu disse para Arlene que tiraria alguns dias de folga em setembro para voltar à Eslovênia — com Seth, esperava. Também lembrei a ela de que precisava de uma semana de folga em dezembro, quando iria para Chicago para trabalhar nos ensaios para a nova turnê de *Slave*, mas ainda faltava meses para isso. Eu planejava ficar em Chicago depois disso, mas Arlene me ofereceu mais dinheiro para ficar mais tempo, assumindo parte do papel de coordenador de dança, para tirar um pouco de peso de Kathryn. Pelo menos, eu podia ficar em janeiro para ela, mas era tudo.

Não sabia quais eram os planos de Sarah. Ela tinha sido muito vaga em seus e-mails nas últimas semanas, então tudo que eu sabia era que provavelmente estaria em casa logo — eu só não sabia quando exatamente. Ash tinha me enviado um e-mail para perguntar se eu tive notícias dela, já que não respondeu às suas mensagens, mas não havia muito que eu pudesse dizer a ele. Embora não fosse tão incomum — nos comunicamos melhor com nossos corpos do que com palavras. Eu tinha visto fotos dela no Instagram — parecia que estava se divertindo. Havia algumas com seu ex-namorado James, também. Talvez tivessem voltado a ficar juntos e estivesse com dúvidas de voltar para casa em Londres. Talvez ela ficasse na Austrália até o início dos ensaios.

Seth disse que recebeu alguns e-mails dela e ela o marcou em algumas fotos no Facebook. Eu não mexia com redes sociais — muita gente estranha.

Mas, a partir de amanhã, eu iria morar com Seth e estava ansioso. Estava praticamente morando com ele de qualquer modo, cuidando de Michael quando estava fora trabalhando. Não havíamos discutido o que aconteceria no próximo ano. Eu estaria em turnê nos Estados Unidos por pelo menos seis meses, e havia a possibilidade de Seth voltar para Hong Kong. Ambos os cenários significavam que estaríamos a um mundo de distância.

Mas, nesse momento, as coisas estavam muito boas conosco. Eu estava quase com medo de olhar muito além — alguma superstição estúpida que eu não conseguia me livrar, que ter expectativa de boa sorte iria afugentá-la. Provavelmente minha avó da Bósnia e suas histórias horríveis na hora de dormir que definitivamente não eram para crianças.

Sorri ao pensar na minha *babica*, que ainda se vestia com os trajes do folclore tradicional nas férias.

Torcia para que Seth pudesse tirar férias antes de eu voltar para os Estados Unidos. Eu ainda queria levá-lo para a Eslovênia comigo para conhecê-la, mas até agora ele não tinha conseguido se comprometer com uma data. Eu não me importava com o resto da minha família, mas *moja babica* era especial. Ela também era a única pessoa em minha família que não ligava que a pessoa importante em minha vida fosse outro homem. Bem, minha irmãzinha, Lea, ficaria bem com isso, mas ela estava envolvida com seu primeiro ano na faculdade e não éramos tão próximos.

Olhei para o céu azul, plácido e imóvel, completamente limpo sem uma única nuvem. Um mergulho na piscina ao ar livre em Holborn e relaxar no St. James' Park renovando o meu bronzeado parecia perfeito para passar o dia até que eu tivesse que estar no teatro.

Seth estava planejando me encontrar depois do espetáculo para que pudéssemos jantar mais tarde juntos no The Yard. Ele não estava brincando a respeito das longas horas que trabalhava. Michael me via mais do que Seth, e gostava de se aninhar ao meu lado no sofá. Tínhamos ficado íntimos.

Saltei do ônibus na minha parada e caminhei os últimos quinhentos metros até o apartamento.

Quando estava prestes a colocar a chave da porta na fechadura, fiz uma pausa. A janela da sala estava aberta. Eu sabia que não a tinha deixado assim. Morei em cidades tempo suficiente para saber que janelas abertas são um convite para um ladrão.

LUKA

Segurei a chave na mão para usar como arma e empurrei a porta da frente o mais silenciosamente que pude.

Quando entrei na sala de estar, vi uma forma volumosa no sofá que gritou ao me ver.

— Sarah! Droga! Você quase me fez ter um ataque cardíaco!

Ela se sentou, pressionando a mão no peito e me deu um sorriso fraco.

— É bom ver você também, Luka!

— Desculpe. — Eu ri, dando um passo à frente e puxando-a para um abraço apertado. — Senti saudades, *buča.*

Seus braços envolveram meu pescoço e ela se aconchegou em meu peito, o cheiro familiar de seu perfume forte no calor do verão.

Nos abraçamos por vários segundos, até que me lembrei por que isso poderia ser estranho. Eu me perguntei quando deveríamos ter toda a conversa "estou dormindo com seu irmão".

Mas então percebi que ela parecia tão tensa e desconfortável quanto eu. Seth já havia dito algo para ela? Achei que tínhamos combinado de contar juntos.

— Estava esperando você daqui uma semana.

— Voltei ontem — disse ela, afastando-se para encher a chaleira. — Esperei acordada, mas, bem, você não voltou para casa ontem à noite.

— É, fiquei na casa de um amigo.

— Namorada? — perguntou ela casualmente.

Mas a rigidez em seus ombros a denunciou. Pude ver a tensão em seu corpo, irradiando dela.

— Não. Um amigo.

Ela se virou e se atirou em mim.

— Graças a Deus! Estava ficando louca imaginando você com alguma vagabunda.

Ela se aninhou contra a minha garganta enquanto suas mãos envolveram meu pescoço de novo.

Eu ri e retribui o abraço.

— Senti sua falta também — sussurrou ela.

Mas então, senti suas mãos descerem pelas minhas costas e começarem a vagar pela cintura até a virilha.

Meu corpo respondeu automaticamente conforme tentava me desvencilhar dela.

— Sarah, o quê...?

— Estou com tanto tesão — murmurou, mordendo minha garganta. — E nós sentimos falta um do outro. Fiquei pensando naquela noite. Foi gostoso pra caralho.

Agarrei suas mãos antes que fossem mais ao sul. Isso foi muito além de estranho.

— Ah, qual é, Luka! Estou esperando por isso há três meses! — Ela riu.

Eu me afastei dela, percebendo uma expressão irritada vislumbrar em seu rosto antes de ser substituído por um sorriso falso.

Ela parecia diferente. Mais bronzeada do que antes e definitivamente mais redonda. Seus seios estavam maiores também. Alguém estava comendo bastante. Mas muitos dançarinos passam por transformações corporais quando estão entre os espetáculos. Preferia ficar em forma, mas dá muito trabalho. Se fosse fácil sempre ter aulas de dança ou malhar em uma academia por duas horas todos os dias, todo mundo faria isso. Mas é difícil. Você tem que se arrastar até lá quando estiver cansado, de ressaca, de saco cheio ou apenas com preguiça.

Mas não foram apenas os quilos que ela acumulou, havia algo em seus olhos, em sua expressão — uma dureza ou determinação. Não tinha certeza. Ela definitivamente estava agindo de forma estranha.

— Como foi a Austrália? — perguntei, com cautela.

Ela não respondeu imediatamente, mas ficou de costas para mim enquanto preparava duas xícaras de chá.

— É, foi divertido. Mas eu estava pronta para voltar para casa.

Cocei meu pescoço ao mesmo tempo em que a observava evitando meus olhos. Eu não estava acostumado com as coisas estranhas entre nós.

— Olha, posso arrumar minhas coisas e sair daqui. Não tem problema — posso ficar com um amigo.

Seus ombros voltaram a ficar tensos e sua expressão estava rígida quando ela se sentou no sofá ao meu lado, empurrando uma xícara de chá em minha direção.

Ela tomou um gole e colocou a xícara na mesinha de centro.

— Na verdade, há algo que preciso falar com você, Luka.

— Você está bem?

— Não, na verdade não. Talvez, não sei.

Seu olhar intenso e a resposta aleatória estavam começando a me assustar.

— A questão é... — ela disse, baixando os olhos para as mãos e brincando com as pulseiras que usava. — A questão é que estou grávida.

Eu estremeci, solidário a ela. Sabia que James, o ex, era um saxofonista sem um tostão. Quase no mesmo nível de um dançarino de dança de salão substituto.

— Isso explica por que está sendo tão estranha. Contou ao James?

Sua expressão endureceu, então encontrou meu olhar preocupado.

— Não. É você, Luka. Você é o pai.

LUKA

99

Minha mão paralisou a centímetros da alça da minha xícara.

Eu ouvi direito?

— O quê? Como?

Suas sobrancelhas se ergueram, sua expressão era de sarcasmo.

— Como? Bem, quando fizemos sexo. Imagino que foi assim que aconteceu.

— *Sranje!*

Pulei do sofá e comecei a andar de um lado para o outro, esfregando as mãos no rosto.

— Tem certeza de que é meu?

Seu rosto ficou vermelho.

— Sim, seu babaca! Tenho certeza. Você é a única pessoa com quem transei nos últimos cinco meses.

Enquanto eu processava essa informação, outra pergunta veio à tona.

— Você vai continuar com isso?

Ela se levantou e deu um tapa no meu rosto. Forte.

— Você é um cretino! Sim, você é o pai! Sim, vou ter o bebê!

E então ela começou a chorar, seus ombros tremendo enquanto cobria o rosto com as mãos.

— Merda, desculpa, Sarah. É um choque. Sinto muito. Venha aqui, *buča*.

Eu a puxei em meus braços, segurando-a contra mim conforme chorava e chorava, como se o mundo estivesse acabando. E meio que estava. Seu mundo. Nosso mundo.

O sangue estava pulsando em minhas veias e eu queria sair correndo. Brigar ou fugir. Mas não havia ninguém para brigar e eu não podia fugir.

Eu era capaz de dançar por horas sem parar, pular mais de um metro no ar, cruzar um palco de doze metros na ponta dos pés, mas entender relacionamentos? Eu era inútil nisso. Sabia foder. Era ótimo fodendo, mas algo real, algo importante? Não fazia ideia de como agir. Não tive chance de fazer as escolhas certas — mesmo que as erradas significassem ser triste pelo o resto da minha vida.

Eu a segurei, beijando seu cabelo, deixando-a chorar, mas o tempo todo eu pensava: o que vou dizer a Seth? E, ao lado da porra do pânico absoluto e da certeza de que minha vida estava mudando para sempre, havia a fraca agitação de outra coisa: meu filho.

Nunca pensei que fosse me casar ou ter filhos. Inferno, a ideia de ficar com a mesma pessoa pelo resto da minha vida nem fazia sentido, mas, olhando para Sarah, uma das minhas amigas mais próximas, senti aquela agitação de novo. Sussurrava, provocando, me tentando. Era uma voz, minha consciência, talvez meu verdadeiro eu, não sei.

E disse, talvez...

Quando suas lágrimas finalmente começaram a diminuir, eu a trouxe de volta para o sofá e ela se sentou, com a cabeça apoiada no meu peito enquanto eu acariciava seus cabelos. A familiaridade era reconfortante para nós dois. Havíamos passado muitas horas no ônibus da turnê, exatamente assim. Com ela, com Yveta, com Gary, com Oliver, com Ash e Laney. Minha família da dança.

Família.

Sarah se mexeu nos meus braços e olhou para mim.

— Desculpa. — Ela fungou. — Eu juro que não queria que isso acontecesse. Estava tomando pílula, mas passei muito mal naquela noite. E você nem queria transar comigo. É humilhante.

Ela estava certa, mas não podia dizer isso a ela. Eu não era tão cretino assim.

Continuei acariciando seus cabelos suavemente.

Minha amiga estava sofrendo e era minha culpa. Deixei escapar as únicas palavras que significavam alguma coisa.

— Estamos nisso juntos, Sarah. Prometo.

Seu corpo cedeu contra mim e ela pressionou o rosto no meu peito.

— Graças a Deus! Muito obrigada! Santo Deus, eu te amo, Luka. Vai dar certo, eu prometo que você não vai se arrepender. Você será um ótimo pai, eu sei que será. Não estou dizendo que temos que nos casar nem nada, pelo menos não ainda, então...

— Ei, espere, vá devagar!

— Eu sei, me desculpe. Há semanas que tenho medo de te contar. Ouvir você dizer que estamos juntos nisso, não sabe o que significa para mim. Estou tão aliviada! Você não acreditaria no caos que tenho estado.

Percebi que tinha tornado as coisas muito piores e precisava esclarecer.

— Sarah, precisamos conversar disso. Acho que você não entendeu...

Seu telefone tocou e ela o pegou da bolsa.

— É meu irmão! — Ela sorriu. — Preciso atender.

Cheguei tarde demais para impedir que Sarah atendesse o celular.

— Seth! — ela gritou ao telefone. — Mamãe disse que voltei para casa? Eu sei, eu sei... Uma semana antes... Porque havia algo que eu precisava fazer... Não, não! Quer fazer o favor de ficar quieto? Tenho algo para lhe contar. É importante... Você vai ser tio! Sim! Sim! Eu sei! É demais! Não, não é do James, bobo! É de alguém da última turnê. Você não o conhece, o nome dele é Luka.

E ela sorriu para mim enquanto cada gota de sangue drenava do meu rosto.

— Sim, Luka, isso mesmo. — Ela fez uma cara esquisita. — Não, só

LUKA

101

tinha um dançarino chamado Luka na turnê. Que pergunta estranha! Olha, não conte ainda à mamãe. Ela tem que conhecê-lo primeiro. E não vai ficar feliz por estar grávida sem um anel de noivado no dedo, mas, assim que o conhecer, vai ficar tudo bem. Ele pode encantar qualquer um.

Ela sorriu, brilhando de felicidade ao mesmo tempo em que tudo dentro de mim murchava e morria.

— Vamos sair para almoçar para comemorar e poderá conhecer o Luka então.

Ela ficou em silêncio por um momento e seus olhos se arregalaram enquanto olhava para mim.

— Você já o conheceu?

Ela segurou o telefone longe do ouvido, e consegui ouvir a voz fina de Seth dizendo o seu nome.

— Quando conheceu meu irmão?

— Numa festa.

— Nunca disse nada.

— Não tive chance — murmurei.

— Bem, isso é ótimo — disse ela, dando-me um olhar intrigado. Depois colocou o celular de volta no ouvido. — Sim, você pode sim dar um intervalo para o almoço! — disse ela ao telefone, parecendo irritada. — Isso é importante, Seth. Você não tem permissão para trabalhar durante o almoço! Apenas esteja lá, uma da tarde. No lugar de sempre.

Ela desligou e jogou o telefone na mesa, aconchegando-se no meu peito novamente. Então ela olhou para mim com aqueles olhos azul-acinzentados, muito parecidos com os de seu irmão.

— Acho que vou me deitar para tirar uma soneca antes do almoço. Toda essa emoção é cansativa. Quer deitar comigo?

Sua mão acariciou meu peito sugestivamente.

Eu me levantei depressa.

— Tenho um monte de coisas para fazer — menti. — Estou em um espetáculo, *O Guarda-costas*, apenas como dançarino de apoio. Tenho que estar lá por algumas horas agora cedo.

Ela se sentou, entusiasmo e felicidade iluminando sua voz.

— Ah, sério? Uau, isso é muito legal. Eu fiz o teste para esse show uma vez, mas só consegui ficar para uma segunda chamada. — E ela fez uma cara feliz. — Agora temos duas coisas para comemorar. Vou pegar uma mesa no Moro's. Fica no Exmouth Market, teremos que pegar um táxi. Nem pensar que vou ficar esperando ônibus com este calor. Você vai adorar. Seth e eu vamos lá sempre. Você vai voltar para o almoço, não vai?

— Não perderia — respondi, afastando-me dela.

— Espere! — gritou ela, quando eu abri a porta.

— O quê?

— Você não se esqueceu de nada?

Fiquei confuso.

— Acho que não.

— Caramba, Luka! Esqueceu sim!

E ela quicou no sofá e puxou minha cabeça para um beijo, rosnando frustrada quando não abri a boca.

— O que há de errado com você? — reclamou.

— Nada!

— Então por que não quer dormir comigo? É óbvio que estou implorando por isso! Vamos ser pais, pelo amor de Deus. Todo mundo sabe que depois que se tem um filho, o sexo acaba, temos que "trocar o óleo" o máximo que pudermos agora!

— Sarah! — gritei — Vá devagar, porra! Não estamos juntos. Fizemos sexo uma vez quando estávamos bêbados. Não sou seu namorado.

— Mas você disse...

— Eu disse que estaríamos juntos nessa, e estamos. Farei tudo que puder para ajudar. Mas não somos um casal, nunca fomos.

Seus lábios tremeram e seus olhos se encheram de lágrimas de novo.

— Não chore — implorei, impotente.

— Não consigo evitar. Estou grávida — choramingou. — Eu sei, estou completamente maluca. — Ela riu entre lágrimas. — Eu só tinha esperanças de que estivesse pensando em mim do jeito que tenho pensado em você desde que descobri... Acho que me convenci de que me amava tanto quanto eu amo você...

Ela tossiu de novo enquanto meu estômago revirou de culpa.

— Não quis dizer isso. Desculpa... mas... você ainda gosta de mim depois de tudo isso?

— Claro que gosto de você, *buča*.

— Então por que não quer ficar comigo?— ela soluçou, as lágrimas escorrendo pelo seu rosto.

Estou apaixonado pelo seu irmão.

Suspirei.

— Somos apenas amigos, Sarah, e...

— Poderíamos ser muito mais. Dê uma chance, Luka. Por favor! Pelo bem do nosso bebê.

Aquilo me atingiu com a força de um trem de carga: *nosso* bebê. E parei.

Eu podia? Eu poderia ser o que ela precisava, o que ela queria? Talvez essa fosse uma chance de mudar minha vida, criar algumas raízes. Mas onde Seth se encaixa? A verdade é que ele não se encaixava nisso. Se eu fosse fingir que seríamos uma família feliz, não havia espaço para momentos sexy com o tio Seth.

Pensar isso me deu nojo. Eu não aguentava mais.

Eu amava Sarah.

Mas eu estava apaixonado por Seth.

Amava Sarah... como amiga.

Olhei para cima enquanto ela assoava o nariz ruidosamente.

— Olha, eu sei que foi um choque. — Fungou ela. — Mas seríamos ótimos juntos. Você disse que não tem namorada, então... apenas pense nisso, tá?

E ela sorriu para mim, com os olhos vermelhos e o rosto manchado. Suas mãos tremiam quando cruzou os braços em volta dos joelhos.

— Claro — eu disse, forçando um sorriso.

E fui embora.

Minha cabeça estava girando e eu senti uma sensação fria de pavor na boca do estômago, lutando contra a esperança de um futuro diferente. De jeito nenhum que eu estava preparado para ser pai. Mas parecia que o Universo tinha outras ideias.

Talvez eu esteja pronto.

Uma coisa era certa: o momento era péssimo. Bem quando conheci alguém com quem poderia ser feliz — alguém que eu pudesse amar e que me amava. Agora, uma foda regrada a álcool que eu nem queria ter feito, para começo de conversa, estragaria tudo. E haveria um bebê — um inocente no meio dessa confusão fodida.

Sarah: *minha amiga.*
Seth: *meu amante.*
Sarah: *minha amiga e amante.*
Seth: *meu amante e amigo.*
Seth e Sarah: *irmão e irmã.*

Deus, que situação ferrada. E eu fui o maior idiota de todos.

Precisava falar com Seth. Tinha que vê-lo, mesmo que significasse que ele queria me dar uma surra. Do jeito que eu estava me sentindo, provavelmente deixaria.

Peguei um ônibus para a cidade, subindo na parte de cima e olhando para as pessoas que passeavam na calçada abaixo. Suas vidas haviam dado uma girada de cento e oitenta graus hoje? Eles passaram de felizes para majestosamente ferrados? Não sabia falar, e não acho que alguém olhando para mim poderia dizer que eu estava prestes a socar o primeiro filho da puta que cruzasse comigo. Qualquer um que sorrisse diferente.

Enviei uma mensagem a Seth para dizer que estava do lado de fora de seu prédio, implorando para que falasse comigo. Mas não tive resposta.

Após dez minutos sentindo a ansiedade crescer, entrei no vasto lobby.

Sempre que encontrava Seth para almoçar, esperava no pub da esquina, e sem nos tocar ou dar as mãos para o caso de seus colegas verem.

Entrar neste palácio bancário teria sido intimidante se minha mente já não estivesse se fragmentando em mil pedaços.

A recepcionista me avaliou com frieza. Eu parecia fora do lugar com meu short e camiseta.

— Vou ver se o Sr. Lintort está disponível — disse ela.

Houve uma curta conversa enquanto seus olhos piscaram para mim, e então ela sorriu educadamente.

— Ele descerá logo.

Retornei com um sorriso tenso e sentei-me em uma das poltronas macias que circundavam a recepção. Olhei as revistas brilhantes, tudo relacionado com finanças internacionais, e suspirei.

Mesmo no frio do ar-condicionado, minhas palmas estavam suando e eu não conseguia decidir o que dizer a Seth. Tudo o que eu pensava parecia patético, como se tivesse mentido deliberadamente para ele. Meu pecado de omissão havia me pegado.

Não consegui ler seu rosto quando saiu do elevador, e isso por si só era um mau presságio. Eu *sempre* sabia dizer o que Seth estava pensando — ele era a pessoa mais aberta que eu já conheci.

Hoje não.

Ele deu à recepcionista um sorriso amigável.

— Obrigado, Srta. Martin.

Ela sorriu para ele.

— Por nada, senhor.

Seth acenou para mim e eu o segui para fora do prédio. Ele não falou. Lambi os lábios.

— Podemos conversar?

— Parabéns — disse ele, sua voz tão fria quanto a de um estranho.

— Seth, por favor. Eu...

— Isso era só algum tipo de jogo doentio para você? — murmurou, entre os dentes cerrados.

— Claro que não! Descobri cinco minutos antes de você. É um choque para mim também.

LUKA

— Ah, duvido muito — deixou escapar. — Duvido mesmo. Já que é novidade para mim que você teve um caso com minha irmã!

— Não foi bem assim.

— Essa vai ser boa — murmurou, cruzando os braços.

Estávamos no meio da calçada e pedestres irritados tentavam se desviar de nós.

— Podemos ir tomar um café, sentar-se e conversar? Por favor, Seth.

Por um momento, pensei que ele fosse dizer não, mas então concordou com a cabeça bruscamente e apontou para o outro lado da rua movimentada, numa pequena cafeteria fuleira.

Havia uma única mesa de plástico do lado de fora com cadeiras dobráveis. Comprei dois cafés e entreguei um a Seth.

— Aconteceu uma vez — eu disse, baixinho, mal levantando a voz acima do barulho do tráfego da rua. — Era a última noite da turnê e estávamos dando uma festa de encerramento. Estávamos todos bêbados, mas Sarah estava muito mal e vomitando. Peguei um táxi para ela, mas ela não conseguiu dizer seu endereço ao taxista. Ele se recusou a levá-la, então eu a trouxe para o meu quarto de hotel.

O rosto de Seth estava carrancudo.

Baixei a cabeça e continuei.

— Tirei a calça jeans e os sapatos dela e fomos para a cama. Dormir.

Respirei fundo, preocupado em como explicar o que aconteceu depois.

— Eu acordei e ela... Sarah estava... Eu estava com uma ereção. Ela subiu em cima de mim. Perguntei o que ela estava fazendo e ela disse algo do tipo: — Farei com que goste. Sinto vontade de fazer isso há séculos.

Santo Deus, isso soou ruim.

— Então, está dizendo que a minha irmã mais nova, que pesa cerca da metade do que você, te estuprou?

O olhar frio de Seth tinha se tornado glacial.

— Porra, não! Mas eu não queria... Não estava esperando que ela... Sempre disse a ela que não durmo com pessoas com quem trabalho! E não durmo!

— O fato de ela estar grávida me diz que você é um mentiroso do caralho!

Esfreguei as mãos pelo cabelo.

— Eu não a culpo. Não estou culpando ninguém, exceto a mim mesmo. Eu deveria ter dito não. Eu estava bêbado. Foi uma *única* vez. Quando acordei de manhã, ela já tinha ido. Eu não a vi de novo até hoje. Ela não é *impor...* Ela é minha amiga, mas quem eu quero é você.

Seu olhar se suavizou por um momento, então vi os escudos subirem novamente.

— O que vai fazer?

Encarei as mãos.

— Ela quer ficar com o bebê. Vou apoiá-la no que puder. Vou ganhar um bom dinheiro quando retomarmos a turnê...

— Então, basicamente, você está dizendo que mandará algum dinheiro para ela de vez em quando.

— Eu...

Ele se recostou na cadeira, com uma expressão de nojo no rosto.

— Você vai simplesmente deixá-la criar o bebê sozinha?

— Que porra você quer que eu faça? — gritei. — Diga-me o que fazer! Diga-me como consertar isso e eu farei!

Ele ficou em silêncio.

— Você poderia se casar com ela.

Todo o ar deixou meus pulmões e eu o encarei. Meu peito se apertou como se eu tivesse me apertado contra o cinto de segurança de um carro que batia a 160 quilômetros por hora.

— O quê?

— Vocês são amigos. Você se preocupa com ela.

— Há uma grande diferença entre gostar de alguém — sussurrei, minha voz quase inaudível. — E se casar com essa pessoa. Não acredito em você.

— Ela te ama, Luka — disse ele, com a voz derrotada. — Pude perceber quando ela me ligou. Estava tão feliz. Ela acha que pode fazer isso dar certo com você. Não vou ficar no caminho dela. Ela é minha irmã.

Quando falei, minha voz estava ainda mais embargada:

— E quanto a gente?

Ele balançou a cabeça, o olhar duro de volta.

— Não existe nós. Não mais.

— Mas...

— Não! Ela nunca pode saber que nós... ela não pode saber.

Eu me recostei ao encosto da cadeira e o encarei.

— Você quer que eu finja... ?

Ele negou com a cabeça, olhando para o café intocado.

— Não, eu quero que seja real para ela e para você. Você tem que fazer isso dar certo, Luka. Não só pela Sarah, mas por toda a minha família.

— Você não pode me pedir para fazer isso!

Ele deu de ombros e olhou para longe.

— Isso depende de você. — Então ele encontrou meu olhar, tentando ser frio, mas eu vi a dor queimar por dentro. — Terminamos, Luka.

Sua voz soou como uma pedra caindo e ele se levantou para sair.

Abaixei a cabeça.

LUKA

107

— Acho que te vejo na hora do almoço.

— Não, não vai me ver. Vou cancelar. Sarah ficará furiosa, mas melhor isso do que...

Ele não terminou a frase, e foi embora.

— Seth!

Ele se virou para olhar para mim, uma tristeza intensa escrita em seu semblante instável pelas emoções.

— Você me ama? — sussurrei. — Porque eu...

A raiva inundou todo o seu corpo, seus olhos escuros e furiosos.

— Você não pode me perguntar isso. Não pode dizer isso. Nunca.

— Você está me pedindo para escolher! — gritei com ele. — Como posso escolher entre meu filho e...

— E o quê? O que eu sou para você, Luka?

Engoli e agarrei sua mão.

— Minha alma gêmea.

Pensei por um segundo que tinha conseguido fazê-lo me entender, mas então seu lábio se ergueu em um sorriso desdenhoso.

— A vida ficou real pra cacete, né? Você precisa crescer, porra.

Ele cruzou a rua e desta vez não olhou para trás.

Minha última esperança foi arrancada.

Levantei-me devagar, observando-o desaparecer em seu prédio. Esperei, com a esperança de que ele percebesse que tudo isso foi um erro. Contei até 299 antes de desistir. Ele não ia voltar.

O peso de seu silêncio me deixou sem ar.

CAPÍTULO DEZ

Podia contar nos dedos das mãos o número de vezes que chorei na vida:

O dia em que soube que era gay.
A primeira vez que minha mãe me bateu.
O dia em que me dei conta de que não era apenas gay.
E hoje. Bem agora.

A dor era tão intensa que eclipsou tudo, exceto uma palavra que girou e girou em minha cabeça: alma gêmea.

Não queria voltar para o apartamento, para Sarah, mas precisávamos encontrar uma saída, porque não se tratava mais de mim, ou de Sarah, ou de Seth: é a respeito de uma criança.

Meu filho.

Queria fazer a coisa certa, mas não tinha ideia do que.

Sabia que precisava de mais tempo antes de voltar a ver Sarah, assim mandei uma mensagem com a desculpa de que fiquei preso no teatro e a encontraria no restaurante. Não achava que seria capaz de comer qualquer coisa.

Portanto, fui andando

Dá para ver a cidade muito melhor quando se caminha. Ver as pessoas que moram lá, não só as lojas, teatros ou atrações turísticas. Existem comunidades, como em qualquer cidade pequena. Exceto que as de Londres eram compostas de gregos, libaneses ou sírios. Petticoat Lane, famosa por seu mercado, era metade de londrinos do extremo leste e metade de paquistaneses. Você pode caminhar de Marble Arch e o trajeto Old World até a rua Euston, onde os letreiros das lojas eram em árabe.

Poderia andar pelo Palácio de Buckingham, e se a Rainha estivesse na residência, a bandeira estaria hasteada. Eu gostava disso.

Mas hoje, todas aquelas pessoas, toda aquela vida passou por mim numa névoa de desespero. Tudo o que eu conhecia agora era incerto e, no meio de toda a loucura, uma nova vida foi criada.

Eu vou ser pai.

Tentei ligar para Ash, mas o celular dele caiu na caixa postal e me lembrei de que eram só 6h da manhã em Chicago.

Sentei-me em um banco por pelo menos uma hora, esperando que a clareza viesse de alguma forma, mas tudo o que senti foi a dor aguda da perda, um silêncio e tristeza, apesar de estar cercado de pessoas.

Quando não pude mais adiar, sem ânimo, fui até o restaurante que Sarah havia escolhido para a nossa "comemoração". Estava cheio de *hipsters*, junto com alguns homens de terno. Eu a vi acenando de uma mesa perto do fundo, o rosto brilhando de felicidade.

Forcei um sorriso, desesperado para sentir um fragmento de algo positivo. Minha amiga estava tão feliz. Eu a amava. Verdadeiramente.

— Acho que é verdade — eu disse, inclinando-me para beijar seu rosto. — Mulheres grávidas brilham.

Sarah riu, os olhos resplandecendo esperança e alegria.

— Ah, é? Porque eu poderia jurar que esta manhã meus olhos vermelhos e nariz escorrendo te assustaram pra cacete.

— Isso também é verdade.

Ela sorriu e me deu uma cotovelada de brincadeira nas costelas.

Sentei-me na cadeira em frente a ela e peguei o menu, tentando ignorar a dor e queimação no estômago.

Houve um momento de silêncio constrangedor antes de ela falar:

— Então, me fale do espetáculo — começou.

Eu estava prestes a responder, quando um enorme sorriso apareceu em seu rosto e ela se levantou abruptamente.

— Minha nossa! Você é tão malvado! Disse que não viria!

E ela se jogou nos braços de Seth.

Onde eu queria estar.

Ele a abraçou com força enquanto eu me levantei, enfiando as mãos nos bolsos para me impedir de estender a mão para ele. Ele me lançou um olhar frio ao abraçar sua irmã, a expressão resignada.

Esse foi o momento em que eu soube que estava realmente acabado entre nós.

— Claro que vim — disse ele, forçando um sorriso. — Não é todo dia que minha irmãzinha me diz que vou ser tio.

— Idiota — brincou ela, cutucando-o. — Você é só meia hora mais velho do que eu.

— É, tá, você também é baixinha.

Ele se sentou ao lado dela e pegou o menu.

Sarah sorriu, seu olhar afetuoso passando entre nós.

— Minhas duas pessoas favoritas no mundo. — Ela suspirou, feliz. — Então, vocês se conhecem bem, além de terem se visto na festa de Becky?

Estava prestes a tomar um gole de água — teria engasgado nessa hora.

— Nós saímos com amigos algumas vezes — Seth disse, casualmente.

Punhalada.

— Não é, Luke?

Outra punhalada.

— É Luka — disse Sarah, cutucando o braço do irmão.

— Desculpe, Luka. — Ele riu.

Aquilo acabou comigo.

— Você o irritou agora. — Sarah acusou seu irmão. — Ele odeia ser chamado de "Luke".

Seth sabia disso. E ele nunca me chamou de "Luke" . Estava fazendo questão de dizer: mal éramos amigos, e só. Ele não me conhecia bem a ponto de acertar meu nome.

Meu estômago revirou.

Não conseguia mais ficar ali sentado e ouvindo.

— Com licença — pedi, levantando-me e indo ao banheiro masculino.

Abri a porta e vomitei o café e o croissant que comi hoje de manhã na cozinha de Seth.

Cristo, isso foi ainda hoje? Parecia há uma eternidade.

Minha garganta queimou com o ácido e a cabeça latejou.

Parei na frente da pequena pia. *O que eu fiz para merecer isso?*

Tudo.

Nada.

Joguei um pouco de água fria no rosto e nos pulsos, tentando esfriar o sangue superaquecido. Depois enxaguei a boca, cuspindo várias vezes até que o gosto ruim sumiu e a água fez os dentes doerem. Eu me sentia mal e trêmulo, transbordando de raiva e tristeza.

Então a porta se abriu e Seth entrou.

Eu queria dar um soco nele.

Eu queria beijá-lo.

Olhamos um para o outro no espelho conforme ele contraiu a mandíbula.

— Sarah estava preocupada. — Silêncio. — Ela gosta de você.

— E você não.

— Não torne isso mais difícil do que o necessário.

— Difícil?! Vá se foder!

Ele se encolheu e olhou para baixo, evitando o desespero em meu olhar.

Eu me virei, agarrando seu rosto, beijando-o freneticamente, sentindo

LUKA

111

a suavidade de seus lábios sob os meus. Por um momento, ele retribuiu o beijo, o desespero em cada golpe de sua língua.

Então ele se afastou, deixando minhas mãos vazias.

— Não posso fazer isso! Ela é minha irmã — sussurrou, sua voz tensa. — Eu faria qualquer coisa por ela.

— E quanto a mim? — esbravejei. — Não tenho direito a dizer nada nisso tudo?

O rosto de Seth se contraiu, mas depois ele respirou fundo.

— Ela precisa de você, Luka. — E ele olhou bem nos meus olhos. — Eu não.

Desejei que ele me batesse ou gritasse, porque doeria menos do que essa frieza. Se ele tivesse enfiado a mão no meu peito e arrancado meu coração ainda batendo, a dor não podia ser pior.

Ele saiu do banheiro, a porta fechando suavemente.

Eu me encarei no espelho, meus olhos refletindo a dor, e deixei a testa bater contra o vidro frio, querendo me controlar, ser o homem que eu tinha que ser.

Contei até sessenta e depois voltei para a mesa.

Sarah estava sentada com o braço de Seth ao redor de seus ombros, sorrindo para algo que ele disse. Mas quando ela me viu, o sorriso sumiu.

— Caramba, você está com a cara péssima! Seth disse que você estava bem. — E ela olhou com ar acusador para ele.

Vislumbrei o seu olhar, vendo a culpa em sua expressão.

— Não estou muito bem do estômago — menti. — Logo fico bom.

Sarah parecia prestes a discutir, quando a garçonete chegou à nossa mesa.

— Como estamos hoje?

— Grávidos — anunciou Sarah, incapaz de conter a notícia, radiante de felicidade.

A garçonete riu.

— Não recebo essa resposta todos os dias! Parabéns — respondeu ela, gentil. — Vai preferir evitar alguns frutos do mar e queijos macios, então.

Sarah ficou desapontada.

— Vou?

A garçonete piscou e pareceu surpresa.

— Bem, é aconselhável.

Pude ver que Sarah ia chorar de novo, vulnerabilidade e medo em seus olhos. Dei um tapinha em seu ombro quando deslizei em meu assento.

— Você gosta de macarrão, né?

Sarah enxugou os olhos e tentou sorrir.

A garçonete pareceu confusa, os olhos passando rapidamente entre mim e Seth.

— Oh, ele é meu irmão. — Sarah riu. — Luka é meu... ele é o pai.

Forcei um sorriso nos lábios, meu rosto se movendo de forma anormal, como se tivesse sido colado na boca.

— Ou poderia pedir cordeiro grelhado? — sugeri, com desespero. — Você ia gostar.

Aquele almoço permanecerá na minha lembrança como uma das experiências mais dolorosas de toda a minha vida. Eu amava os dois. Eu os amava de maneira diferente. E precisava escolher: contar a verdade a Sarah e lutar por Seth, ou...

Ou talvez a escolha tenha sido feita por mim.

Quando fui ao teatro naquela noite, o alívio em meu corpo foi intenso. Mover-me, dançando, libertou-me do caos dos meus pensamentos. Em vez de pensar, eu podia sentir. Em vez de ficar terrivelmente apavorado, eu podia voar pelo palco. E, em vez de me sentir nojento e patético, pude ouvir a admiração do público.

Eu era uma farsa, um mentiroso.

Mas também era dançarino. Um dançarino do caralho.

Atuar era meu santuário, minha rede de segurança, a ilusão de um mundo que ainda acreditava em magia.

Mas quando o traje era tirado e eu limpava a maquiagem, era apenas eu. Odiava isso.

Sem ter para onde ir, voltei ao apartamento de Sarah, imaginando o que encontraria e qual Sarah enfrentaria: minha amiga ou a mãe do meu filho.

Andei sem pressa pela rua, questionando-me a cada passo. Quando cheguei, a luz da varanda estava acesa, mas o apartamento estava às escuras.

Ela deixou a luz acesa para mim.

Esse pequeno gesto foi reconfortante.

Entrei na sala escura, movendo-me o mais silenciosamente possível. Vi uma pilha de cobertores e travesseiros no sofá e dei um suspiro de alívio. Pelo menos, ela parecia perceber que transar não resolveria nossos problemas.

E tenho vergonha de admitir que meu pau se agitou com a ideia de fazer sexo com Sarah. Como se eu precisasse de um motivo para me odiar ainda mais.

Tirei tudo, exceto a cueca boxer, e estava prestes a me acomodar no sofá quando ouvi um choro.

Seus soluços rasgaram meu coração ferido — choramingos suaves e sinceros, que não deveriam ser ouvidos ou divididos. Foi o que me impulsionou. Minha amiga estava sozinha e sofrendo.

Bati em sua porta, timidamente.

— Sarah?

— Estou bem — respondeu ela, baixinho, sua voz áspera.

Hesitei por um instante, depois abri a porta.

Ela estava deitada de lado sob o edredom, os pequenos ombros tremendo.

— Você não está bem, *buča*.

Sentei-me na beira da cama e puxei-a com delicadeza em meus braços. Ela resistiu por um meio segundo, então abraçou o meu corpo, chorando, chorando e chorando.

Acariciei seu cabelo, tantas perguntas borbulhando por dentro, perguntas que eu tinha medo de fazer. Ou de ouvir as respostas.

— Estou com medo — disse ela, finalmente, quando seu choro diminuiu. — Eu nunca quis ser mãe solteira. Sempre imaginei que também estaria casada com um homem que amava. Desculpa. Eu sinto tanto, Luka.

Suas palavras estavam me matando, me esfolando aos poucos.

Queria poder dar isso a ela, mas seria uma mentira.

Não seria?

Não tinha palavras, assim me deitei na cama, a cabeça de Sarah descansando em meu peito, e eu a segurei nos braços a noite toda. Não era muito, mas já era algo.

Dormimos juntos naquela primeira noite, abraçados; dormimos juntos iguais a cachorrinhos, dando conforto um ao outro. E, por algumas horas, sem culpa e expectativas.

Acordei e, na hora, fiquei consciente de que não estava com Seth. O cheiro dos lençóis não era picante, mas floral.

Sarah se mexeu contra mim e eu afastei o pau duro de seu traseiro quente, com cuidado.

Ela rolou e olhou surpresa para mim.

— Acho que ainda estou dormindo, sonhando que tem um homem incrivelmente gostoso na minha cama.

— Não estou odiando — comentei, retribuindo seu sorriso brincalhão.

A luz em seus olhos diminuiu.

— Obrigada. Por ficar. Sinto muito pelo que eu disse. Não estava tentando pressioná-lo, juro. É que... é assustador.

Segurei sua mão, olhando sério para ela.

— Também estou. Não faço ideia do que fazer. Como faremos isso.

Ela mordeu o lábio, seus lindos olhos preocupados.

— Você me ama um pouquinho, Luka?

Senhor, ela teve a ousadia de perguntar. Tão forte.

— Você sabe que sim.

— Mas você não é apaixonado por mim. Não é?

Hesitei e ela desviou o olhar.

— Não responda! Eu já sei a resposta. Mas talvez... talvez você pudesse ficar. Vai dar uma chance para nós, Luka? É tudo o que estou pedindo. Uma chance.

— Tem uma coisa que eu preciso te contar — eu disse, pegando suas mãos e segurando-as contra o peito. — E talvez você pode mudar de ideia a respeito... de tudo.

— Tuuudo bem.

— Eu estava saindo com alguém, quando você estava na Austrália.

— Mas você disse que não tinha namorada?

— Não tinha — respondi, calmo, dando tempo para ela assimilar a minha resposta.

— Mas... Ah! Você estava saindo com um cara? Você tinha namorado?

Ela parecia espantada e soltou as mãos das minhas.

— Você sabe desse lado meu, Sarah. Jamais escondi de você.

— Mas eu pensei... Não sei o que pensei. Uau. Você ainda tá saindo com ele?

Desviei o olhar, observando o sol do fim da manhã se infiltrar pelas cortinas finas.

— Não. Não estou mais com ele.

— Bem, é... foi sério?

— Para mim? Sim.

Ela mordeu o lábio, as sobrancelhas franzidas ao mesmo tempo em que seu cérebro girava com as perguntas que ela queria me fazer.

— Por que vocês terminaram?

LUKA

115

— Ele sabe de você... da gravidez.
— Oh! Então vocês... terminaram ontem?
Estremeci, porém, respondi com honestidade.
— Não, ele que terminou tudo.
Ela olhou para baixo, estudando suas unhas curtas.
— Entendo. Foi assim que você conheceu o Seth?
Acho que parei de respirar.
— Sim — sussurrei.
Ela acenou com a cabeça.
— Esse cara é um de seus amigos.
Ela tinha entendido errado.
— A questão é...
Ela se arrastou para fora da cama, tapando os ouvidos com as mãos.
— Por favor, não me diga mais nada. Não quero ouvir nada de algum cara com quem você esteve trepando!
— Sarah...
— Não! Estou falando sério, Luka! Não dou conta de lidar com isso agora. Por favor, só... só pare!
Vi as lágrimas pairando em seus olhos de novo.
— Tudo bem — respondi, baixo.
Ela assentiu com a cabeça e foi ao banheiro.
Talvez fosse melhor assim. Não queria ficar entre Sarah e Seth.
Você já fez isso, seu babaca.
Essa era a verdade nua e crua. Fiquei pensando se realmente era possível enterrar isso bem fundo pelo resto da vida.

Depois daquele doloroso início do dia, as coisas melhoraram... se eu descartasse o buraco que Seth havia deixado em meu coração, a dor constante da ausência. Seth era a minha dor fantasma. Eu sentia a falta dele e a sua presença, embora ele não estivesse lá e não fosse voltar.
Precisava esquecê-lo.
Tinha que parar de pensar nele.
Mas como ia fazer isso quando, cada respiração que Sarah dava, eu me lembrava dele, inferno?
Sarah e eu tínhamos vivido juntos em turnê por tanto tempo, que logo

voltamos com a nossa amizade fácil, brincando um com o outro, falando de música, da dança. Estava tudo no ar, porém, nós dois precisávamos de espaço para voltamos a ser apenas amigos.

Ela queria ver o espetáculo, e eu fiquei feliz por ela ter vindo me ver, embora um pouco menos alegre por querer conhecer o elenco.

— Senti falta de estar com outros dançarinos — lamentou. — Por que não queria que eu os conhecesse?

Dei de ombros.

— Eles ficarão surpresos.

Seus lábios se curvaram em um sorriso malicioso.

— Aposto que sim.

Não saía muito com os outros dançarinos ou cantores, porque passava a maior parte do tempo livre com Seth, mas todos o conheceram.

Pensei em contar toda a verdade para ela de novo. Eu amarelei. Outra vez.

O espetáculo foi bem — perfeito, sem problemas. Fiquei satisfeito com ele, mesmo uma apresentação desinteressante. O elenco era muito profissional, muito apaixonado.

Todos sabiam que eu tinha uma amiga na plateia esta noite, porque Kathryn mencionou antes de subirmos ao palco. Então, quando Alice sugeriu que fôssemos beber depois, todos toparam. Exceto eu. Mas não iam deixar que eu dissesse não.

— Quase nunca vemos você fora do trabalho — reclamou Alice, quando eu finalmente concordei. — Estou começando a pensar que devo ter suor fedorento ou algo assim. Seth vai nos encontrar no pub?

Puta merda, ouvir o nome dele...

— Nós terminamos.

— Ah! — Os olhos de Alice se arregalaram, preocupados. — Lamento muito em saber disso. Vocês pareciam tão bem juntos.

— É, pois é.

Ela deu um tapinha no meu braço.

— Não esquenta. O mar está cheio de peixes. Eu te disse que meu irmão é gay?

Meu Deus.

— Obrigado, mas não estou à procura nesse momento.

— Claro, outra hora, então.

Sarah estava nos esperando no pub, feliz por ter sido convidada, feliz por estar novamente rodeada de dançarinos.

Ela se aninhou ao meu lado, apreciando os olhares interrogativos do resto do elenco.

Todos eles tinham ouvido falar de *Slave*, mas é claro que nenhum deles conseguiu ver, porque se você está trabalhando em um espetáculo, dificilmente consegue ver alguém se apresentando.

Falamos do show e do papel de Sarah, meu papel e como Ash teve a ideia. Quando a volta da turnê de *Slave* foi o assunto, Sarah ficou em silêncio, com a expressão melancólica. Nem tinha pensado nisso — ela não seria capaz de estar junto quando fizéssemos turnê no ano que vem. Ela estaria... Contei discretamente nos dedos... grávida de oito ou nove meses. *Sranje!* Eu estaria em turnê quando o bebê nascesse.

Alice se ofereceu para pagar a próxima rodada de bebidas enquanto fiquei ali, entorpecido pelo choque.

— O que você quer, Sarah?

— Ah, nada, obrigado. Vou ficar com a água.

— Nem uma bebida? Está dirigindo?

— Não, estou grávida — anunciou ela alegremente.

Fiquei tenso ao lado dela e tenho certeza de que deve ter sentido.

— Parabéns — disse Alice, toda simpática. — O futuro papai também é dançarino?

Sarah parecia apavorada sem saber o que fazer.

Não tínhamos conversado a respeito de contar às pessoas — quem ou o que diríamos a elas, mas ao ver sua expressão preocupada, eu me senti culpado por colocá-la nessa situação.

— Sim, ele é — respondi, colocando o braço ao redor dela. — Estamos muito entusiasmados.

Todos eles olharam para mim, a boca de Alice parecia a de um peixe, estava escancarada.

— Hum, estou um pouco confusa. Está dizendo que é o pai, Luka?

— Isso mesmo.

— Inseminação artificial? — perguntou Ben.

— Não, à moda antiga — respondi, bebendo o resto do meu uísque de um só gole.

— Mas...

Ergui as sobrancelhas para a pergunta gaguejada de Alice.

— Mas... você não é gay?

— Não.

— Mas...

— Eu sou bi.

— Bi?

— Bissexual.

— Oh, mas você... Eu... bem...

Sarah pegou seu copo de água e bebeu de uma vez.

— Ah, olhe, acabou a minha água. Luka, buscaria outra para mim enquanto vou ao banheiro?

Conforme caminhávamos, pude sentir os olhares ricocheteando dos meus ombros.

— Você disse a eles! — sibilou Sarah, agarrando meu braço.

— Pareceu a coisa certa a fazer — eu disse, parando e segurando seu queixo com a mão. — Vamos ter um bebê. Isso muda tudo.

Seus olhos lacrimejaram.

— Obrigada. Você não precisava fazer isso.

— Sim, precisava sim.

— Puta que pariu, Luka! Pare de ser tão legal comigo! Está fazendo o maior estrago com os meus hormônios. Nossa, preciso mesmo fazer xixi agora.

E ela saiu correndo, enxugando os olhos.

CAPÍTULO ONZE

O telefone de Sarah tocou. E tocou e tocou.

Ela olhou como se tivesse encontrado uma cobra na bolsa.

— Não, definitivamente não.

— É sua mãe de novo?

— Sim.

— Você vai ter que contar a ela algum dia.

— Sim, bem, estava pensando que daqui uns seis meses seria bom, mais ou menos. Ah, este bebê? Bem, estava fazendo compras e ele parecia tão fofo, então eu o trouxe para casa. Acha que daria certo?

— Claro — respondi, beijando sua cabeça, depois coloquei uma xícara de chá descafeinado na frente dela. — Mas ela pode notar durante o Natal.

— Santo Deus, eu sei. Preciso contar a ela.

— Ela vai ficar brava?

— Você assistiu "Mad Max"?

— Mel Gibson?

— Sim. Sabe aquela cena em que ele acorrenta aquele cara a um carro que vai explodir e dá uma serra para ele para cortar a própria perna? Eles se inspiraram na minha mãe para fazer essa cena.

Dei risada.

— Ela não pode ser assim tão má.

— Pode sim. Ela é assustadora. — Então sua voz ficou baixa. — Mas, o mais importante, vai ficar muito decepcionada comigo.

— Como é que ela pode ficar desapontada com você? É uma dançarina incrível, linda, engraçada...

— Confie em mim, Luka. Ela ficaria muito mais feliz em me ver casada com um dentista e morando num bairro de classe alta antes de eu ter dois filhos. Isto... — E ela apontou o dedo entre nós. — Isto não está no plano.

— Que ela faça um novo plano, então.

— Você faz com que pareça simples. Tenho que virar mulher, não é?

Enruguei a testa e respirei fundo.

— Quer que eu vá com você?

— Nossa, sim!! SIM! SIM! SIMMMM! Estava torcendo para que dissesse isso.

— Tudo bem, eu vou. Mas, se ela tentar cortar minhas bolas com uma faca enferrujada, conto com você para me salvar.

— Ah, não tem nada enferrujado na casa da minha mãe. Mas se ela trouxer uma serra, fuja.

Eu ri, mas só de pensar em encontrar a mãe de Sarah e ver a decepção em seus olhos não era algo que eu estava ansioso. E me lembrei do que Seth me contou dela. Estavam próximos agora, mas quando ele se assumiu, ela não conversou com ele por dois meses.

Sarah pegou o telefone e entrou no quarto para fazer a ligação. Peguei uma pilha de roupa suja que tinha escondido atrás do sofá e coloquei na máquina de lavar.

Sarah estava pálida, só que com uma expressão determinada contraindo sua boca quando saiu do quarto.

— Como foi?

— Com certeza, já desconfiou. Ela sabe quando tem alguma coisa acontecendo. Um parte minha queria contar tudo pelo telefone, assim não precisaria encará-la. Mas ela merece mais que isso. — Ela suspirou. — Mas liguei para Seth e disse a ele para estar lá. Achei que um reforço seria uma boa.

Meu coração disparou quando ela disse o nome dele. Achei que estava fazendo um ótimo trabalho em negar, mas, ao ouvir seu nome, a dor estava mais fresca do que nunca.

Sarah cobriu a boca, depressa.

— Ah, foi mal. Não pensei direito. Ele vai lembrá-lo... daquele cara. Devo dizer a ele para não vir?

Cerrei os dentes quando desviei de seus olhos perscrutadores.

— Não, tudo bem.

Mas não estava, mesmo.

A casa da Sra. Lintort ficava em uma parte nobre do sudoeste de Londres, situada em um amplo jardim com árvores antigas que davam para um dos parques reais. Luxuoso.

Meus olhos se arregalaram quando o táxi parou, e Sarah agarrou minha mão.

— Vai ficar tudo bem — disse ela, porém, eu não perdi o tremor de nervoso em sua voz, ou a forma como sua pulsação disparou na garganta.

Eu tinha visto essa mulher diante de uma audiência de mil pessoas, reivindicando seu lugar no centro das atenções. Vê-la tão insegura foi uma surpresa, e senti uma onda de proteção em relação a ela.

Passei o braço em volta do seu ombro e puxei-a para o meu lado.

— Juntos, tá bom?

Ela relaxou um pouco.

— Ai, graças a Deus — comentou. — Seth está aqui.

Vi sua Mercedes branca estacionada na larga entrada de cascalho, e uma onda de eletricidade passou por mim.

Ou ele estava esperando por nós ou tinha acabado de chegar.

Observei-o sair com seu longo corpo do carro, seus olhos se estreitando de leve, ao olhar para mim com o braço em volta de sua irmã, e depois seu rosto caiu naquele vazio praticado que eu tinha visto no restaurante no início da semana.

Ele abriu os braços e Sarah correu para eles.

Sua irmã.

Não eu.

Nunca mais serei eu.

Meu coração queimou, murchando em uma bola dura de dor.

— A Cavalaria está aqui. — Ele riu, abraçando-a com força.

— Estou tão feliz — gritou Sarah. — Estou com medo. Você sabe como ela é.

— Ela vai ficar bem — Seth disse, com carinho. — Bem, absurdamente chocada, mas sabe que você quase nunca traz namorados para casa. — E estremeceu imperceptivelmente com a palavra. — Portanto, ela já adivinhou que é algo importante.

Fiquei sem jeito, observando-os juntos, sentindo-me um estranho. Gostaria de saber se Seth algum dia teria me apresentado à sua mãe, se ele teria me reconhecido dessa maneira. Tínhamos namorado por quase três meses, e não sei se ele já mencionou meu nome para ela.

Precisei afastar esses pensamentos. Além disso, teria tornado o dia impossivelmente mais difícil.

Sarah se virou e sorriu para mim.

— Espero que você não se importe com Seth estar aqui. Ele é o favorito dela, então...

— O quê?! Jamais conseguia me safar de nada quando éramos crianças! Você é quem tinha mamãe na palma da mão.

— Até parece! — Sarah riu e então me olhou, tímida. — Hm, não quero te assustar nem nada, Luka, mas mamãe é um pouco... antiquada. Ela deve perguntar se vamos nos casar, mas não se preocupe, deixe essa pergunta comigo.

Antes que eu tivesse mais de um segundo para ficar boquiaberto com ela, a porta se abriu e uma mulher rigorosa e bonita com cabelo ruivo estava sorrindo para nós.

— Seth, querido! — disse ela. — Que bela surpresa! Oi, Sarah, e Luka, não é?

Não pude deixar de pensar que sua voz parecia com um daqueles filmes britânicos antigos que fizeram durante a guerra: afiada a ponto de cortar vidro.

Ela abraçou os filhos e apertou minha mão.

— Encantado, Sra. Lintort.

Entreguei as tulipas brancas que comprei e ela me deu um sorriso tenso.

Foi por causa de como eu estava vestido, das flores erradas ou pelo fato de que eu estava aqui?

Sarah agarrou minha mão e os olhos de sua mãe se estreitaram quando ela olhou para os dedos sem aliança de Sarah. Eu a vi lançar um olhar questionador para Seth.

A partir desse momento, tive 100% de certeza de que não ia dar muito certo.

Sarah me levou a uma sala de estar formal, onde grandes sofás da cor creme se reuniam ao redor de uma mesa de centro de carvalho claro que devia pesar cerca de duzentos e cinquenta quilos.

Dois vasos cheios de flores feitos profissionalmente enfeitavam a parte de cima da lareira, fazendo minhas tulipas parecerem minguadas e nada impressionantes.

Ela acenou para que nos sentássemos e conversou do trabalho de Seth enquanto o chá era servido em xícaras floridas — não tinha café — e lanches minúsculos, do tamanho de umas bonequinhas, eram dispostos em delicadas travessas.

Sarah colocou alguns em um prato para mim, e eu estava prestes a dar uma mordida quando sua mãe atacou.

— Então, querida. Embora eu esteja muito feliz em ver meus dois filhos e conhecer seu jovem namorado, tenho a sensação de que há algo mais. Estou certa?

Sarah respirou tensa e mexeu no cabelo, lançando um olhar desesperado para Seth e depois para mim.

Peguei sua mão na minha, observando os olhos de sua mãe se virarem para me encarar conforme eu esfregava círculos suaves na palma de sua filha.

— Estou grávida, mãe. Vou ter um bebê.

Todos ficaram em silêncio. A Sra. Lintort piscou várias vezes, mas essa foi a extensão de sua reação.

— Entendo. E... Luka é o pai?

Sarah corou e se remexeu, então segurei sua mão com mais força.

— Sim — respondi, calmo, embora meu coração estivesse disparado.

— Bem, isso é certamente uma boa notícia. Parabéns, querida.

Ela estendeu os braços e Sarah correu para ela, caindo no abraço de sua mãe. Por um momento, pensei que tudo ficaria bem, mas então encontrei o olhar frio da Sra. Lintort por cima do ombro de Sarah. Não, a mulher não gostou.

Olhei para Seth e vi sua expressão infeliz. Isso me apunhalou junto com a certeza de que não seria capaz de enfrentá-lo do outro lado da mesa assim em todas as celebrações de família pelo resto da minha vida. A dor era insuportável.

Finalmente, Sarah voltou para o sofá e começou a tagarelar toda alegre da data do parto e de seus planos — nossos planos. Não que tivéssemos discutido algum, na verdade.

A Sra. Lintort deu uma mordida minúscula em seu lanche, mastigou devagar e depois tomou um gole de chá, mal olhando para mim, e sorrindo para Sarah.

— Vocês têm planos de se casarem? — perguntou ela.

Sarah estremeceu.

— Para ser honesta, não tivemos a chance de falar disso. — Ela deu uma risada nervosa. — Acabei de contar ao Luka alguns dias atrás, portanto...

Ela olhou para mim desesperada e a expressão tensa, e eu senti o holofote estranho do olhar de sua mãe virar em minha direção. Comecei a suar.

— É tudo muito recente — comentei, desconfortavelmente.

As palavras pairaram no ar, discrepantes e feias.

Por fim, a Sra. Lintort me deu um sorriso educado e voltou a atenção para a filha.

Sua opinião a meu respeito estava completa: eu era um pedaço de merda desprezível que engravidou sua única filha e nem mesmo teve a decência de se oferecer para casar com ela.

Resumia o que eu pensava de mim, também.

Meu corpo vibrou com o pânico sufocante de pensar em ser casado com Sarah pelo resto vida. Éramos amigos, bons amigos, mas nada mais do que isso. E eu nem sabia se éramos agora.

Graças a Deus, a Sra. Lintort não sabia quem estava esquentando a cama de seu filho nos últimos três meses.

Seth e eu ficamos sentados e calados, observando as mulheres definirem nossos futuros para sempre. Cada um para o seu lado. Separados.

Eu não tinha nada a acrescentar e pouco a dizer. Comi e tomei chá. Chá Earl Grey. Uma porcaria que só tinha cheiro e era horrível.

Uma hora depois, a Sra. Lintort me pegou sozinho. Sarah e Seth foram olhar algo em uma das outras salas. Não fui convidado a acompanhá-los.

A Sra. Lintort colocou sua xícara de chá na mesa, o olhar penetrante fixo em mim.

E ela me pegou de surpresa.

— Parece que meus dois filhos estão apaixonados por você. Embora eu esteja achando difícil de ver algum encanto além de um rosto bonito.

Levei um choque. Ela pausou, esperando para ver se eu responderia. Meus pulmões se recusaram a funcionar. *O que ela viu?* Nenhuma palavra foi trocada entre mim e Seth, apenas um olhar.

Ela inclinou a cabeça para o lado, divertida com meu espanto.

— Ah, por favor! Você acha que eu não conheço meus próprios filhos? Sei muito bem que Seth tem saído com alguém nos últimos meses. Um amigo da Sarah? Um dançarino? Que coincidência.

Eu não tinha palavras, nenhuma defesa.

— Então você engravida minha filha e depois decide que o irmão banqueiro dela é a aposta mais segura. É isso?

— Não! Eu...

— Você e Seth ainda... estão juntos?

— Não. Nós não poderíamos continuar já que... isso nunca foi planejado...

— Presumo que Sarah não saiba... de você e do meu filho?

Fiz que não com a cabeça.

— Ótimo. Vamos deixar assim. Pretende se casar com Sarah?

Uma respiração sufocada foi tudo que consegui fazer. Senti vergonha pela maneira como ela olhou para mim, o jeito que falou comigo. Eu ainda estava tentando entender que ela sabia de tudo. E, Deus, parecia tão sórdido. Mas o que eu compartilhei com Seth foi lindo.

Era.

— Entendo — disse ela, calma. — Por um momento, tive esperanças de que você pudesse nos surpreender. Que tolice a minha. Na verdade, não acho que haja uma única palavra que você possa dizer que fará a menor diferença.

Fiquei em silêncio. Ela estava certa. E eu odiava isso.

— Bem — continuou com outro sorriso tenso —, vejo que concordamos em algo.

LUKA

125

A mãe dela estava certa a meu respeito — eu era perda de tempo. E se Sarah tivesse algum bom senso, ela me deixaria no passado.

Seth e Sarah voltaram, e o sorriso feliz de Sarah desapareceu quando nos viu.

— O que está acontecendo?

— Só estou conhecendo seu namorado — respondeu a Sra. Lintort, tranquila.

— Ah, está tudo bem?

Para mim, já chega. Estava cansado de fingir, cansado de me esconder. Cansado de ficar sentado naquela sala me sentindo um lixo.

Eu me levantei.

— Preciso ir. Tenho que estar no teatro logo.

— Mas... está cedo — disse Sarah, interrogativamente.

— A equipe de apoio tem ensaio com um novo cantor — menti.

Seth percebeu na hora, e eu vi sua expressão sofrida enquanto seus olhos piscaram para a mãe.

— Posso dar uma carona a vocês? — perguntou, erguendo as sobrancelhas para a irmã.

— Fiquem e aproveitem a visita com a mãe de vocês. Vou pegar um táxi.

— Por aqui você não vai achar um — argumentou Sarah.

Cristo, só me deixar ir embora.

— Tenho certeza de que Luka vai conseguir — disse a Sra. Lintort.

Sarah estreitou os olhos.

— Certo, acho que todos devemos ir.

— Ah, eu ia falar de nomes de bebês com você.

— Podemos fazer isso outra hora — disse Sarah, bruscamente. — Luka diz que ele tem que ir e ele não conhece esta parte de Londres.

A Sra. Lintort deu uma risada eloquente.

— Achei que todos vocês, jovens, usassem seus telefones para isso hoje em dia.

— É melhor a gente ir, mãe — comentou Seth. — Venho buscá-la no domingo para a igreja, como de costume.

A Sra. Lintort havia perdido a batalha, mas estava vencendo a guerra.

— Prazer em conhecê-lo, Luka — disse ela, apertando minha mão.

— Obrigado... pelo chá.

Esperei do lado de fora enquanto eles se despediam da mãe, pegando um cigarro amassado do bolso e fumando furiosamente. Isso me deu um breve momento para me acalmar antes de Sarah me encontrar do lado fora e torcer o nariz.

— Ugh, pensei que você tivesse parado de fumar.

Eu a ignorei, sugando até o último miligrama de nicotina do cigarro.

Seth demorou mais para sair e me perguntei o que a Sra. Lintort estava dizendo a ele.

Quando saiu, seus lábios estavam pressionados em uma linha fina e ele parecia extremamente chateado. Sarah não percebeu porque ainda estava carrancuda comigo.

Todos nós entramos no carro e Seth deu partida e saiu.

— O que ela disse para você? — perguntou Sarah.

O que eu poderia dizer a ela? *Sua mãe me odeia e ela está certa. Ela também é uma megera hipócrita de primeira classe.*

— Luka?

Seu olhar preocupado estava voltado para mim e vi Seth olhando pelo espelho retrovisor. Tentei pensar em algo, parecer calmo, conter a tempestade que estava se alastrando dentro de mim.

— Nada.

— Luka!

A voz baixa de Seth soou tensa.

— Sarah, acho que agora não é hora de...

— Não tem nada a ver com você, Seth!

Ela disse que não tenho valor. E ela tem razão.

— Nada que eu já não soubesse! — gritei, fechando os olhos com força.

— Meu Deus, me diz logo...

— Pare o carro.

— O quê? — perguntou Seth.

— Pare a porra do carro!

Ele encostou no meio-fio e eu abri a porta.

— Aonde você está indo?

Eu não respondi, batendo a porta atrás de mim em um acesso inútil de fúria impotente.

Levei quase duas horas para encontrar o caminho de volta ao centro de Londres, e isso me deu tempo para pensar em tudo o que tinha acontecido.

Não sabia o que estava acontecendo comigo e Sarah. Acho que íamos ver se um relacionamento daria certo entre nós, para que pudéssemos cuidar de nosso filho. Do contrário, encontraríamos outra maneira.

E não pude deixar de me perguntar como nossa criança seria. Provavelmente loira e de olhos azuis, já que ambos éramos geneticamente codificados dessa forma. Talvez seria dançarina? Mas talvez não. Era tão assustador, mas ao mesmo tempo excitante. E pude pensar em um futuro espiralando em anos e décadas, não somente nos próximos meses.

Mas, primeiro, precisava deixar de amar Seth.

LUKA

Existem tantos livros de amor, mas nenhum deles era capaz de dizer por que isso acontece ou como parar de sentir. A magia acontece no seu cérebro e corpo, e ninguém sabe explicar. Detestava me sentir assim. O amor fazia você subir, fazia você voar e o libertava — e depois deixava você despencar até acabar espatifado e sangrando no chão.

Eu era Ícaro e Seth era meu sol — voei perto demais.

E ele estava esperando por mim do lado de fora do teatro, o rosto contraído, a expressão severa.

— Vamos tomar uma bebida — disse.

Eu o segui até um pub próximo, onde uma grande TV estava transmitindo a cobertura ao vivo de um jogo de futebol.

Achamos uma mesa no canto e nos sentamos com garrafas de cerveja alemã.

— Lamento pela forma como a minha mãe foi com você — começou, um pouco hesitante. — Não sei o que ela disse exatamente, mas posso adivinhar. E se serve de consolo, ela está errada.

Dei de ombros.

— Você sabe que ela sabe... de nós, de você e de mim?

— Não tenho ideia de como ela descobriu. Nunca contei.

— Nós ficamos juntos por quase três meses — eu disse, categoricamente.

Seu rosto ficou vermelho.

— Ela não está feliz que seu filho seja gay. Foi um choque para ela. Não gosto de me exibir, sabe? Ela sabia que eu estava saindo com alguém e devo ter contado que você era amigo de Sarah. Ela descobriu o resto sozinha.

— Precisamos contar a Sarah.

Ele me lançou um olhar horrorizado.

— Porra, não! Por que faria isso?

— Porque ela vai descobrir! E então ficará chateada com todos nós. Não fizemos nada de errado, nos apaixonamos... Não fizemos nada de errado. Mas esconder dela é errado.

Ele negou com a cabeça.

— Não posso fazer isso com ela. E se você se importa com ela, também não vai.

— Mas...

— Estou falando sério, Luka! Ela está muito vulnerável agora. Ficou guardando um grande segredo: teve que dizer que você vai ser pai; teve que contar à nossa mãe para se preparar para começar a tricotar roupas de bebê. Você não acha que isso é suficiente?

— Sim, ela estava guardando um grande segredo! Você é tão cego assim? É isso que estamos fazendo. Não é certo.

— Conheço a minha irmã melhor do que você. Ela não vai aceitar isso bem.

— Jesus Cristo! Claro que não vai! Mas vai ser mil vezes pior se ela descobrir por acaso. Fomos beber com alguns colegas do elenco na noite passada, ela quase descobriu, pelo amor de Deus!

Ele agarrou minha mão, segurando firme.

— Luka, se já sentiu alguma coisa por mim, estou te implorando: *não diga a Sarah.*

Puxei a mão.

— Do que você tem tanto medo?

Sua cabeça pendeu e pude ver as lágrimas em seu rosto.

— De ela me odiar.

— Pelo quê?

— Tirar você dela.

— Seth, eu nunca fui dela. E ninguém pode me "ter". Somente eu posso me entregar. E eu me entreguei a você.

— Não será assim que ela vai ver as coisas.

— Você está descrevendo uma mulher que não reconheço. Já disse a ela que estava saindo com alguém quando ela estava na Austrália, e que era sério.

— Falou?

— É claro que sim!

— Como ela reagiu?

— Ela não ficou feliz, mas...

— É disso que estou falando.

— Ela superou, Seth.

Ele começou a ficar com raiva, sua voz baixa e dura.

— Não pensa que ela vai achar estranho que você dormiu com nós dois? Porque, preciso dizer, Luka, tenho muita dificuldade em saber disso. Fico doido só de pensar, constantemente. Não entendo como consegue fazer isso; com homens e mulheres. É bem nojento.

Naquele momento, eu nunca me senti mais distante dele.

Ele pareceu desapontado.

— Desculpa. Não quis dizer isso.

— Acho que quis sim. É provavelmente a coisa mais honesta que me disse desde que descobrimos tudo. Bem, vá se foder, Seth! Se sou tão repugnante!

— Desculpa.

Bati a garrafa na mesa, espuma derramando por cima, e me levantei.

— Você vai contar a ela?

LUKA

129

Apertei as mãos nos olhos, tentando aliviar a tensão de uma crescente dor de cabeça.
— Não.
— Obrigado.
— Vá se foder!

Eu debati se deveria ou não voltar para a casa de Sarah depois do espetáculo naquela noite. Parte de mim queria descansar das emoções descontroladas e do drama, mas sabia que postergar mais não resolveria nada. Além disso, havia uma dúzia de chamadas perdidas e mensagens dela no meu telefone.
— Então, qual é a história daquela loira com quem você estava ontem à noite? — perguntou Ben. — É mesmo o pai do bebê dela.
— É o que ela diz.
— Como isso funciona? Você sai com ela, mas transa com homens?
Eu lancei a ele um olhar irritado e ele ergueu as mãos, dando um passo para trás.
— Não estou tentando ser um idiota.
— É... complicado.
Ele deu uma risada seca.
— Você deveria ter ficado com caras, companheiro. Bem mais fácil.
Tive que sorrir da ironia.
Mandei uma mensagem para Sarah dizendo que estava indo, dando a ela a chance de dizer para não a incomodar, mas ela não fez nada.
Estava esperando por mim no sofá. Eu sabia que ela estava chorando porque seus olhos estavam vermelhos, mas parecia calma agora.
— Falei com a mamãe — ela começou antes de eu me sentar. — Eu sei que ela pode ser... mas não quis dizer aquilo. Ela lamentou que você tenha ficado chateado.
Duvido. Mas guardei o pensamento para mim.
— Precisamos conversar a respeito de como vai ser — eu disse, com cautela.
Ela suspirou e olhou para baixo.
— Eu sei. Não fui muito justa com você. Nem pensei em como você deve estar se sentindo, por terminar com aquele cara, e comigo despejando

tudo isso em você. — Então ela estendeu a mão para segurar a minha. — Mas você é meu amigo, Luka. Pode me dizer qualquer coisa.

Eu limpei a garganta.

— Foi um choque, saber do bebê.

— Desculpa.

— Não é por... Fico pensando como ele ou ela será. Acha que serão dançarinos?

Ela riu feliz.

— As chances são boas, eu diria. Mas talvez ela tenha cérebro igual ao do tio Seth. Ou talvez discuta como uma advogada, igual a avó.

Segurei um estremecimento. Duas vezes.

— Pode ser um menino e jogar futebol.

— Ooh, jogos em casa no Tottenham Hotspur. Até que gosto disso!

Eu sorri.

— Mas também tenho pensado em nós.

Ela franziu a testa, olhando em todos as direções, ansiosa.

— Tudo bem...

— Talvez eu pudesse... levá-la para sair? Ver como será?

Seu sorriso voltou.

— Seria ótimo! Nós meio que pulamos para a parte de enchermos a cara e fazermos sexo.

— Vou encontrar outro lugar para morar, também.

Seu sorriso caiu na mesma hora.

— Por quê?

Corri as mãos pelo cabelo, sentindo o gel pegajoso que eu não havia lavado.

— Seria mais fácil.

— Mais fácil como, exatamente? Caramba, Luka, seremos pais em seis meses. Devíamos dividir esse momento.

— Nós iremos. — De alguma forma. — Mas acho que devemos ir devagar com as coisas.

— Devagar? — Ela se levantou do sofá, olhando para mim. — Se é disso que você precisa, Luka. Mas não tem que sair daqui. Pode dormir no sofá. Não me incomoda, sério.

Bem, poderia ter sido melhor.

Ela se virou de repente.

— Por que não me chama mais de *"booch-ka"*?

Não entendi.

— Chamo sim.

— Não, não chama. Desde o primeiro dia em que voltei da Austrália.

Era mesmo? Não sabia dizer.

Ela me lançou um olhar penetrante e foi para a cama. O silêncio foi um alívio.

CAPÍTULO DOZE

Estávamos tentando. Nós dois estávamos. Sarah tentava não pressionar, embora eu soubesse que ela se sentia ansiosa de como as coisas estavam indo e o que aconteceria quando o bebê nascesse. Eu tentava não estragar tudo de novo.

No último mês, tínhamos saído algumas vezes, conversado, encontrado o ritmo para a nossa amizade de novo.

Ela não ficou feliz por eu ter que ficar fora ano que vem em turnê com *Slave*, mas foi justa, pois sabia que esse era o meu ganha pão. Se ela não tivesse engravidado, estaria comigo na turnê. Isso a incomodava, eu sabia. Falamos de ela se juntar a mim quando o bebê estivesse um pouco mais velho.

E ainda não tínhamos dormido juntos; no entanto, ela queria. Eu me senti como se estivesse traindo Seth, mesmo sem tê-lo visto e que ele não tivesse respondido às duas mensagens que mandei. Eu sabia que Sarah conversava com ele, mas ela não suspeitava de nada. Eu ainda queria contar tudo, mas quanto mais o assunto ficava para trás, menos sentido parecia haver em revelar as coisas.

Hoje, eu estava desempenhando o papel de namorado adorável para um grupo de amigos de escola de Sarah enquanto ela aproveitava cada segundo.

Gostaria que não parecesse uma atuação o tempo todo. *Queria* que fosse verdadeiro.

Às vezes parecia que era possível dar certo. Como quando fui com ela às consultas médicas e vimos roupas de bebê juntos. Não conseguia acreditar como algumas daquelas coisas eram pequenas — eram muito fofas.

Sarah era pequena, mas eu sou meio grande para um dançarino. A médica não queria adivinhar para que lado as coisas iriam, mas eu a vi olhando para mim e franzindo a testa para a estrutura delicada de Sarah. Sarah fingiu que não estava perturbada e brincou quanto a cagar uma melancia, mas percebi que ela estava incomodada.

Um de seus maiores problemas era que estava entediada. Como eu, acostumou-se a trabalhar o tempo todo, ou fazer oficinas de dança e participar de testes. Ela ainda tinha algumas aulas por semana, mas isso a deixava com muito tempo livre.

Eu a encorajei a conversar com alguns de suas velhas amigas, e ela exagerou no planejamento desta festa, que era uma mistura de chá da tarde inglês com chá de bebê.

Meu papel era sorrir e preparar as bebidas. Acho que foi principalmente por Sarah querer que suas amigas soubessem que ela não estava apenas grávida e sozinha. Isso eu entendia, mas era tudo falso. Éramos amigos, mais ou menos. Não estávamos exatamente em um relacionamento — não do tipo que ela queria, de qualquer modo.

Eu precisava muito me recompor e decidir o que fazer. Não estava sendo justo com nenhum de nós. Mas a data do parto se aproximava, e eu não estava mais perto de saber o que eu faria, cacete. Acho que dava para dizer que estava improvisando.

Ash tentou ajudar. Quando conversamos ao telefone, ele ficou me perguntando o que eu queria fazer e até se ofereceu para mudar a data da turnê para que eu pudesse passar mais tempo com Sarah logo após o nascimento. Eu não tinha certeza se queria que ele atrapalhasse a programação de todo mundo, mas ele disse que conversaria com Selma, a produtora/gerente da companhia de dança, e veria o que poderia ser feito.

Apesar de toda a confusão, era bom ter um amigo como ele. Mas ele não podia tomar as decisões por mim. Deus, eu era um covarde.

Estava servindo margaritas para as amigas de Sarah antes de sair para o trabalho.

— Então vocês se conheceram em Chicago? — perguntou uma garota espalhafatosa, cujo nome eu esqueci um segundo depois que foi apresentada a mim. — Foi amor à primeira vista? Seus olhos se encontraram em uma sala lotada?

Sarah riu.

— Algo assim. Quando o conheci, na hora eu pensei: "Uau! Me deixe tirar sua camisa e o jeans enquanto está com a mão na massa".

Ela se virou para as amigas, alheia à minha irritação quando entrei no quarto para pegar meu casaco e bolsa. Só fiquei porque ela queria que eu conhecesse suas amigas. De repente, fiquei muito feliz por ter de estar no teatro.

— Eu meio que o seduzi. Fiquei completamente bêbada, vomitando as tripas porque não conseguia fazer Luka transar comigo. — Ela soltou uma risadinha. — Mas ele era meu cavaleiro de armadura brilhante, levando-me de volta ao hotel porque eu estava bêbada demais para dizer meu endereço ao taxista. Ou, pelo menos, foi o que ele pensou. Sabia que era minha última chance. Então eu esperei até que ele adormecesse, então, hum, eu o deixei excitado, se é que me entendem. Depois disso, o jogo acabou. Não imaginei que fosse engravidar, foi só um bônus. Valeu mesmo a pena. — E ela acariciou a barriga pontuda. — Sabem como os homens ficam bobos quando se deparam com um par de seios — disse, com a voz caindo para um sussurro e voltou a rir. — Os meus eram pequenos e empinados, mas agora pareço uma vaca leiteira, meus seios estão enormes. — Ela sorriu presunçosamente para as amigas. — Bastou uma rápida chama para colocar Luka no clima.

Estava confuso conforme ela terminava de contar a história, encontrando seus olhos, quando ela me deu um sorriso envergonhado. Ela queria que eu ouvisse tudo isso? Não fazia ideia do motivo pelo qual estava mentindo em relação à nossa vida sexual inexistente, a menos que fosse para me provocar?

Parte de mim queria puxá-la de lado e gritar com ela, mas não era como se eu não a tivesse fodido quando ela me deu a oportunidade naquela vez.

Mas isso me deixou de mau humor quando saí. Elas ainda estavam rindo e bebendo depois que atravessei a porta, a música alta suficiente para irritar os vizinhos. Fiquei feliz por ter saído de lá.

Comecei a sentir que não conhecia Sarah tão bem quanto pensava. Quando ela estava com suas amigas, era como se estivesse atuando em um filme da própria vida, editando as cenas da maneira que achava que deveriam acontecer.

Eu sabia que ela se sentia muito insegura com tudo o que estava acontecendo. Grande parte disso dependia de mim, recusando-me a ter um relacionamento, mas ainda morando no apartamento dela.

Balancei a cabeça. Não era mesmo justo com nenhum de nós.

Então que porra eu ia fazer?

Eu me dei até o final do mês para tomar uma decisão de um jeito ou de outro. Só de pensar nisso meu rosto se contorcia. Talvez eu fosse tão ruim quanto Sarah, vivendo em um mundo de sonhos e esperando que, se o ignorasse, os problemas óbvios iriam embora.

— Oi, Luka!

Já tinha feito mais da metade da minha maquiagem quando Ben gritou comigo.

— Que foi?

— Eu perguntei se poderia pegar seu gel de cabelo emprestado, o meu acabou.

— Sim, claro.

— Você está um pouco distraído, companheiro. Está acontecendo alguma coisa?

— Tem um monte de coisas malucas acontecendo comigo — suspirei.

— Problemas com mulheres? — perguntou ele. — Sou mestre nessa merda. A mamãe do seu bebê está te dando dor de cabeça, ou não está rolando nada de sexo pra você?

Dei risada e neguei com a cabeça.

— Pode conversar comigo — disse ele, sério. — Acho que a notícia de que vai ser pai foi uma surpresa.

— Pode-se dizer que sim.

— E sua mulher está te dando trabalho.

— Sim, não, talvez. Merda, é meio que fodido.

— As coisas estavam muito sérias com aquele cara que você estava saindo, né?

Olhei para ele, desconfiado agora.

— Talvez.

— Porra. Não é tão complicado assim, Luka. Não é como se andasse por aí tatuado "Sr. Sensível" na bunda, mas qualquer um podia ver que estava feliz com ele. Agora... você parece infeliz o tempo todo.

— Não, eu...

— Só porque você engravidou essa mulher, não significa que tem que se casar com ela porque é o que ela quer. É tudo que estou dizendo. As mulheres têm bebês o tempo todo.

E ele me deu um tapa no ombro.

Sim, aquela breve conversa estimulante ajudou.

Mas fiquei pensando... Estava fazendo a coisa certa, errada para todos?

Detestava hospitais. Eles sempre me faziam passar mal. E os hospitais britânicos eram ainda piores, abafados e quentes demais, em edifícios de concreto feios.

Sarah estava segurando minha mão com força enquanto o técnico passava um gel transparente em sua barriga. Fiquei surpreso ao ver como ela arredondou nas semanas desde que voltou a Londres.

Na noite passada, tínhamos progredido para dividir a cama, mas só porque ela disse que teve pesadelo e que dormiria melhor se eu estivesse com ela. Não tínhamos transado, embora eu soubesse que Sarah queria. Eu estava adiando, dando desculpas, porque parecia errado. Nossa, eu era ridículo.

Não era justo com Sarah ou comigo. Mas eu não podia ser o idiota que a deixaria sozinha para criar meu filho. Por que não poderíamos ser um casal? Sarah era uma ótima garota, quando os hormônios não a tornavam uma psicopata delirante. Éramos amigos há quase dois anos. Eu a amava. Como amigo. Por que eu não podia fazer mais? O que tinha de errado comigo?

Seth.

Uma desculpa que dei foi que queria ter certeza de que era seguro para ela fazer sexo. Sarah praticamente surtou quando eu disse isso. Ela acessou bilhões de sites em seu telefone insistindo que não era sequer um problema, mas eu fiz questão de que nada ia acontecer no quarto até que ela fosse examinada. Nem me fazer um boquete eu deixei. Juro que a pressão arterial dela disparou naquele dia — definitivamente nada bom para ela.

Sim, eu era um covarde de merda. Mas alguém que estava tentando fazer a coisa certa. Eu só queria saber o que era, e ninguém era capaz de me dizer.

Fiquei olhando para a extensão de sua barriga, agora redonda e não exatamente macia. Fiquei fascinado pelo quanto ela estava mudando. Nunca tinha estado tão perto de uma mulher grávida antes — era um terreno desconhecido. E porque ela se vestia com moletons largos ou saias florais longas na maior parte do tempo, manteve seu corpo escondido de mim. Mas agora, na frente de um técnico de ultrassom, pude ver ela inteira.

Senti seus dedos apertarem e olhei para cima, encontrando sua expressão preocupada.

— Você está tão bonita com sua barriguinha — disse, sincero, esperando que o elogio a fizesse sorrir.

Ela bufou, indignada, e largou a minha mão.

Estremeci, percebendo que tinha dito a coisa errada. Outra vez.

O técnico olhou para mim, mantendo o rosto sob controle, mas juro que vi seus lábios se contorcerem ao tentar segurar um sorriso.

Ele passou o bastão de metal sobre a barriga redonda dela, olhando fixamente para a tela do computador na frente dele, depois sorriu.

LUKA

137

— A oscilação que você vê é o batimento cardíaco do seu bebê: forte e saudável. Escute. — E ele girou um botão no monitor.

Uma batida rápida e galopante com um estranho som sibilante veio dos alto-falantes, e meu próprio coração deu um salto dentro do peito.

As batidas do coração do meu filho. Era difícil respirar, meus pulmões apertaram dolorosamente e meus olhos começaram a arder de lágrimas.

Não foi a primeira vez que Sarah ouviu isso, mas foi para mim. Não sabia como descrever a tempestade de emoções passando por mim. Agarrei sua mão sem pensar enquanto meu mundo se transformava para sempre.

Meu filho — metade de mim. E, de repente, parecia o presente mais incrível. Continuei olhando para a barriga de Sarah, atordoado pelo milagre que acabara de se tornar real.

— Quer saber o sexo do seu bebê? — perguntou o técnico.

— Sim — Sarah disse na hora, seus olhos brilhando animados.

Concordei com a cabeça, sem palavras.

— É menina. Parabéns.

Minha filha.

Ele apertou um botão, imprimindo uma imagem borrada, e passou para Sarah.

— Vou deixar vocês dois sozinhos por um minuto.

Era real. Sarah estava carregando a minha filha e eu ia ser pai, o papai de alguém.

Percebi que meu rosto estava molhado de lágrimas.

— Você está bem? — sussurrou Sarah, apertando meus dedos de novo, depois estendeu a mão para traçar uma única lágrima em minha face e desceu até o queixo.

— Meu Deus! *Moja hči!* Minha filha! Nossa filha! — Ofeguei, meus olhos passando depressa entre ela e a fotografia granulada.

— Nosso pequeno milagre. — Ela deu sorriso carinhoso.

E talvez fosse exatamente isso: uma chance para eu provar a Deus ou ao mundo que poderia fazer uma coisa certa. Tive uma segunda chance.

Inclinei-me e beijei Sarah nos lábios.

— Obrigado — falei. — Nunca pensei que seria... Não sei... mas parece feliz aqui. — E apontei para o peito.

Seu rosto ficou rosado e ela me deu o sorriso mais gentil e meigo.

— Vai ficar tudo bem, né?

Queria concordar, queria que esse momento fosse perfeito. E, de alguma forma, era, saber que nossa filha estava crescendo, saudável, uma nova vida.

Eu queria que fosse perfeito com Sarah.

Não sei o quê, mas por favor, deixe-me fazer isso dar certo.

Ela suspirou e apoiou o rosto na minha mão.

— Eu te amo, Luka.

— Eu sei.

O técnico voltou um momento depois com uma mulher que poderia ser enfermeira ou médica, ou mesmo a mítica parteira que diziam que a gente veria, mas que ainda não conhecíamos.

Ela se apresentou como Melanie, só que isso também não ajudou muito.

— Parece que está tudo bem aqui — disse ela, estudando as imagens do computador que o técnico havia deixado para ela. — Querem me fazer alguma pergunta?

— Sim! — disse Sarah, esforçando-se para se sentar enquanto limpava o gel da barriga. — Podemos fazer sexo, né?

A mulher sorriu, consciente.

— É claro. O bebê está perfeitamente seguro rodeado pelo saco amniótico. Você também tem um tampão mucoso espesso que sela o colo do útero e protege contra infecções. Sexo não vai machucar você ou o bebê. Na verdade, existem algumas pesquisas que mostram que mulheres que têm mais orgasmos durante a gravidez têm menos probabilidade de dar à luz mais cedo.

— Oh, isso parece ótimo — disse Sarah, animada, depois corou quando a médica, enfermeira, parteira riu.

— Mas devo dizer que pode querer evitar uma penetração profunda, pois é possível que seja um pouco desconfortável, ainda mais nos últimos meses. Então, se for na posição de quatro — disse ela, olhando para o meu rosto imóvel. — Pode querer colocar um travesseiro entre a parte inferior da sua barriga e as costas de Sarah.

Acho que meus olhos quase rolaram para fora da cabeça. Não esperava ter uma aula de sexo durante a consulta de Sarah no hospital. E *parte inferior da minha barriga? Sério?*

Sarah parecia um pouco concentrada e acenando com a cabeça para tudo o que foi dito, absorvendo tudo. Então se virou para olhar para mim e bateu na minha perna.

— Eu disse que estava tudo bem, porra.

A enfermeira-médica-parteira riu quando Sarah ficou vermelha e cobriu a boca com a mão.

— Nossa, desculpe! Minha boca está completamente sem freio.

— Você nunca teve um — murmurei.

— Está tudo bem. Já ouvi coisas piores durante o parto.

No táxi, no caminho de volta para o apartamento de Sarah, ela se aconchegou ao meu lado e coloquei o braço em volta de seus ombros,

LUKA

recostando-me no banco de couro.

Ela sorriu e acariciou minha barriga, um brilho de felicidade iluminando-a por dentro.

— Parece real agora, não é?

— Sim.

— Você... você chorou lá.

Concordei com a cabeça, as palavras presas na garganta.

— Você está bem?

Seus olhos azuis estavam tão preocupados, tão calorosos, que me inclinei e a beijei nos lábios.

— Estou bem. — Respirei contra sua boca. Nós vamos ficar bem.

Ela cedeu contra mim e nós dois derramamos algumas lágrimas.

— Nossa filha — soluçou baixinho, as lágrimas correndo por seus lábios sorridentes.

— Nossa filha — murmurei contra os seus lábios salgados, beijando-a de novo.

E quando voltamos para o apartamento, fumei meu último cigarro e a levei para a cama.

No dia seguinte, eu a pedi em casamento.

CAPÍTULO TREZE

— Você é muito egoísta! — Os olhos de Seth arderam para mim. — Minha irmã merece alguém que vai amá-la até os confins da terra, não que fique com ela porque estão tendo um filho juntos. Ela merece alguém que a ame verdadeiramente.

Ele me encurralou do lado de fora do teatro antes do espetáculo, seus olhos negros de raiva.

Ben ergueu as sobrancelhas quando passou e o viu, mas, sábio, não disse nada.

Eu me desvencilhei do aperto de Seth e atravessei a rua para o pub. Precisava de algumas doses de tequila antes de ter essa conversa.

Parei no balcão, minhas costas rígidas de fúria enquanto tomava as duas doses, uma atrás da outra, depois, peguei a garrafa de cerveja que era mais leve.

— Qual é o seu problema? — rosnei.

Emoções fortes nadaram por trás de seus olhos raivosos à medida que ele olhava para mim.

— Eu sei que você não ama Sarah... — começou a dizer.

— Você não sabe de nada! — disse entre dentes. — Você vem aqui, no meu trabalho, e começar a falar besteira quando eu não te vejo há semanas e sequer responde a porra de uma mensagem.

A decepção passou por seu rosto, mas foi logo substituída por fúria.

— Você não pode se casar com ela! Você não a ama.

Bati a garrafa no bar, empurrando-o no peito e ele cambaleou para trás.

— Eu a amava antes de amar você — soltei, bravo. — Ela é uma das minhas amigas mais próximas há quase dois anos. Nós dividimos merdas que você nem sequer pode imaginar. Portanto, pode ir se foder. Não estou nem aí para o que você pensa.

Meus punhos cerraram-se e estava prestes a dar um soco nele.

Uma miríade de expressões cruzou seu rosto, estabelecendo-se em espanto e dor.

— Você... você me amava?

Droga! Eu disse isso?

Respirei fundo e percebi que minhas mãos tremiam, tensas.

— Eu amo a Sarah.

— Não, eu te ouvi! Você disse... está mesmo no passado agora?

— E daí se eu te amava? — gritei para ele. — Você não me queria! Você me jogou fora! Queria que eu vivesse uma mentira. Bem, vá se foder! É assim que se parece. Mas o que quer que você pense, eu amo sua irmã e vamos ser uma família.

— Luka — disse ele, baixinho. — Não faça isso! Será um erro terrível.

— Que porra eu devo fazer agora? Foi ideia sua, mas agora... Ouvi as batidas do coração dela, Seth. Minha filha. Estou tentando aqui. Estou tentando mesmo...

— Tentando o quê? — ofegou, sua voz falhando. — Acabar com a vida de todos e torná-los tão tristes quanto você? Porque é isso que está fazendo.

Eu nem percebi que tinha batido nele até que o vi deitado no chão, com o lábio sangrando.

Xinguei em esloveno e encarei seu rosto chocado antes de me virar e sair do pub, torcendo para que ninguém tivesse decidido chamar a polícia.

O entorpecimento tomou conta de mim conforme eu passava a mão sob a torneira fria dos camarins do teatro, lavando o sangue dos dedos.

Ben entrou e apertou meu ombro. Ele não se deu ao trabalho de fazer perguntas estúpidas como: "Você está bem?".

Eu estava muito longe de estar bem.

— É melhor você ir e se vestir, companheiro — disse ele, com o tom calmo. — As cortinas sobem em vinte minutos.

— Sim — murmurei. — O show tem que continuar.

Não me lembro muito mais daquela noite. Sei que me perdi na música, meu corpo encontrando um ritmo na dança. O movimento tem que se conectar com o público. Mas, às vezes, como nesta noite, nem sei o que faço no palco; é como se eu desmaiasse, o tempo passasse e chegasse ao fim do espetáculo. Todo o trabalho, todos os ensaios, mais de uma centena de shows, vira hábito.

Duas horas depois, emergi, piscando sob os holofotes que brilharam em meus olhos enquanto fazíamos nossa reverência no final.

Não me lembro de tomar banho ou pegar o metrô de volta para o apartamento de Sarah.

Eu me lembro de que a acordei e a fodi até fazê-la gritar o meu nome.
Só que não conseguia esquecer as palavras de Seth.
Elas foram queimadas em minha alma.

As semanas se passaram e o outono se transformou em inverno. As folhas ficaram douradas, vermelhas e marrons, até que murcharam e caíram das árvores. Grandes gotas de chuva batiam nas calçadas cinzentas e nuvens negras no alto escureciam os céus.

Sarah estava infeliz.

Ela usava a aliança que eu dei no dedo e nós dois nos esforçamos para ser um casal normal, preparando-nos para o nascimento da nossa primeira filha, mas as rachaduras estavam aparecendo. Não tentei ver a Sra. Lintort de novo, embora Sarah a visse várias vezes por semana. Percebi que ela sentia falta do irmão também.

Seth tinha ido assinar um contrato em Cingapura e voltaria para o Reino Unido só no Natal.

Contra a minha vontade, prometi a Sarah que comemoraríamos os feriados na casa de sua mãe. Não posso dizer que estava ansioso, mas a menos que eu quisesse ser um idiota completo, eu não tinha muita escolha, também.

Não tinha conversado com Seth desde a noite da nossa briga, e isso estava me desgastando. Peguei o celular para mandar mensagem para ele uma centena de vezes, mas nunca enviei nenhuma.

Algumas coisas seriam melhores se não fossem ditas.

A primeira semana de dezembro estava se aproximando e eu deveria voar para Chicago por cinco dias para ajudar Ash na audição de uma dançarina para substituir Sarah. Na verdade, ele não precisava de mim lá para isso, mas sabia que precisava me afastar por um tempo. Os ensaios da turnê já haviam sido adiados para que eu pudesse estar em fevereiro em Londres para o nascimento. Ele era um bom amigo.

Arlene foi boa. Fiquei no espetáculo por muito mais tempo do que qualquer um de nós havia planejado. Ela também era fã de *Slave* e estava feliz por voltarmos com a turnê. Prometeu ver o espetáculo quando estivéssemos passando por Londres.

Grande parte da infelicidade de Sarah vinha de saber que seu papel seria substituído. Apesar de insistir que estava ansiosa para ser mãe, pude ver que estava se arrependendo porque ia ficar de fora. Não o tempo todo, mas suficiente para torná-la sucinta comigo.

Às vezes eu sentia que mesmo quando eu respirava, isso a irritava.

Em outros momentos, conseguia sentir a escuridão dentro de mim, dentro dela, como uma força destrutiva.

Fui eu quem roubou seu sorriso. E detestava isso.

Ela gritava comigo. Bastante.

Frustrado, eu revidava.

— Estou fazendo alguma coisa certa?

Ela se encolheu, mas depois seus olhos se tornaram opacos e vazios.

E, então, percebi.

Sarah amava a fantasia de estar apaixonada. Ela não me ama, não de verdade. E quando as rachaduras começaram a aparecer, ela ativamente as aumentou, dia a dia.

Eu não sabia o que fazer.

Beverley terminou seu número no final do primeiro ato, e o público aplaudiu e vibrou. Estávamos acostumados, mas jamais ficava cansativo.

Fiquei com o resto dos dançarinos de apoio, nossos peitos arfando com o esforço de correr e dançar por 45 minutos. O suor escorria no meu corpo, fazendo-o brilhar sob os holofotes.

Quando saímos do palco, deixando Beverley sob fortes palmas, vi Kathryn gesticulando com urgência nos bastidores.

— Luka! Recebi uma ligação do hospital. Sarah entrou em trabalho de parto.

Fiquei olhando para ela, meu cérebro se recusando a aceitar a informação.

— Não pode ser. Ela tem apenas 30 semanas. É cedo demais.

— Vá lá — disse ela, enxotando-me em direção aos camarins.

— Mas estamos no meio da apresentação — respondi, meu cérebro ainda fora de funcionamento.

— Vai logo. — disse outra vez. — Nós ficaremos bem.

Finalmente, finalmente, meu cérebro começou a funcionar. O bebê estava chegando e era muito cedo. Cedo demais.

Vesti uma camiseta surrada e nem me dei ao trabalho de tirar a fantasia, ainda coberto de suor e vestindo calças de couro, maquiagem pesada e cabelo com gel nas pontas.

Peguei minha bolsa, nem mesmo tirando os sapatos de dança enquanto Kathryn apontava para a saída de trás.

— Tem um táxi esperando por você. Boa sorte!

O taxista era um conversador.

— Para onde, chefe?

— Royal Free Hospital, Maternity Wing.

— Pode deixar. Não se preocupe, cara. Eu vou te levar lá. Sua primeira vez, não é?

— Sim. — *Para de falar!*

— Eu me lembro quando minha esposa teve nosso primeiro filho. Parecia que eu também estava em trabalho de parto. Santo Deus, que bagunça. Espero que você tenha estômago forte, filho. Negócio desagradável.

Meus dedos tamborilaram nas coxas e meu corpo parecia tenso e inquieto. Estávamos presos no semáforo. Parecia que o sinal nunca ia ficar verde.

— Você quer meu conselho?

Não.

— Claro.

— Diga sim a tudo que ela pedir e dê chocolate a ela.

— Enquanto está em trabalho de parto?

Fiquei perplexo. Na Eslovênia, as mulheres não podiam comer durante o parto. Acho. Como diabos eu sabia disso? Sabia ou estava imaginando?

— Apenas tenha alguns na mão. Pode ser uma longa noite.

Sim, talvez fosse boa ideia. Sarah estava louca por chocolate Snickers. Uma vez, às 3h da manhã, tive que achar uma loja de conveniência que vendesse.

Ele me deixou bem na entrada da ala da maternidade.

— Tudo de bom, filho. Não se esqueça do chocolate.

Era isso. Estava prestes a me tornar pai.

Minhas mãos tremiam conforme eu corria para dentro, sem fôlego de tanto nervoso, meu sotaque tão forte que a recepcionista mal conseguia me entender.

LUKA

Respirei fundo e expliquei de novo quem eu era.

— Minha namorada Sarah Lintort está aqui. Recebi uma ligação informando que ela estava em trabalho de parto.

Ela deu outra olhada na minha roupa estranha e seus lábios se estreitaram. E foi só quando notei os olhares estranhos que estava recebendo das enfermeiras e de um dos porteiros que percebi que devia ser uma visão bizarra, suado e coberto de maquiagem. Além disso, eu estava tão agitado que provavelmente pensaram que eu estava drogado. Sabia que parecia ter vindo de uma boate, ou talvez de uma orgia, e tinha deixado Sarah para dar à luz sozinha.

Ou talvez estivessem apenas acostumados com caras como eu — apavorados pra caralho.

Eu estava quase enlouquecido de ansiedade quando a recepcionista demorou uma eternidade para pesquisar tudo no computador. Graças a Deus eu estava na lista de visitantes aprovados de Sarah, junto com Seth, a megera de uma mãe, e Jess, uma de suas melhores amigas. Caso contrário, eu teria sido chutado para fora.

A recepcionista finalmente encontrou uma enfermeira que poderia me dizer em que quarto Sarah estava e o que estava acontecendo.

— A parteira estava com ela agora, mas estará pronta para ir para casa assim que o médico a vir.

— Casa?

O sangue foi drenado do meu rosto e minha voz saiu em um grito sufocado.

Não estávamos preparados para um bebê. Não tinha montado o berço, não tinha comprado o carrinho que Sarah queria, ou a cadeira que eu nem conseguia lembrar o nome. Não estávamos preparados. Eu não estava preparado.

Era cedo demais.

Ela deve ter visto a expressão de pânico no meu rosto.

— São só contrações de Braxton Hicks, ela não está em trabalho de parto.

— O bebê não está nascendo?

— Ainda não. Você poderá levar Sarah para casa em breve. — E ela abriu a porta de uma das salas de parto.

Sarah estava sentada na cama, chorosa e irritada.

— Nossa, Luka! Liguei para o teatro há mais de uma hora! E se fosse o parto mesmo? Eu teria tido o nosso bebê sozinha.

A enfermeira me deu um sorriso rápido e saiu da sala.

— Cheguei aqui o mais rápido que pude.

Sarah mordeu o lábio e seus olhos examinaram minha maquiagem e fantasia.

— Merda, eu sei. Desculpa. Eu estava pirando de verdade. Seth não estava atendendo ao telefone e mamãe estava na aula de bridge. Ela estará aqui logo.

Ótimo, exatamente o que eu precisava.

— Posso te levar para casa assim que passar pelo médico.

— Eu sei. Eles me disseram.

Estendi a mão para pegar a mão dela, mas ela a afastou de mim, enxugando as lágrimas e borrando ainda mais o rímel. Ficamos sentados em silêncio, nenhum de nós sabendo o que dizer.

Um momento depois, a porta se abriu e a Sra. Lintort entrou apressada, seguida por uma médica de aparência perturbada.

— Querida, como está? Graças a Deus você me ligou. Não deveria estar sozinha. — E ela me lançou um olhar maldoso.

Eu a ignorei e me virei para a médica.

— Tem certeza de que é alarme falso?

— Sim, certeza. Isto é muito comum. É perturbador para a mãe de primeira viagem, mas, se acontecer de novo, é só verificar o tempo de intervalo das contrações. Se não ficarem mais próximas ou mais fortes com o tempo, é improvável que esteja em trabalho de parto.

— Então possa levá-la para casa agora?

— A pressão arterial dela está um pouco mais alta do que gostaríamos, mas se deve provavelmente pelo estresse. Vamos mantê-la por mais ou menos uma hora e ver como fica.

A médica sorriu para Sarah, que estava olhando para ela, os olhos enormes e assustados; seu corpo parecia frágil e pequeno sob a barriga inchada.

Uma onda de proteção correu dentro de mim. Ela estava carregando a nossa filha. Eu tinha que ter certeza de que estava segura. Precisava fazê-la se sentir segura.

A médica nos deu mais palavras tranquilizadoras e depois nos deixou.

— Você está ridículo — a mãe de Sarah começou imediatamente. — Não pode usar roupas adequadas?

— Ele veio direto do teatro, mãe — Sarah disse, cansada.

A Sra. Lintort apertou os lábios.

— Estou aqui agora, querida. Vou cuidar de tudo.

Sarah começou a chorar, encostando-se ao peito da mãe.

Eu me senti inútil e ridículo, como ela disse. Eu as deixei sozinhas enquanto encontrava um banheiro para lavar a maquiagem e trocar a calça de couro pelo moletom.

Não sabia como lidar com isso. Não estava acostumado com pais que se importavam, e os hormônios de Sarah a estavam deixando louca. Metade do tempo ela estava subindo em cima de mim e, no resto, passava gritando comigo ou me afastando. Não sabia o que ela queria, não conseguia entendê-la. Às vezes, era muito difícil de amá-la.

Mas nosso bebê — o amor que senti pelo pontinho na tela, os sinais diários de uma nova vida crescendo na barriga de Sarah — sabia exatamente o que sentia por ela e exatamente o que fazer. Eu estaria em sua vida e ninguém me impediria.

Descobrir que tipo de vida que pudesse ser... Sim, essa era a parte difícil.

Conforme voltava para a sala de parto, Sarah estava sendo empurrada em uma cadeira de rodas, a expressão envergonhada e desafiadora, tudo ao mesmo tempo.

A Sra. Lintort bufou até eu sair do caminho.

— Vou levar Sarah para casa comigo — disse ela. — Ela precisa de alguém que possa cuidar dela adequadamente.

— É isso que você quer? — perguntei a Sarah.

Mas ela fechou os olhos e não olhou para mim.

— Estou tão cansada. Cansada demais.

Fiquei na frente da cadeira de rodas, forçando a Sra. Lintort a parar.

— Quer que eu vá com você? — perguntei a Sarah, puxando sua mão na minha.

— Eu...

— Por que ela precisa de você? — zombou a Sra. Lintort.

— Estou falando com a Sarah — retruquei.

— Nossa, só... Parem de brigar, por favor!

— Você não vê que a está incomodando?

Fiquei de lado, observando os ombros de Sarah caírem, derrotados, meio sem acreditar no que tinha visto, no que tinha ouvido. Onde estava minha *buča* corajosa e divertida? Não a reconheci e não sabia como alcançá-la.

Mas eu precisava tentar.

Não respondi ao último comentário, porque se dissesse o que pensava da mãe dela...

— Você não precisa ir para a sua mãe. Vou cuidar de você.

Ignorei o bufo de desdém que fez a Sra. Lintort se parecer com a porca que era.

Sarah fez que não com a cabeça.

— Você tem apresentação amanhã. Ficará fora toda a tarde e à noite, e... É só que... Não quero ter que pensar.

Afastei-me dela, sentindo a distância aumentando entre nós.

— O que você quiser, Sarah.

Sua mãe deu um olhar triunfante e a empurrou para fora da sala. Nenhuma delas olhou para trás.

Soquei o colchão duro do hospital, a frustração vertendo do meu corpo. E então voltei para um apartamento vazio, pensando na razão pela qual eu estava ficando em Londres.

Por quê?

CAPÍTULO QUATORZE

Sarah ficou com a mãe por três dias antes de voltar para casa.

Eu estava fazendo a mala quando ela abriu a porta e entrou.

— Você vai me deixar aqui? — perguntou ela, o tom confuso e brusco.

Virei-me para encontrar seu olhar preocupado.

Ela parecia cansada, com olheiras abaixo dos olhos opacos, o cabelo escorrido e sem vida.

Voltei a arrumar a mala.

— Tirei cinco dias de folga. Estou indo para Chicago.

— Sem me dizer? Você ia, ao menos, me deixar um recado?

Sua voz ficava cada vez mais estridente a cada palavra que saía de sua boca irritada.

— Sim, ia deixar um bilhete — respondi, sarcástico. — Já que não retornou nenhuma de minhas ligações ou mensagens nos últimos três dias.

Seus lábios se apertaram e ela se sentou em uma cadeira.

— Só precisava de um tempo.

Ergui a sobrancelha quando encontrei seu olhar. Sete meses trabalhando em sete espetáculos, seis dias por semana, com alguns ensaios pela manhã, também era cansativo. Ainda mais vindo logo após uma turnê europeia de seis meses com *Slave*. E ter apenas um dia de folga por semana para fazer tarefas domésticas e ver os amigos, principalmente se eles têm empregos diurnos — é difícil. Às segundas-feiras sempre passavam rápido demais, mas a alegria de um grande papel em um grande espetáculo com um ótimo elenco é um presente, e eu não ia reclamar disso. Mas um tempo de todo o resto parecia muito bom para mim também.

— Desculpa — disse ela, sua voz mais baixa agora e com um toque de culpa. — Eu sei o quão duro você tem trabalhado. Mas estava tão cansada e confusa. É realmente assustador. — E ela colocou as mãos na barriga. — Mamãe achou que seria melhor não ter que me preocupar com nada por alguns dias.

— E agora você terá mais cinco dias sem preocupações — eu disse, ciente de que era uma coisa horrível de se dizer.

Ela arfou e eu me preparei para as lágrimas que geralmente se seguiam.

— Não acredito que você vai me deixar — disse, com amargura. — Por uma semana inteira!

Não olhei para cima.

— Cinco dias. E não é como se fosse nenhuma surpresa. Já conversamos disso. Nossa, nós conversamos disso sem parar. Você sabe há meses — respondi, calmo, embora por dentro eu me sentisse pegando fogo de raiva.

— Era para realizar os ensaios! — bufou. — Mas a turnê foi adiada até abril.

— Precisamos fazer testes para uma nova dançarina para o seu papel.

Estremeci. Isso soou pesado.

— Santo Deus, você já me descartou!

— O quê? Você sempre faria parte disso.

— E agora estou grávida — retrucou, cruzando os braços de forma protetiva. — E se eu entrar em trabalho de parto mais cedo?

— Ligue para a sua mãe.

— Seu idiota! Você não se preocupa nem um pouco?

Continuei fazendo a mala.

— Tenho que ganhar dinheiro — eu disse, tentando racionalizar, repetindo os argumentos de sempre.

— Você poderia ficar trabalhando no *O Guarda-costas* — rebateu.

— Como dançarino de apoio, não como coprotagonista em um espetáculo de sucesso.

— Como Assistente da Coordenação de Dança! E você não sabe se *Slave* terá sucesso desta vez.

Eu lhe dei um olhar, irritado.

— Não estou dizendo que não quero que dê certo, claro que quero! Eu amo Ash e Laney... Eles são como uma família para mim!

Eu grunhi minha concordância.

— Você nem quer ficar perto de mim — fungou, seu argumento mudando de direção tão rápido quanto as lágrimas que desceram. — Você nunca me toca. Eu tenho que praticamente implorar para fazer você me foder.

Isso era verdade, então não respondi.

— Você quer mesmo esse bebê? — choramingou, a choradeira agora em pleno vigor.

A angústia em sua voz era óbvia e eu não aguentava. Virei e puxei-a em meus braços.

LUKA

— Claro que sim — murmurei em seu cabelo. — Talvez não no começo, mas eu a vi, ouvi seu batimento, senti seu movimento. Ela é real. Ela é algo incrível que criamos e será tão linda, como a mãe.

Sarah relaxou em meus braços.

— Igual ao pai dela. Você é lindo, Luka. Meu Deus, homens e mulheres param na rua quando você passa. E eu também fico babando feito um sem-teto num prato de comida.

Ela descansou a cabeça no meu peito, eu a embalei devagar, a barriga grande preenchendo o espaço entre nós.

— Essa coisa de gravidez é difícil. Sei que devo engordar, eu sei disso. Mas me sinto tão gorda. Vai contra tudo o que tentei fazer desde os dez anos! E outro dia, um garotinho apontou para mim e disse: "Olha aquela senhora gorda, mamãe". Me deu vontade de chorar.

— Você está louca. Nunca esteve mais bonita.

Ela se afastou de mim.

— Então por que está nos deixando?

— *Prekleto!* Droga!

Bati a mala fechada e ela saltou.

— O que isso significa?

— Pare de provocar, Sarah! Estou fazendo o melhor que posso.

— Não, não está — revidou ela. — Você está fazendo exatamente o que quer, como sempre. Vou ficar presa aqui, sozinha, gorda e inútil.

Cerrei os dentes, reprimindo o que eu pensava de suas reclamações constantes.

— Você tem sua mãe e... Seth estará de volta de Cingapura em alguns dias — salientei, quase me engasgando com seu nome.

— Não é a mesma coisa — choramingou ela. — Vou ficar com tanto medo sozinha. E se o bebê nascer antes?

Cerrei os dentes frustrado, tentando controlar a calma que estava perdendo. Ela não tem culpa, disse a mim mesmo. São os hormônios.

— Os médicos dizem que não tem por que ela nascer antes. Eu estarei com você. Prometo. — Beijei sua testa. — Você vai ficar bem — eu disse, esfregando seus braços com delicadeza. — Há três dias, disseram que era um alarme falso. E você pode ir ficar com sua mãe, sabe que ela adoraria.

— Você tem resposta para tudo, né? — rosnou.

E voltamos à estaca zero.

Minha paciência acabou.

— Não, não tenho, porra! — gritei com ela. — Não tenho as respostas! Nenhuma. Você diz que quer que eu faça parte da vida de nossa filha, aí você me afasta, foge, caralho, e não atende minhas ligações por três dias. Não sabia se ia voltar ou se era só isso.

— Claro que você sabia...

— Não, não sabia! Caralho! — gritei. — Não sei ler mentes. Sua mãe me odeia e você faz tudo que ela diz.

— Eu não...

— O que aconteceu com você, Sarah?

— Como assim? — perguntou, parecendo chocada.

— Você era tão cheia de vida e...

— Irônico, não é? — disse, sarcástica, e me lançou um olhar cheio de ódio. — Tenho uma vida crescendo aqui, então sim, estou cheia de vida. *Mas você não está conosco.* É claro que você está no meu apartamento e, muito ocasionalmente, está dentro de mim, mas é tudo apenas temporário. Não sou idiota. Eu sei que existe outra pessoa.

A sensação que tive foi de ter levado o soco na boca do estômago dela.

— O quê?

Ela riu, um som áspero e frágil.

— Consegue ser mais óbvio?! Não sei com quem está trepando quando você está dentro de mim, mas com certeza não é comigo.

— Não estou saindo com mais ninguém — argumentei, evitando o que ela estava dizendo.

— Mentiroso. Vá para Chicago, Luka, porque eu não me importo.

Estávamos ambos respirando com dificuldade e seu rosto ficou vermelho. Fiquei preocupado com sua pressão arterial.

Respirei fundo.

— Não podemos continuar nos destruindo assim — eu disse, baixinho. — Mas, te dou a minha palavra, não estou saindo com mais ninguém. Não estou transando com mais ninguém.

Ela não respondeu e apenas ficou olhando para as próprias mãos.

Vesti meu casaco e peguei minha mala. Quando me inclinei para beijá-la, ela se virou.

— Vejo você na segunda-feira.

— Se eu ainda estiver aqui.

— Sarah...

— Vá embora, Luka. Você obviamente está ansioso para ficar longe de mim, então vá.

Ela acariciou a barriga protetoramente.

— Cristo, não vou, tá legal?! Vou ficar e conversar.

— Some daqui — disse ela.

Então entrou no quarto e bateu à porta.

Peguei minha mala e saí do apartamento, furioso por me descontrolar, sentindo-me culpado por gritar com uma mulher grávida, com medo de que ela estivesse chegando muito perto da verdade.

LUKA

153

Minha cabeça estava nublada com pensamentos conflitantes, e nem me lembro da ida até o aeroporto.

Dia após dia, era levado ao limite. Só precisava que mais uma coisa terrível acontecesse antes que eu quebrasse ou atacasse, defendendo-me. Não sabia qual seria — qualquer uma era possível.

O frio cortante de Chicago foi maravilhoso após a proximidade sufocante do vôo de nove horas.

A neve acumulada estava nas margens onde havia sido recolhida e despejada, e as calçadas estavam cinzas de lama e gelo. Olhei para o amplo céu azul, a respiração fazendo fumaça na minha frente, o frio atravessando a minha pele. Parecia limpo e novo.

Com a cabeça arejada pela primeira vez em meses, peguei um táxi direto de O'Hare para o estúdio de ensaio. Apesar da diferença de horário de seis horas, não me senti cansado. Na verdade, eu me sentia energizado. Longe de Sarah, eu me senti mais leve. Estar longe de Seth... Não queria pensar muito nisso.

Por causa do tempo do vôo, eu estava no estúdio antes de todo mundo. Uma mulher na recepção me deixou entrar, sorrindo quando expliquei para que eu estava aqui e com quem estava.

Troquei de roupa rapidamente e entrei no estúdio aquecido, respirando o leve cheiro de chão encerado e suor. A última porção de tensão que eu carregava no corpo foi embora e o peso esmagador em meu peito começou a se dissipar. Aqui eu conseguia respirar. Londres se tornou sufocante.

Sentei-me no chão fazendo alongamentos, fazendo aberturas, quando ouvi passos.

Eu olhei para cima e vi Yveta.

— *Ciao, bella!* Oi, linda! — Sorri para ela. — Como você está?

Ela inclinou a cabeça de lado, um pequeno sorriso no rosto.

Fiquei confuso, curioso para saber por que ela não estava respondendo. Então fiquei boquiaberto.

— Você cortou o cabelo!

Seu cabelo longo, grosso e liso, que chegava quase até a cintura, tinha sumido, cortado bem curto e repicado. Ela estava incrível e exibia as largas maçãs do rosto e os olhos eslavos enviesados, de um azul-cobalto impressionante.

Ela afagou o cabelo provocativamente, ainda sorrindo aquele sorriso enigmático — aquele que as mulheres usam quando você não enxerga o extremamente óbvio.

— O que foi? — perguntei, sentindo-me estranhamente autoconsciente sob seu olhar fixo.

Olhei para baixo para verificar se estava usando as calças e os sapatos direito.

— O quê? — perguntei de novo, um tom de frustração em minha voz.

Yveta riu e balançou a cabeça, os olhos brilhando de felicidade.

— Que bom ver você, Luka — disse ela, com a voz rouca de contralto. — Você parece bem. A paternidade deve combinar com você.

Meu sorriso se tornou forçado e tive que desviar o olhar.

— Sim — murmurei.

Ela ergueu as sobrancelhas.

— Como está Sarah?

— Ótima — eu disse, tentando soar entusiasmado. — Ela mandou um abraço.

Mandou nada.

— Talvez eu ligue para parabenizá-la — disse ela. — Ela sempre quis um bebê.

Minha cabeça se ergueu de supetão.

— Queria?

Os olhos de Yveta se arregalaram, surpresos, mas ela disfarçou bem. Depois se sentou no chão ao meu lado, iniciando o aquecimento.

— *Dã*, ela disse que queria um bebê antes dos trinta.

Fiquei em silêncio. Aquilo era novidade para mim, definitivamente. E fez uma suspeita se acender em relação ao "incidente" dela.

Yveta me lançou outro olhar pesado, depois mudou de assunto.

— Como foi Londres? Ouvi dizer que está trabalhando em um espetáculo lá.

— Sim, foi bom. Mas estou feliz por estar de volta a Chicago. Dançar em grupo fica entediante.

Ela revirou os olhos.

— Claro, mas paga o aluguel.

Ela parecia diferente, e não era só o cabelo, mas não conseguia definir o que era. Mais feliz, talvez?

Eu a encarei de volta, realmente a olhei, vendo um leve rubor subir em seu rosto.

Franzindo a testa, eu me concentrei em alongar a parte posterior das coxas. Então a compreensão me atingiu e minhas sobrancelhas se ergueram enquanto eu estudava seu rosto.

— Sua... sua cicatriz!

LUKA

Minha voz sumiu e engoli em seco.

A cicatriz feia e irregular que corria por toda a extensão de sua bochecha, puxando o lado de sua boca em um sorriso de escárnio perpétuo, tinha sumido, deixando apenas uma fraca linha rosa para trás.

Dei um tapa na minha testa.

— Que idiota que eu sou! Você fez a sua cirurgia! — Olhei mais de perto. — Ficou incrível, quase não dá pra ver.

Lágrimas brilharam em seus olhos.

— Luka, estamos conversando há dez minutos e você nem percebeu.

Eu me senti uma merda e comecei a me desculpar.

— Porra, desculpa. Eu..

Ela envolveu os dedos finos em volta do meu pulso.

— Não se desculpe. Você nunca viu minha cicatriz, nunca te incomodou. Você era o único, Luka. Desde o primeiro dia. Você foi o único que viu além disso; você me viu. Lembro exatamente o que você disse: "Eu fico encarando todas as mulheres bonitas". Não sabe o quanto significou para mim. E agora o problema foi resolvido e os homens olham para mim outra vez. Mas você... ainda me vê. Você me enxerga.

Eu a puxei para um abraço apertado enquanto ela chorava silenciosamente no meu peito.

— *Spasibo*, Luka. *Obrigada*.

Ela apertou meu pescoço com força e, pela primeira vez em meses, não me senti um ser humano horrível. Ou tão sozinho.

Só então Gary veio saracoteando, olhando para mim e tentando não sorrir.

— Meu Deus, é o outro esloveno terminalmente gostoso e insanamente lindo. Que chatice.

Ele não comentou das lágrimas de Yveta ou da expressão no meu rosto.

Eu ri e dei um abraço apertado nele, então nós três ficamos abraçados, rindo e chorando.

— Admita que sentiu minha falta!

— Nunca!

— Admita! — eu disse, dando beijos altos e molhados em sua bochecha que o fez se contorcer.

— Ugh. Saia!

— Admita!

— Tá bom. Eu admito. Senti falta da sua bunda gostosa e exibicionista! Agora pare de babar em cima de mim!

Eu dei a ele mais um beijo nos lábios e sorri quando ficou vermelho.

— Senti sua falta também — eu disse, com uma piscadinha.

Ele murmurou algo baixinho e enxugou o rosto com a manga.

— Como está aquela sua assanhadinha? Ouvi que você a engravidou.

Yveta se afastou de mim, puxando um lenço de papel da bolsa.

Meu sorriso ficou tenso quando respondi a Gary.

— Esse é o boato.

Ele olhou para cima, sua expressão questionadora.

Caramba, eu era mesmo péssimo em esconder meus verdadeiros sentimentos da minha família.

— Problemas no paraíso? — perguntou ele.

— Não quero falar disso — rebati.

Gary ficou surpreso, mas não fez comentários. Graças a Deus.

Então Oliver se aproximou e apertou minha mão, puxando-me para um abraço de homem ao mesmo tempo e contando-me tudo do antigo armazém que encontrou. Ele estava no meio de uma reforma para transformá-lo em um estúdio de dança. Fiquei muito feliz por ele e quase prometi praticar lá, quando me lembrei de que Londres agora era minha casa.

Ficamos sentados conversando enquanto nos deitamos no chão: aberturas de frente, de lado, peito até os joelhos com os pés para fora, mas estava ficando óbvio que Ash estava atrasado. Parecia estranho. Tivemos a mesma formação: ele nunca se atrasava.

Gary enviou uma mensagem para ele, mas um minuto depois Ash entrou pela porta, ainda com roupas normais, parecendo furioso. Quando ele me viu, um enorme sorriso se espalhou por seu rosto.

— Luka! — gritou ele, caindo de joelhos e me abraçou. — É bom ver você, irmão. Faz muito tempo.

Por um momento, apenas nos abraçamos. *Família*. Eu me senti culpado por não manter contato com todos tanto como deveria. A culpa e a vergonha me mantiveram longe das pessoas que me amavam, o que oficialmente me tornou tão burro quanto um lixo também.

Por fim, ele me soltou e sentou-se no chão, apoiando-se nas mãos.

— Laney mandou um abraço. Ela está preparando o jantar esta noite. — Revirou os olhos. — Implorei para ela que fôssemos a um restaurante, mas ela queria fazer algo especial... — Nós dois estremecemos.

A comida de Laney raramente saía como ela pretendia. Ela gostava de tentar novas receitas. Ash gostava de comer fora.

Yveta interrompeu, impaciente, fechando a cara para Ash.

— Você está atrasado — comentou, indo direto ao ponto.

Ele suspirou, a felicidade por estarmos todos juntos evaporando igual a neblina da manhã.

— Sim. Temos um problema.

Ele olhou para Yveta e Gary, a expressão cautelosa e preocupada.

LUKA

— Não podemos sair em turnê com *Slave* ano que vem.

Houve um silêncio atordoante, seguido instantaneamente por todos falando ao mesmo tempo.

— Que porra é essa?

— Como assim?

— Por que não?

— Qual é o problema?

Ash esfregou os olhos.

— Não sei as palavras legais, mas recebi uma ordem judicial.

Sua boca se fechou em uma linha fina antes de continuar.

— Volkov — soltou rispidamente. — Está alegando calúnia, difamação de caráter e provocando prejuízo aos negócios; e o tribunal diz que não podemos sair com a turnê de *Slave* agora.

De todas as explicações que passaram pela minha cabeça, *aquele* nome não fazia parte. Irritou-me, mas não sofri em suas mãos, não como meus amigos.

O rosto de Gary estava cinza de medo e achei que Yveta fosse desmaiar.

— Como ele conseguiu isso? — perguntou Oliver. — Não mencionamos seu nome completo em nenhum lugar nos guias. O que a Selma disse?

— Ela está conversando com os advogados — suspirou Ash. — É porque eu dei o nome do hotel dele em uma entrevista e o jornalista o relacionou diretamente com o tráfico de pessoas.

— Mas como isso afeta o espetáculo — perguntou Oliver. — Entendo que ele veio atrás de você, sem ofensa, Ash, mas por que parar o espetáculo?

— Não sei — rosnou Ash, frustrado. — Por que está tendo muita cobertura da imprensa? Não sei! Angela, amiga de Laney, está examinando os documentos para ver o que pode ser feito. É tudo bobagem, mas estão dizendo que temos que passar pelo processo, seja lá o que signifique.

— Achei que ele estava sendo investigado pelo FBI? — disse Gary, pálido.

— Ele está! Mas está dizendo que *Slave* prejudicou sua reputação e está tendo problemas para agendar shows no teatro.

— Corajoso — disse Oliver, balançando a cabeça. — Então, como ficam as coisas para nós?

Ash fechou os olhos e baixou a cabeça.

— Não sei.

— Não — eu disse, batendo o pé no chão de madeira e fazendo todo mundo pular. — Ele que se foda! Todos eles! Vamos continuar mesmo assim!

Ash me deu um sorriso fraco ao mesmo tempo em que os outros assentiam.

— Não podemos fazer outra turnê com *Slave*. Nenhum teatro aceitará o espetáculo com um processo judicial em cima de nós.

Houve um silêncio raivoso quando a notícia se aprofundou.

— Então faremos um novo espetáculo.

Cabeças se viraram em minha direção enquanto eu falava, e vi a faísca de esperança nos olhos de Ash quando olhou para mim.

— Faremos um novo espetáculo — repeti. — Ele pode impedir *Slave*, por enquanto, mas não pode tirar a nossa dança de nós.

— Sim — disse Ash, devagar. Então, mais alto: — Sim! Somos sobreviventes!

Ele bateu palmas, impacientemente acenando para que formássemos um círculo ao seu redor.

Gary revirou os olhos, suavizando a tensão irritada do lugar.

— Sim, pai.

Dei risada de suas palhaçadas. Era verdade que Ash era o Diretor de Criação da Syzygy, sua companhia de dança e teatro, mas também era o mais jovem de nós.

— Obrigado — disse ele, a energia pulsando em sua voz. — Vocês, meus amigos, são meu círculo íntimo e todos são coreógrafos habilidosos. Portanto, agora temos um desafio, usar esta semana e criar a base de um novo show. — Pausou. — *Slave* tem se saído muito bem e poderíamos fazer outra turnê, mas... — Ele olhou para Yveta e depois para mim. — Acho que talvez o destino esteja nos dizendo que estamos todos prontos para seguir em frente, então... Uma nova dança dramática. Vamos ouvir suas ideias.

Eu ouvi a ideia de Oliver para um espetáculo dos elementos — terra, vento, fogo e água —, que parecia interessante.

Gary disse que gostaria de fazer algo ambiental, que o planeta estaria na moda, mas Oliver disse que o Cirque du Soleil já havia feito algo semelhante. Yveta queria fazer algo mais tradicional, como um conto popular ou um conto de fadas, algo mais parecido com um balé.

— E quanto a você? — perguntou ele, olhando para mim.

Cocei o queixo. Eu não era um coreógrafo tão bom quanto os outros e achava difícil me expressar em palavras, mas tinha uma ideia. Só não sabia se era uma boa ideia.

— Acho que todos vocês sabem que Sarah está grávida...

Todos eles acenaram com a cabeça, murmurando parabéns, e eu dei um sorriso forçado.

— Tenho pensado muito no que isso significa: ser pai, uma vida nova.

Eu pensei... talvez pudéssemos fazer algo nessa linha... O círculo da vida: nascimento, infância, crescimento, escola, tornar-se adulto, tornar-se... tornar-se um pai. A vida recomeçando, crescendo, seguindo em frente, envelhecendo. Morte. E renascimento.

O lugar ficou em silêncio e eu baixei o olhar para o chão.

— É uma ideia idiota...

— Não — disse Ash. — Gostei. Gostei muito.

Mais silêncio após suas palavras, então Yveta falou:

— É brilhante.

Gary bufou.

— Ele está de volta por meio dia e o Príncipe do Gelo e a Rainha da Neve são melhores amigos. Ugh, eles são tão bonitos e brilhantes; é totalmente um indutor de vômito.

Essa foi a maneira de Gary dizer que gostou da ideia.

Oliver acenou, concordando.

— Esse é um tema forte: eu também gosto.

Ash fechou os olhos por um segundo e, quando os abriu de novo, vi a determinação em sua expressão.

— Sim, vamos fazer. Esse é o nosso tema: *Ciclo de vida.*

— Não — comentou Yveta, com segurança. — *Círculo da Vida*, como Luka disse.

— Santo Deus, não — disse Gary. — Muito Elton John.

Yveta fechou os olhos como se estivesse com dor.

— *Círculos da vida*, então. Porque todos nós passamos nossas vidas correndo em círculos igual galinhas sem cérebro.

Ash sorriu e acenou com a cabeça.

— Eu digo para dançarmos... dançarmos como se o mundo estivesse assistindo.

Meus ombros relaxaram. Estava certo de que odiariam a ideia. Isso me fez perceber que eu não era o fracasso fodido dos últimos meses. Passei todo aquele tempo tentando agradar a Sarah e não fazendo nada por mim, não importa o que ela dizia. Eu deixava a culpa me afetar. Ficava confuso e olhava para o chão, como se tivesse alguma explicação a dar. Sim, as coisas seriam diferentes quando eu voltasse. *Quando.*

— Parece que está tendo pensamentos bem sérios — disse Yveta, encostando a cabeça no meu ombro.

Eu ri e a abracei pela cintura.

— Eu sei que acha isso, mas às vezes acontece.

Achei que ela fosse sorrir, mas não sorriu.

— Você não parece muito feliz, Luka. Qual é o problema?

Como diabos eu poderia responder a uma pergunta tão importante?

Então eu menti.

— Assustado pra caralho com a ideia de ser pai.

Ela sorriu.

— Imagino que todo pai à espera do filho se sinta assim.

— Você quer ter filhos?

Ela negou com a cabeça na hora.

— Não. Eu não traria uma criança para este mundo perverso.

Não pude deixar de olhar para a cicatriz pálida em sua bochecha.

— Você sobreviveu, Yveta.

Ela não respondeu por um momento.

— Parte de mim sobreviveu — disse, tranquila. — Mas outra parte morreu. E eu nunca vou deixar um homem usar meu corpo de novo.

Ash não me contou tudo o que aconteceu com Yveta, mas sabia que ela tinha sido estuprada. Várias vezes.

— Talvez um dia — eu disse, cautelosamente.

— Não.

Então ela deliberadamente mudou de assunto.

— Você vai se sair bem. Os bebês são mais resistentes do que parecem. E você tem um talento natural para cuidar das pessoas.

Suas palavras me surpreenderam. Sempre fiz como missão de vida viver da forma mais descomplicada possível. Embora isso não tivesse funcionado tão bem ultimamente... A responsabilidade de cuidar dos outros não era algo que eu queria. E um bebê era a versão definitiva disso.

Yveta ergueu as sobrancelhas quando neguei com a cabeça.

— Não, eu não tenho. Não. Eu...

— Quando Ash precisou deixar Las Vegas, você quis mandar cada centavo que tinha para ajudá-lo a fugir. Ele me contou. Quando ele precisou de alguém em quem confiava para levar *Slave* ao palco, você pegou o primeiro voo para Chicago para dormir no sofá dele por dois meses, sem saber se daria certo. E quando Sarah... você não fugiu.

Era assim que ela me via? Tinha a impressão de que tinha errado muito na vida.

— Você é um dançarino muito intuitivo — disse, como se suas palavras não tivessem mudado minha visão do mundo, de mim mesmo. — Você dança com suas emoções. Quando confia nas pessoas, você se preocupa com elas. Não consegue evitar. — Ela inclinou a cabeça para olhar para mim. — Foi isso que aconteceu com Sarah? Você acha que tem que cuidar dela?

— Eu a amo — eu disse, na defensiva.

— Eu sei. Você ama toda a sua família da dança — esclareceu, séria. — Mas não é apaixonado por ela.

LUKA

161

Minha boca se abriu para negar, mas não consegui.

Minha cabeça caiu nas minhas mãos e senti o toque suave de Yveta em meu rosto áspero.

— Você tem que se cuidar também, Luka. É tristeza que você quer ensinar à sua filha?

— Não... não é justo!

Ela deu de ombros e se virou para Ash, mencionando uma música que achava que daria certo para o novo espetáculo, e nosso momento de dividir verdades acabou.

Esse seria o meu legado para a minha filha? Não! Eu não faria isso. Não podia fazer isso. Cresci em uma casa onde não era desejado. Sabia como era a tristeza.

Senti a mão de Yveta apertar a minha, porém, ela não voltou a me olhar.

Depois de cinco horas ouvindo músicas e trabalhando em algumas ideias para a coreografia, todos nós fomos jantar na casa de Ash e Laney.

Ela estava tendo um bom dia, não estava usando a cadeira de rodas. Dei-lhe um grande abraço quando a vi, com cuidado para não apertar com muita força.

— Luka! É tão bom te ver. Como você está? Como está Sarah? Não acredito que vai ser pai.

E ela me abraçou forte.

— É bom ver você também, pequeno raio de sol — eu disse, beijando seu rosto. — Vamos pedir pizza?

Ela deu um tapa na minha bunda enquanto eu me afastava dela.

— Não! Passei o dia inteiro na cozinha e você vai adorar. Não vai?

— Sim, senhora!

Yveta se sentou no sofá com Gary, e eu me larguei no chão com Oliver, nossos pratos carregados com uma variedade estranha de comida. Quem diria que cuscuz dava certo na pizza? É, não recomendaria. Mas a lasanha estava boa, e Oliver estava olhando com gosto para a montanha de *cupcakes*.

Laney se aninhou na única poltrona da sala e Ash se sentou a seus pés, a cabeça apoiada em seus joelhos.

Um lampejo de ciúme me envergonhou. Eu queria isso, a proximidade que eles compartilhavam. Eu, com certeza, não tinha mais com...

Interrompi esse pensamento.

Eles começaram a me fazer perguntas de como era trabalhar em *O Guarda-costas*, sobretudo Ash, que queria saber se eu pegaria alguma dica que poderia funcionar no novo espetáculo.

— Sim, use um protetor genital masculino se estiver dançando com alguém formado em balé.

Ergui as sobrancelhas e todos eles riram.

— Mas, no que diz respeito ao show, eu diria para evitar o estilo de videoclipe de música pop. Virou clichê, só segurar o pau e esfregação, sabe.

— Queria — suspirou Gary, e Yveta jogou uma almofada nele.

— Ou use esse estilo, mas subverta-o; use-o onde não é esperado. Não sei se estou conseguindo explicar direito...

Ash acenou com a cabeça, um ligeiro franzir no rosto enquanto acompanhava as minhas divagações.

Conversamos de dança, fofocas no meio e como faríamos para apresentar a nova ideia para Selma, nossa produtora e gerente, para que ela pudesse vendê-la para os teatros dos Estados Unidos. Se tudo corresse bem, quem sabia o que seria possível?

Por fim, Yveta, Gary e Oliver partiram, e Laney colocou lençóis e cobertores na poltrona para mim antes de ir para a cama.

— Não bebam muito — comentou, sorrindo para Ash quando estávamos relaxados no sofá, uma garrafa de uísque Hennessy entre nós. — Boa noite, Luka.

A porta do quarto se fechou e Ash serviu uma dose para cada um.

— Então, o que está acontecendo com você e Sarah? — perguntou ele.

Ele disse em esloveno, agora que estávamos sozinhos. Era um alívio voltar a falar minha própria língua depois de tanto tempo.

— O bebê deve nascer no final de fevereiro.

— Aconteceu na festa de encerramento do espetáculo?

Fechei a cara e servi outra dose.

— Sim.

— Você disse...

— Eu sei o que eu disse. Foi uma vez. Ela estava bêbada, eu estava bêbado. Não era para acontecer... mas aconteceu.

— E agora?

— E agora estamos tentando ficar juntos.

Ash franziu a testa.

— Ou fica junto ou não fica: não dá para forçar. Sei que se importa com ela. Isso é suficiente, irmão?

Esfreguei os olhos.

— Acho que sim. Vou ser pai — eu disse, erguendo os olhos. — Eu quero ser uma boa pessoa. Melhor que...

Não precisei terminar. Ash sabia como eu tinha crescido.

— E Seth? — perguntou ele, cautelosamente.

— Acabou.

Ele acenou com a cabeça, e não perguntou mais nada.

Encheu nossos copos para outra dose.

— Pensei que você estaria... mais feliz — disse, finalmente.

— É... complicado. Sarah não sabe de Seth...

— Merda, Luka!

— Já sei! Eu sei, mas Seth não queria que ela soubesse. Porra, a própria mãe dela exigiu que eu nunca contasse nada. Não concordei, mas agora não sei. Ela mudou. Ela está tão... insegura de tudo. Faz tudo o que a mãe manda. Não consigo me aproximar... Não sei o que fazer. Quando eu a pedi em casamento, achei que saberia que eu estava comprometido, mas não fez nenhuma diferença.

— Você tem certeza? — Ash me olhou com incerteza. — Não sei, irmão. Uma vida inteira é muito tempo para ficar com alguém...

— É difícil de explicar, mas o momento, o segundo em que ouvi o coração do bebê batendo, foi quando ela se tornou real. E... e eu senti... Merda, não sei, é como se tivesse me apaixonado.

Ash acenou com a cabeça, um sorriso triste em seu rosto enquanto seus olhos vagaram para a porta do quarto.

— Parece ótimo.

CAPÍTULO QUINZE

— Quero dormir com você.
Cuspi o café na minha calça de moletom quando olhei para Yveta, sem saber se ela disse aquilo mesmo.
— O quê?
Ela acenou com a mão, impaciente.
— Transar não, só dormir. Quero dormir com você.
— Hum, estou um pouco confuso. Que merda é essa que está falando?
Ela suspirou e se abaixou no chão ao meu lado.
Nós dois estávamos no estúdio no meu último dia em Chicago, trabalhando em uma ideia para o *Círculos da Vida*. A música "Cinderela" de Steven Curtis Chapman estava girando e girando na minha cabeça, as palavras significativas e comoventes, para mim, pelo menos. Falava de um pai vendo a filha crescer, querendo estar perto dela, com medo do quão rápido o tempo estava passando. E sua filha implorando para que ele dançasse com ela — porque sua princesinha, sua Cinderela, estava indo ao baile. Queria isso para mim. Eu queria ser o tipo de pai que conta contos de fadas para a filha e constrói um palácio imaginário com caixas de cereal e móveis da sala; um mundo de faz de conta onde minha filha é uma princesa.
Com isso em mente, a última coisa que eu esperava de Yveta era... seja lá o que fosse.
— Estou tão cansada de ter medo... de homens — admitiu, levantando o queixo com o ar desafiador. — Já se passaram dois anos, e se um cara sorri para mim, sinto pânico por dentro. — E ela colocou a mão sobre o peito. — Não quero mais me sentir assim. Não quero que aqueles monstros continuem me controlando.
Coloquei o café no chão e estendi a mão para segurar a dela.
— Você é *tão* forte, Yvie. Mas vai levar um tempo.
Ela bufou, impaciente, puxando a mão da minha.
— Eu sei. Fui em muitos terapeutas. — E revirou os olhos. — Nada

adianta. Então, farei minha própria terapia. Preciso dormir com um homem. Preciso dividir a cama, estar perto de alguém. Se eu puder fazer isso, acho que consigo seguir em frente.

Eu me mexi desconfortavelmente.

— Tenho certeza de que Gary...

Ela riu.

— Sim, ele se ofereceu, mas precisa ser um homem que goste de mulheres. Eu pediria a Ash, mas a Laney... — E ela torceu o nariz. — Você é a única outra escolha.

— Puxa, obrigada — eu disse, levantando uma sobrancelha. — Uh, olha, gostaria de poder dizer sim, mas Sarah iria realmente pirar com isso.

— Então não diga a ela.

O rosto de Yveta estava sério, não vendo nenhum problema.

— Não estava planejando contar. — Eu ri, sentindo-me desconfortável. — Mas, sinceramente, Yvie, você sabe que os segredos acabam sendo descobertos, e acho que não...

— Luka, por favor. Estou tão cansada de ter medo. Confio em você, sei que não vai me machucar. E eu te enxergo, você tem um grande coração. Há espaço para mim? Para fazer isso por mim?

Seus olhos se encheram de lágrimas e ela as enxugou com raiva.

— Talvez eu deva simplesmente ficar bêbada e deixar um homem usar meu corpo. Então vou esquecer.

— Pelo amor de Deus, Yvie! Não seja ridícula!

— Ridícula? Você acha que sou ridícula? Descobri um jeito de recomeçar e preciso de uma coisinha sua! Mas não vai me dar isso. Está com muito medo de sua preciosa Sarah.

— Isso não é justo!

Ela me deu um sorriso frio.

— Não, a vida não é justa. Ainda não sabia disso?

Sua mão instintivamente foi para a cicatriz no rosto enquanto se levantava e se afastava.

Ela sabia o que estava pedindo de mim? Era difícil de imaginar como as coisas poderiam piorar com Sarah, mas eu sabia, sem sombra de dúvida, que ela não entenderia. Ela era amiga de Yveta, tanto quanto qualquer um era capaz de ser, mas iria impor limites. Acho que qualquer um faria isso. Mas meu coração ficou pesado quando pensei em tudo o que Yveta havia passado.

Ash chegou com Gary e Oliver, e Yveta não mencionou sua "terapia" de novo, graças a Deus. Eu me senti mal por não a ter ajudado com algo tão simples — embora, dormir com alguém, deitar lado a lado ao mesmo tempo em que você sonha... Existem poucas coisas mais íntimas que isso.

Torcia para que ela não usasse isso contra mim. Não suportava perder outra amiga.

Durante os últimos cinco dias, montamos o esboço de um espetáculo incrível. Eu me senti incrivelmente orgulhoso de fazer parte disso e de saber que minha ideia era o centro de tudo.

Cansados, mas com uma verdadeira sensação de realização, todos nós voltamos para o apartamento de Ash e Laney, e desta vez, Ash insistiu em pedir comida, alegando que Laney já tinha trabalhado o suficiente. Ela sabia exatamente o que ele estava fazendo, mas nos entregou um monte de cardápios de comida para viagem e lhe deu um olhar divertido.

Ele sorriu e a beijou, sussurrando algo em seu ouvido que a fez corar. *Por que não posso ter isso?*

Odiava ter ciúmes do meu amigo, meu irmão.

Yveta me cutucou de leve e eu desviei o olhar, envergonhado por ser pego olhando.

— São os pequenos momentos, né? — suspirou ela.

Gary abriu uma garrafa de champanhe, entregando a cada um de nós uma taça de vinho.

— À nós — saudou ele, sua voz mais séria do que o normal. — Para nossa incrível família da dança.

— À família — repetimos.

— E porque somos mais gostosos que chocolate.

Oliver se engasgou com a boca cheia de bolhas de champanhe e acabou cuspindo em Gary.

— Você mereceu — bufou Laney, passando a mão na boca. — De onde você tira essas coisas?

Gary sacudiu a cabeça, lançando um olhar zangado para Oliver.

— Sou talentoso assim.

— Vou sentir saudades de vocês — eu disse, sincero.

— Nossa, não fique todo meloso — gemeu Gary, revirando os olhos. — Vai citar Liza Minelli na sequência.

Yveta acenou com a cabeça, seus olhos deslizando para mim de forma acusadora.

— Corpo firme, coração mole.

— Vai todo mundo se foder. — Sorri, levantando a minha taça de champanhe em um brinde.

Bebemos e rimos, comemos pizza fria e Lo Mein. Aproveitei muito dos últimos momentos de amizade com minha família da dança.

Yveta se aconchegou ao meu lado no sofá, perdoando-me.

Ash e Laney haviam desmaiado uma hora atrás, e Oliver estava roncando ao lado de Gary no chão.

LUKA

— Somos todos desajustados — disse Yveta, solene e bêbada. Eu pensei o mesmo. — Mas aqui nós encaixamos. Por que será?

— Não faço a menor ideia — bocejei.

Ela me cutucou nas costelas, fazendo-me contorcer.

— Estou falando sério. Éramos desconhecidos, mas agora somos uma família. Nem sempre gosto de você. — E me lançou um olhar duro. — Mas eu amo minha família da dança.

— Eu também.

— Eu sei — disse ela, suspirando no meu peito.

Adormecemos assim: amigos, inocentes. Portanto, acho que Yveta conseguiu seu desejo, no final de contas.

Quando escapei antes do amanhecer para pegar meu vôo de volta a Londres, esperava que a tivesse ajudado.

Os dias em Chicago passaram rápido demais, pelo menos para mim. Senti-me eu mesmo de novo e percebi o quanto estava perdido em Londres.

Sabia que precisava consertar as coisas: por Sarah, pela bebê e por mim.

Meu plano era casar logo, antes que a bebê nascesse. Daria segurança a Sarah. Além disso, venderia meu apartamento em Koper. Era possível que minha irmã Lea o comprasse de mim, se meus pais concordassem em ajudá-la. O dinheiro poderia ir para comprar algo maior em Londres, embora os preços dos imóveis lá rivalizassem com os de Nova York.

Quando o novo espetáculo saísse em turnê na primavera, Sarah e o bebê viriam comigo. Eu tinha tudo planejado.

Mas você sabe o que dizem: *nem sempre o que planejamos dá certo*.

A viagem para Chicago foi exatamente o que eu precisava. Torcia para que Sarah tivesse se beneficiado do tempo separados, também. Ou talvez fosse esperar demais, já que ela ignorou minhas ligações e mensagens o tempo todo em que estive fora. Eu até mandei uma mensagem para Seth quando soube que ele tinha voltado de Cingapura para ter certeza de que ela estava bem, e ele respondeu com três palavras: *"Ela está bem"*.

Não dormi muito no voo para Londres. Meus olhos estavam fechados, mas sentia-me agitado demais para descansar. Tinha um plano. Tinha que *dar certo*. Mas quando me aproximei de Londres, minha confiança e certeza começaram a se dissipar.

Era para ter tido tempo de voltar ao apartamento por algumas horas, mas meu vôo atrasou — claro —, assim, fui de Heathrow para o teatro. Não é a forma ideal de se preparar para um espetáculo, mas nada que não tenha feito antes.

Mandei uma mensagem para Sarah assim que pousei, mas ela ainda não tinha respondido. Fiquei muito feliz em atrasar a briga feia que imaginei que estava esperando por mim no apartamento.

Era bom passar pela entrada dos artistas, sentir o cheiro de maquiagem e a excitação crescente conforme a hora da apresentação se aproximava. Todos pareciam satisfeitos em me ver, que já era mais do eu recebia em Camden. Provavelmente. Fiquei por dentro de todas as fofocas dos bastidores em dez minutos.

Parecia que todos os dançarinos haviam dormido com os músicos. Até a Alice. Balancei a cabeça, mas não disse o que estava pensando: *mantenha o drama no palco*.

Faltava dez minutos para acabar o show quando Kathryn gesticulou para mim, indicando que recebi um telefonema urgente de Sarah. Ela imitou atender uma ligação e curvou a mão como se tivesse uma barriga grande. Pela segunda vez, Sarah insistiu que o bebê nasceria mais de dois meses antes do previsto.

— É outro alarme falso — eu disse cansado, pairando nas laterais do palco antes da minha entrada final. — Ela provavelmente só está chateada porque não voltei para o apartamento. Vou terminar o espetáculo.

— Você quem sabe...

— Eu sei.

Não pude deixar de me perguntar se Sarah estava recorrendo a algum tipo de guerra psicológica, tentando me fazer pirar ou me sentir culpado cada vez que o celular tocava. Ainda me sentia assim, mas não significava que eu continuaria a participar do jogo dela.

Tomei meu banho com calma, determinado a não aparecer no hospital com minha fantasia e maquiagem de palco outra vez.

Mas quando finalmente olhei meu celular, tinha 23 chamadas perdidas: vinte de Sarah e três de Seth.

Senti o sangue drenar do rosto quando percebi o que estava realmente acontecendo e saí correndo para encontrar um táxi.

Quando cheguei ao hospital, passaram-se dez minutos antes que alguém pudesse me dizer qual sala de parto era a de Sarah, e então, me deram uma roupa azul para vestir.

Atraso após atraso me deixou meio enlouquecido quando finalmente me mostraram aonde ir.

A sala estava em silêncio, exceto pelo som de um gato miando.

Não, gato não.

Gatos eram proibidos em hospitais, não? Meu cérebro com o *jet lag* estava lutando para entender.

Um bebê. Um bebê estava chorando.

O chão se inclinou e tive que agarrar a maçaneta da porta. *Meu bebê?*

Abri a porta e encontrei a parteira segurando uma coisinha rosa se contorcendo, coberta de sangue e cocô.

Meu olhar chocado encontrou Seth de pé em um canto, com as mãos nos ombros de sua mãe. Sarah estava deitada na cama, olhando para mim exausta e encharcada de suor, os olhos acusadores.

— Você não estava aqui. Prometeu que estaria, mas não veio.

— Vou ir limpá-la — disse a parteira, os olhos passando entre nós. — Ela está bem, mas o Dr. Aspen quer fazer algumas verificações. Tudo completamente normal para prematuros.

— Espere!

Olhei fixo esta estranha criatura e seus olhos se abriram. Seus olhos se abriram. Cinza-azulado, igual ao da mãe.

— O nome dela será Beth — disse Sarah.

Sua voz soou cansada, mas clara. Discutimos alguns nomes de bebês. Beth não era um deles, mas gostei.

— *Zdravo*, Elizabeta — eu disse, hipnotizado por seu rosto vermelho e punhos minúsculos. Sua pele era tão fina que dava para ver os vasos sanguíneos por baixo. Ela era tão, tão frágil.

Coloquei um dedo trêmulo contra sua bochecha, e ela choramingou baixinho.

— Só nos dê um minuto — pediu a parteira, sorrindo. — E vamos limpar essa pequenina e a mamãe.

— Ela está... bem? — perguntei, nervoso. — Ela é tão pequena.

— Ela tem o tamanho bom para 31 semanas e peso também: dois quilos e cem. Vamos só dar a ela um pouco de oxigênio para ajudá-la a respirar, mas parece saudável.

— E... a Sarah?

— Só nos dê alguns minutos — disse uma das enfermeiras diplomaticamente, enquanto Sarah se recusava a olhar para mim.

Fomos todos retirados da sala quando enfermeiras apareceram, conversando animadas. Observei enquanto Beth era levada para fora.

A Sra. Lintort estava sentada em uma cadeira de plástico feia no corredor, e Seth tinha a mão em seu ombro.

— Quer uma xícara de chá para você, mãe?

— Seria maravilhoso. Obrigada, querido.

— Luka, quer alguma coisa?

Fiz que não com a cabeça.

Ele olhou para nós com cautela, depois deu de ombros e saiu.

Meus joelhos estavam fracos e agradeci que a parede atrás de mim me sustentou.

Sou pai.

Meu peito se encheu de calor, com um amor tão intenso e visceral pela minha filha que era difícil respirar. Lágrimas arderam nos meus olhos e a boca abriu um largo sorriso. Eu estava chorando ou rindo? Não sabia.

Vivi no presente, o aqui e o agora, por tantos anos. Mas agora eu precisava pensar no futuro — pelo bem da minha filha.

Quando abri os olhos, a Sra. Lintort estava estudando meu rosto, a expressão questionadora. Encontrei seu olhar e encarei-a.

Não havia mais nada a dizer. Ela deixou bem claro o que pensava de mim. E, sim, eu praticamente a odiava.

Sentei-me devagar em uma cadeira e apoiei a cabeça nas mãos, pensando se o meu grande plano daria certo agora.

Ficamos sentados em silêncio: o pai e a avó daquele pacotinho enrugado de vida. Existem piores começos no mundo, mas também não foi o melhor.

Seth voltou com dois grandes copos descartáveis de chá e sentou-se, conversando com sua mãe em voz baixa, discutindo a respeito de Sarah, ignorando-me.

Arrisquei um olhar rápido para ele. Parecia o mesmo, exceto pelo cansaço e preocupação esboçados no rosto. Sentia falta de seu sorriso e de suas piadas bobas. Sentia falta de seus braços ao meu redor, nossos corpos um contra o outro de noite. Fui tolo em pensar que poderia querer uma imitação superficial disso. Com Sarah.

Ele viu meu olhar e seus olhos se encheram de arrependimento. E depois desviou.

Sempre fazendo isso.

Depois de olhar para o teto, o chão e as paredes por vinte minutos, fui conduzido à unidade onde ficavam os bebês prematuros.

Eu vi Beth na hora. Ela estava deitada em uma incubadora neonatal que me lembrava um aquário. A enfermeira me encorajou a ir em frente.

— Você quer segurá-la?

— Posso?

— Sim, claro.

Pegou-a com cuidado, mostrando como segurar Beth.

Ela não pesava nada, mas ainda sentia o peso assustador da responsabilidade por esta vida minúscula e frágil.

LUKA

171

Na primeira vez em que segurei minha filha, fui mudado, alterado, totalmente transformado pela onda suave de amor que me preencheu. Cada molécula do meu corpo foi reconfigurada com um desejo feroz de protegê-la, de cuidar dela e, acima de tudo, de amá-la.

Eu me senti bêbado, atordoado, tonto com uma alegria inesperada.

Tenho certeza de que tinha um sorriso ridículo no rosto enquanto a embalava nos braços.

— Oi, Beth. Prazer em conhecê-la. Consegue dizer *očka*? *Očka*!

A enfermeira sorriu, indulgente.

— Acho que posso adivinhar, mas o que significa?

Fiquei um pouco envergonhado quando olhei para cima.

— Hum, significa papai.

— Foi o que pensei.

Um cheiro podre subiu de Beth. Olhei horrorizado para a enfermeira e ela riu.

— Oops! Deve ser um presente para o papai.

Ela tirou Beth gentilmente dos meus braços, depois me deu um olhar avaliativo.

— Quer trocá-la?

— Huh, não sei. Acho que não sei como.

— Não foi às aulas preparatórias de pais com sua companheira?

— *Sim.* — *Uma vez, porque Sarah ia à noite enquanto eu estava trabalhando.* — Mas ela é tão pequena. Posso acabar machucando-a.

— Calma. Mostro a você.

E troquei minha primeira fralda. Era nojento. E o momento de maior orgulho da minha vida.

A enfermeira deu um tapinha na minha mão.

— Nada mal. É melhor você ir para casa e descansar um pouco agora. A UTI Neonatal abre às 10h da manhã. Pode voltar, então. Consegue tirar folga do trabalho?

Não tinha pensado nisso.

— Não, ela chegou tão cedo.... não, eu... mas trabalho à noite, então posso vir amanhã.

— Trabalha em bar?

— O quê?

— Ah, você disse que trabalhava à noite?

— Sou dançarino. Trabalho à noite em um teatro.

Ela me lançou um olhar especulativo, então divaguei, correndo:

— No West End. Conhece o espetáculo *O Guarda-costas*?

— Nossa! Você trabalha nele?

— Apenas como dançarino de apoio.

— Oh, uau, que incrível.

Conversamos por mais alguns minutos quando a deixei tirar Beth de mim, com certa relutância. Mas ela foi legal, tranquilizadora, então resolvi comprar um par de ingressos para o show para agradecê-la.

Quando voltei para o quarto de Sarah, Seth e sua mãe estavam saindo.

— Ela está descansando agora.

Ignorei a Sra. Lintort e entrei no quarto, ouvindo-a bufar irritada atrás de mim.

Inclinei-me para beijar Sarah, mas ela afastou a cabeça de mim, assim, beijei seu rosto.

— Ela é incrível — sussurrei. — E tem os olhos da mãe.

Por um momento, ela segurou meu olhar, mas depois voltou a afastá-lo sem falar.

Eu fui dispensado.

Nos dias seguintes... Nem tenho palavras para descrever a avalanche de emoções que senti a cada segundo de cada hora. Sarah estava um desastre, chorando constantemente, esforçando-se para extrair leite. Beth estava sendo alimentada com leite materno por um tubinho, embora o médico tivesse esperança de que não precisaria disso por mais de uma semana.

Em primeiro lugar, tirar leite já era muito difícil — não tinha ideia do que aconteceria quando Sarah tentasse alimentar Beth sozinha.

Passei as manhãs e quase todas as tardes sentado com Beth e conversando com ela em inglês e esloveno, segurando-a por alguns preciosos minutos todos os dias. E ela ficou mais forte, pude ver e me senti orgulhoso de sua pequena força.

Sabia que Seth estava visitando à noite enquanto eu estava no teatro. A Sra. Lintort veio nos primeiros dois dias, também. Nunca conversamos, mas respeitei seus direitos de avó. Duvidava que ela respeitava os meus como pai. Sabia que isso nunca aconteceria, mas estava tentando fazer a coisa certa.

Após 48 horas, Sarah foi liberada para casa. Ela escolheu ir para a casa da mãe. Beth ficaria na UTI Neonatal por mais duas ou três semanas.

Eu ia ao hospital com tanta frequência que as enfermeiras se tornaram boas amigas, ensinando-me coisas que eu precisava saber antes de Beth voltar para casa. Aprendi a alimentá-la, trocá-la, brincar com ela, mas ninguém precisava me ensinar como amá-la.

Onde seria a casa de Beth ainda era incerto. Sarah continuava com a mãe e mal tinha falado comigo. Parte de mim queria enfrentar essa situação, mas agora ela não era a mulher que eu conhecia. Eu teria que esperar. Apesar de que ela mal tivesse falado com qualquer um. Ouvi as palavras "depressão pós-parto" usadas para ela.

Doeu meu coração quando ela segurou Beth, eu vi só medo em seus olhos. Ela não conseguia ver o quão incrível nossa filha era. Muita feia, toda roxa e ossuda parecendo um gato escalpelado, mas com aqueles olhos lindos que me faziam pensar que o mundo era um lugar maravilhoso.

Todos no teatro foram ótimos, sabendo que o nascimento prematuro de Beth tinha me pegado desprevenido. Quando continuaram perguntando de Sarah e eu não tinha muito a dizer, perceberam que as coisas estavam realmente complicadas conosco, mas isso não os impediu de comprar uma tonelada de brinquedos, roupas e cobertores de bebê. Um monte de... coisa! Quem diria que um bebê tinha uma bolsa mais pesada do que eu?

Era véspera de Natal quando pudemos levar Beth para casa. A Sra. Lintort queria que Sarah levasse Beth para sua residência em Richmond, e eu não fui convidado. Mas, pela primeira vez, Sarah enfrentou a mãe e insistiu em voltar para Camden.

Por uma noite mágica, éramos uma família de verdade.

Sarah não tinha voltado ao apartamento desde que Beth nasceu, então quando viu que eu o tinha decorado no estilo esloveno com folhagens e guirlandas especiais, o que tinha sido difícil de encontrar em Londres, mas me lembrou do Natal com a minha *babica*, ela parecia tão feliz que pensei que fosse chorar. Eu até encontrei uma padaria polonesa que fazia *potica*, um pãozinho doce que era quase um bolo, tradicional na Eslovênia. E, então, decidi que o apartamento precisava de um pinheiro de verdade, não um daqueles de plástico ruim como os que *babica* guardava em uma caixa empoeirada e usava todos os anos. Assim, comprei um de um metro e oitenta e carreguei para casa sobre o ombro, sentindo-me um lenhador. Agora a sala cheirava a inverno e pinho, e havia uma pequena pilha de presentes embrulhados no pé.

— Luka! — suspirou, segurando Beth com muita força, fazendo-a gritar. — Está maravilhoso.

Foi a coisa mais pessoal que ela me disse nas últimas semanas, mas ao ver seu sorriso, valeu a pena todo o sofrimento. Sentia falta da minha amiga.

Ela se inclinou e roçou os lábios na minha face áspera.

— Obrigada — sussurrou.

Obrigada.

Comprei um pequeno berço para Beth e, quando a colocamos nele, estávamos vendo nosso verdadeiro milagre de Natal. Ficamos de mãos dadas, sorrindo feito bobos, incapazes de acreditar que tínhamos criado algo tão perfeito.

E Beth começou a chorar.

— Meu Deus, o que ela quer agora? — perguntou Sarah, tensão e medo na voz.

— Não sei — eu disse, levantando-me e tirando Beth do berço. — Comer? Trocar a fralda? Talvez ela só queira ver nossa árvore. — E a aconcheguei nos braços, mostrando a ela as luzinhas brancas que decoravam os galhos.

Os gritos lamentosos continuaram e um fedor desagradável começou a subir de Beth.

— A fralda, com certeza. — Eu ri, franzindo o nariz.

Sarah não riu. Ela enfiou a mão na enorme bolsa da bebê e colocou o trocador no chão, com lenços e fraldas novas.

Beth foi limpa e trocada com cuidado, Sarah ficou olhando para baixo com uma carranca preocupada o tempo todo.

— Ela é tão pequena... Estou com medo de que algo aconteça com ela — sussurrou.

— Ela vai ficar bem — eu disse, repetindo o que os médicos e a parteira nos disseram, embora eu compartilhasse de cada um de seus medos.

— Você não sabe! Você não sabe de nada! Tudo que precisava fazer era ter um orgasmo e montar um berço barato.

Por um momento, a raiva pairou no ar, então Beth começou a chorar de novo.

— O que foi agora? — gritou Sarah.

Embalei Beth nos braços, mas tinha que admitir, o volume de seus gritos era assustador. Então ela cuspiu no meu ombro.

— Uau, isso foi uma cuspida e tanto — eu disse, espantado e impressionado ao mesmo tempo.

Beth continuou chorando e não pude deixar de pensar que parte dela estava se alimentando da tensão da mãe. Por fim, Sarah saiu em lágrimas e furiosa do quarto, dizendo que ia tomar banho e depois iria para a cama. Sozinha.

Não seria nenhuma novidade. Eu e este sofá tínhamos história.

Beth chorou sozinha, depois sua fungada suave e sonolenta me fez companhia enquanto eu assistia à TV em uma névoa monótona de cansaço. Coloquei o berço ao lado do sofá e adormeci.

Por uma hora, mais ou menos.

LUKA

Depois ela começou a chorar de novo. Sentei-me, esfregando os olhos turvos. Alimentei-a, coloquei-a para arrotar, troquei sua fralda e balancei-a para dormir.

Mas, de hora em hora, durante a noite inteira, Beth acordava gritando. Fiquei tentado a fazer com que Sarah ajudasse, mas de que adiantava quando eu já estava acordado?

Quando amanheceu lentamente igual a um caracol, estava prestes a ligar para alguém para pedir socorro, porque não podia ser certo essa tortura.

Sarah saiu cambaleando do quarto, com o cabelo bagunçado e o rosto amassado do travesseiro.

— Ela dormiu um pouco, pelo menos? — perguntou, mal-humorada.

— Um pouco. Agora eu, não sei — bocejei.

— Vou fazer café.

Nossa, precisava de cafeína por via intravenosa.

Este dia já ia ser difícil sem ser privado de sono, também.

Estava percebendo rapidamente que a paternidade significava uma grande mudança nas prioridades. Era tudo para a Beth. Surpreendentemente, descobri que eu não me importava.

Tomei banho em dois minutos, saí com a água ainda pingando do cabelo e vesti uma camisa e calças limpas, preparado para enfrentar o clã Lintort. Almoço de Natal com os sogros. Não via a hora.

Sarah estava tentando amamentar Beth quando entrei na sala. A blusa do pijama estava puxada para cima e meus olhos se arregalaram com o tamanho de seus mamilos. Estavam enormes e distendidos, parecendo mais com chupetas do que seios de mulher.

— Eu me sinto um trapo humano. Essa bebê está sugando a minha vida. — Ela olhou para mim com lágrimas nos olhos. — Não é como eu pensei que seria — sussurrou ela. — *E não consigo fazer isso!*

Ela gesticulou para os seios.

— Dói. Você sabe o que aquela vaca da parteira me disse? "Você ficará bem assim que seus mamilos endurecerem um pouco". Meu Deus. Sério?

Eu estremeci, minha voz interior admitindo que a maternidade não era bonita.

— Ei, é novo para nós dois. Você está indo muito bem!

— Não, não estou! — berrou, a palavra terminando em um grito quando arrancou o peito da boca de Beth. — Não, não estou! É tão fácil para você!

Ela começou a chorar de novo.

Sarah empurrou Beth chorando em meus braços e saiu correndo da sala.

Ela tinha sido uma dessas pessoas ensolaradas, um feixe de energia que estava sempre sorrindo e rindo. Vê-la assim me matou.

Suspirando, esterilizei a mamadeira e esquentei um pouco de leite em pó para recém-nascido, finalmente conseguindo que Beth tomasse um pouco. Manter a calma ajudava muito, mas acho que não diria isso a Sarah tão cedo.

Por fim, ela saiu do quarto, tomou banho e se vestiu. Mas não tinha secado ou penteado o cabelo e estava sem maquiagem. Não era típico dela, mas, pela milionésima vez, não disse nada.

Em silêncio, arrumamos as fraldas na bolsa de Beth e eu a coloquei no bebê conforto — parecia uma cesta — que Gretchen e Alice compraram para nós.

A vovó megera tinha providenciado para Seth nos levar à casa dela para o almoço de Natal. Eu não o via desde a noite em que Beth nasceu. E odiava estar tão ansioso para vê-lo.

Ele bateu na porta e ficou com as mãos nos bolsos quando abri. Estava ótimo, recém-barbeado e vestindo um longo sobretudo de lã cinza.

Mesmo que não tenhamos nos visto nas últimas semanas, parte do constrangimento havia se dissipado. Acho que nós dois tínhamos prioridades diferentes agora, e estávamos adquirindo experiência em fingir que nada havia acontecido. Mas meu peito doeu quando o vi, o corpo respondendo fisicamente à sua presença. Detestava isso.

Sentindo culpa, afastei o olhar, pegando Beth como uma espécie de barreira entre nós.

Sarah entrou na sala e me olhou diferente.

— Que foi?

— Você nunca me olha assim.

Sua voz soou monótona e sem emoção quando olhei para ela sem acreditar.

— Você está... com ciúmes? Da sua filha?

Ela não respondeu. Não precisava.

— Você me ama, Luka?

— Você sabe que sim.

— Você está apaixonado por mim?

Seth pigarreou e Sarah o viu pela primeira vez.

Um sorriso iluminou seu rosto e ela se jogou nele.

— Oi, mana — ele disse, calorosamente, abraçando-a com força. — Você está bonita.

Não respondi a pergunta dela. Não podia e ela sabia disso.

LUKA

177

Chegamos à casa da vovó megera e fui deixado para carregar as sacolas de presentes enquanto Sarah levava nossa filha e Seth pairava atrás dela com a bolsa de Beth. Podia muito bem ser o criado.

Assim que deixei as sacolas caírem no corredor e tirei o casaco, todos já estavam na sala de estar, amontoados ao redor de Beth, ela estava no colo da mãe de Sarah.

Observei de longe, sentindo-me estranho e indesejável.

A Sra. Lintort se virou para mim, seus olhos esfriando quando me deu uma olhada.

— Luka.

— Sra. Lintort.

Ela deu uma risada alegre.

— É Natal: me chame de Patricia.

Ela gesticulou para o sofá do outro lado da sala, serviu-me uma taça de vinho e a deixou na mesa de centro.

Eu olhei a taça com receio. Provavelmente estava envenenada.

Feliz Natal.

CAPÍTULO DEZESSEIS

Tive que trabalhar no dia seguinte ao Natal. Estava tão cansado depois de duas noites sem dormir que torci para não apagar no palco. Mas Sarah estava quase tendo um ataque de pânico total ao pensar em cuidar de Beth sozinha. Nada do que eu dizia, nenhuma garantia que pudesse dar, ajudou.

Estava no meu limite, então sugeri a única coisa que me fez querer arrancar a própria língua.

— Por que não liga para Seth? Ele poderia vir e ficar com você algumas horas até eu voltar.

— Puta merda, você só pode estar de gozação! O que Seth sabe de bebês? E se ela não dormir? E se não comer? Você sabe como ela é exigente. Ela quer você fazendo as coisas. Por que tem que ir trabalhar hoje à noite? Você tem direito à licença paternidade!

Tentei ser paciente, mas ela não estava facilitando.

— Seth é inteligente, ele vai aprender. E se ela não quer comer, espere vinte minutos e tente outra vez. E eu já disse a você. A gente quer só o que não podemos ter, todo mundo marcou férias. Não posso deixá-los faltando um homem.

— Você faltaria se estivesse doente.

— Mas não estou doente.

— Ah, pare de ser a porra de um santo! — gritou.

Beth acordou e começou a chorar.

— Viu o que você fez agora? — gritou Sarah, explodindo em lágrimas mais uma vez.

Ela empurrou Beth em meus braços, agarrou o casaco e saiu correndo porta afora.

Tentei impedi-la, mas com Beth no colo e tentando acalmá-la demorou um pouco e, quando cheguei à porta, Sarah já tinha ido embora. Liguei para o celular dela, mas não atendeu. Olhei para o relógio, tentando estimar quanto tempo eu tinha para não me atrasar muito.

Talvez Sarah estivesse certa. Talvez eu pudesse ligar dizendo que estou doente. Todos entenderiam. Mas me sentia mal com isso. Sabia o quanto era horrível quando não tinha substitutos. Não era profissional... e, neste negócio, a notícia se espalhava.

Mas era mais do que isso — tínhamos que começar a trabalhar em nossa nova rotina. Ou eu estava sendo irracional? Minha cabeça estava tão confusa, que eu não sabia se estava pensando direito.

Furioso e preocupado, liguei para a única pessoa que poderia ajudar.

Ele atendeu no primeiro toque, a voz cautelosa.

— Luka?

— Você pode ligar para Sarah? Ela não está atendendo quando eu ligo.

— Onde ela está?

— Não sei! — respondi, minha voz aguda de frustração. — Era para eu estar a caminho do teatro, mas ela começou a gritar e saiu correndo pela porta.

— Caramba, Luka! Ela acabou de dar à luz e você estava gritando com ela?

— Tem três semanas! E não fui eu quem gritei — disse entre dentes para ele, Beth chorou e comecei a balançá-la com minha a mão livre.

— Tudo bem, vou ligar para ela.

Ele desligou e eu esperei, impacientemente. Dez minutos depois, ele ligou de volta.

— Ela está bem. Nós estaremos aí em meia hora.

Nós?

Respirei fundo.

— Tudo bem.

Fiquei de casaco e a bolsa arrumada esperando impaciente. Beth percebeu meu humor e começou a chorar alto, com o rosto vermelho e zangado, as mãozinhas cerradas.

Quando a porta se abriu, Sarah entrou, o rosto coberto de lágrimas. Ela me ignorou e foi direto para o quarto, com as mãos nos ouvidos para bloquear o choro de Beth.

— Sarah...

— Agora não, Luka — Seth disse com firmeza. — Vá trabalhar, já que acha que é muito importante.

— Quem vai dar as coisas que a Beth precisa se eu não estiver trabalhando? — perguntei, com raiva.

— Ela tem família. Vá dançar. Nós ficaremos bem.

Havia tantas coisas que eu queria dizer, mas estava exausto. Tantas emoções estavam me destruindo, eu não conseguia me concentrar em nenhuma delas. Comecei a dar as boas-vindas ao entorpecimento assustador que começou a tomar conta de mim.

Beijei a bochecha redonda de Beth.

— Ela está quente porque está chorando — eu disse a Seth. — Vai parar em alguns minutos.

Ele olhou para mim, duvidoso, estremecendo com o volume que aqueles pequenos pulmões podiam produzir.

— Como pode saber?

Dei de ombros.

— Porque é o que ela faz. Ela vai acordar em algumas horas. Se Sarah não conseguir alimentá-la, tem leite preparado na geladeira, mas precisa aquecê-lo. Escrevi as instruções para você e vou deixar meu celular ligado. Já esterilizei a mamadeira, assim já fica pronto.

Seth me lançou um olhar estranho, mas eu me sentia esgotado demais para descobrir o que significava.

— Estarei de volta por volta das 23h30min. Mais cedo, se conseguir pegar um táxi.

— Precisamos conversar — disse ele, enquanto eu saía.

Fiz uma pausa, de costas para ele, o coração disparando de repente.

— É sobre Sarah — concluiu.

Concordei com a cabeça bruscamente e saí.

Quatro horas e meia depois, atravessei a porta da frente quase rastejando. Beth estava chorando, um grito fino e agudo de exaustão. Sabia como ela se sentia.

Seth estava andando de um lado ao outro na pequena sala, vômito em sua camisa Savile Row, o rosto contraído e preocupado.

— Graças a Deus você voltou! Ela está assim desde que você saiu.

— Trocou a fralda dela?

Ele olhou para mim, horrorizado.

— *Jezus Kristus!* Você deixou minha filha com a fralda suja a noite toda?

— Você... você não disse nada sobre trocar a fralda dela!

Olhei furioso para ele.

— Onde diabos estava Sarah?

Ele ergueu o queixo, igualmente bravo.

— Dormindo! Ela precisa. E nem pense em acordá-la, porra.

Dei a ele um olhar irritado enquanto pegava Beth com a mão e o trocador com a outra, espalhando-o no chão.

Assim que tirei seu macacão, o cheiro enjoativo de fezes subiu.

Seth parecia mortificado, mas eu estava com raiva demais para pegar leve com ele quando vi a erupção vermelha na bunda de Beth. Limpei minha filha e ela se acalmou imediatamente.

— *Moja princesa* — sussurrei, beijando seu loiro cabelo de bebê.

— Eu sinto muito — Seth disse desolado. — Da próxima vez vou saber.

Concordei com a cabeça, ainda muito bravo com ele e Sarah. Ele ficou em silêncio, coloquei Beth no berço e arrumei o sofá com lençóis e cobertores.

— Vai me ver dormir? — perguntei, meu tom ácido.

— Por que está dormindo aqui e não... ?

Apontei Beth com a cabeça, dando a ele uma verdade pela metade e deixando o resto para sua imaginação.

Ele suspirou e se jogou na poltrona.

— Sarah não está sabendo lidar com as coisas — disse, categórico.

— E acha que eu estou? — eu o desafiei.

— Sim, você está lidando muito bem. Melhor que... bem, melhor do que qualquer um de nós esperava. Provavelmente melhor do que você esperava. Mas eu nunca vi Sarah assim. — Esfregou os olhos com os dedos. — Ela não conversa comigo.

Sabia o que ele queria dizer, mas Sarah também não conversava comigo. Ela gritava ou chorava e parecia ressentida com Beth. Mas eu não diria isso a seu irmão.

— Marquei uma consulta com a médica de Sarah, mas não consegui para antes de 5 de janeiro.

Dei de ombros, perdido.

— Ah, eu não sabia.

— Tudo bem — disse, calmo, levantando-se para ir embora. — Obrigado.

— De nada.

Houve uma pausa estranha quando ele estava com as mãos nos bolsos me observando. Eu só queria que ele saísse, mas assim que a porta se fechou atrás dele, desejei que tivesse ficado.

A véspera de Ano Novo começou com o barulho constante da chuva na janela. Abri os olhos embaçados, sentindo-os secos com a familiar irritação por ter dormido pouco.

Foi uma noite difícil com Beth acordando a cada duas horas. Ficando desesperado, pedi a Sarah para levá-la para mamar e para que eu pudesse dormir um pouco, mas Beth se recusou a pegar o peito e as duas acabaram chorando. Sarah também não conseguia tirar muito leite. Eu juro, conseguia preparar a mamadeira dormindo.

Olhei para ver o rosto adormecido de minha filha, seus pequenos lábios em forma de botão de rosa movendo-se lentamente como se estivesse tendo uma conversa maravilhosa no sonho. Fiquei curioso para saber quais pensamentos de bebê dançavam por trás daquelas pálpebras trêmulas.

Meu coração se encheu, explodindo de amor enquanto eu observava minha pequena tirana, ditadora de cada minuto e hora. E soube que era o início de um caso de amor para a vida toda. Pela primeira vez em meu mundo infeliz e caótico, pude ser verdadeiramente altruísta. Ela precisava de mim. E ninguém nunca precisou de mim.

Considerei tirar um cochilo por mais alguns minutos, mas então ela piscou e bocejou, totalmente adorável.

Eu a tirei do berço e a deitei no meu peito; sentindo seu peso caloroso, suavidade e fragilidade.

Devo ter adormecido de novo, porque, de repente, Sarah estava lá, agarrando Beth de mim, fazendo-a uivar.

— Meu Deus, Luka! O que estava pensando? Podia ter rolado por cima dela e a esmagado! Tê-la deixado cair? Como pode ser tão irresponsável?

Suas palavras me atingiram porque temia que fossem verdadeiras. Eu ataquei com medo e raiva.

— Talvez se tivesse conseguido alimentá-la só uma vez durante a noite, eu não estaria tão cansado!

Ela pulou, assustada. Raramente revidava assim quando gritava comigo, mas ela descobriu minha vulnerabilidade e alargou a ferida cirurgicamente.

Beth gritou, odiando o barulho e a tensão entre nós. Os olhos de Sarah se encheram de lágrimas de novo.

Em vez de ficar, me acalmar e conversar com ela, fui para o chuveiro, abafando os sons enquanto a água quente aliviava meus músculos cansados e a cabeça latejando.

Nossa, seria tão bom se parássemos de brigar. Mas parecia que a cada dia encontrávamos novas maneiras de punir um ao outro. Embora eu não soubesse direito qual era o delito.

Quando saí do chuveiro, com uma toalha enrolada na cintura, Sarah

LUKA

183

estava na cozinha com Beth, alimentando-a com uma mamadeira de leite em pó. Por um momento, a cena pacífica acalmou um pouco a frustração, o medo, o terror absoluto de ser responsável por esta nova vida. Os pais ficam com medo pelo resto da vida?

Sarah estava sorrindo, os olhos cheios de calor observando nossa filha.

— Ela tem muita fome — disse, baixinho, olhando para mim. — Desculpa por antes. É que eu fico com tanto medo.

— Eu sei. Eu também.

Ela piscou, surpresa.

— Sério? Porque parece que você sempre sabe do que ela precisa.

Eu sorri, acariciando a ponta do dedo mindinho ao longo da bochecha suave de Beth, parecia uma pétala de rosa.

— Ela me diz. Quando ela aperta os olhos, significa que a fralda está cheia. Quando bate as mãos na frente da boca, está com fome. Quando fica com o rosto vermelho e grita, está cansada, mas não admite, porque é teimosa. Igual a mãe.

— Igual o pai.

Falamos ao mesmo tempo e Sarah riu.

— Bem, um de nós está certo. — Ela fez uma pausa. — Acha que ela será dançarina?

— *Moja princesa* pode ser o que ela quiser: construtora, toureira, dançarina de salão.

— Mas há uma boa chance de ela ser dançarina, não acha?

Dei de ombros.

— Talvez, não sei. Ninguém mais dança na minha família, ou na sua, acho. Contanto que ela seja feliz, eu não me importo.

Sarah suspirou.

— Você é um bom pai, Luka.

Um lento orgulho encheu meu coração. Foi o melhor elogio que já recebi. Passei os braços em volta de Sarah, apoiando o queixo em sua cabeça, minha nova família.

Ela se aninhou em meu peito e o cheiro de seu xampu encheu meus pulmões. E, então, Beth soltou um peido alto, uma expressão de surpresa no rosto.

Sarah torceu o nariz.

— Não tenho ideia de como algo tão pequeno pode cheirar tão mal.

— Aw, mamãe não quis dizer isso, *princesa*. — Dei risada.

— Quis sim, com certeza — argumentou Sarah, empurrando nossa filha em meus braços. — Pode trocá-la enquanto tomo banho.

Dei risada. A sensação era boa.

Pelo resto da manhã, começamos a encontrar nosso ritmo. Sarah até se ofereceu para me deixar dormir por algumas horas enquanto ela e Beth assistiam à TV. Estava tão exausto que nem me dei ao trabalho de tirar a roupa. Só rastejei para debaixo do edredom de Sarah e desmaiei.

Menos de uma hora depois, acordei com um solavanco, os gritos estridentes de Beth parecendo um berrante. Sarah invadiu o quarto, segurando um embrulho com a cara vermelha e estridente.

— Ela não para de chorar! — explodiu, segurando Beth com os braços esticados.

Estremeci quando o volume aumentou, mas segurei-a contra o peito, encolhendo-me quando vômito escorreu pela minha camisa.

O choro de Beth se acalmou na hora.

— Acho que ela se sentiu mal — suspirei.

Esfreguei suas costas enquanto ela arrotava mais ar e leite mal digerido. Sarah só olhou para mim.

— Não sabia. Por que eu não sabia?

Elaborei minha resposta o mais cuidadosamente possível.

— Leva tempo.

Ela se irritou.

— Você está dizendo que não passei tempo suficiente com ela?

— Não, só estou dizendo... — *Porra, era exatamente o que eu estava dizendo.* — Vai levar tempo.

Ela me encarou por alguns segundos, pesando minhas palavras no caso de querer jogá-las na minha cara.

— Vou me trocar. O táxi estará aqui em uma hora.

Ela saiu correndo do quarto e eu me deitei de costas, xingando. Precisava mesmo parar de fazer isso perto de Beth. Fiquei confuso, percebendo que não tinha ideia de quando ela começaria a aprender a linguagem. Resolvi que conversaria mais com ela em esloveno. Seria legal que ela fosse bilíngue também.

E, talvez, uma pequena parte de mim quisesse ter algo com Beth que Sarah não teria.

Eu sei. Que cretino.

Beth estava deitada em silêncio em cima do meu coração, o outro lado da minha camiseta coberto de vômito de bebê. Engraçado, pensei que ligaria mais.

Eventualmente, eu me arrastei para fora da cama e preparei um banho para Beth na banheira de plástico que colocamos sob a pia da cozinha. Era uma das minhas coisas favoritas a fazer, mas ninguém me disse como bebês molhados são escorregadios. Tivemos alguns quase acidentes quando ela escorregou na água por um segundo e soprou-a em mim. Felizmente, o pai dela tem mãos hábeis, ou pelo menos, foi o que me disseram.

LUKA

Sarah levou uma eternidade para se arrumar, o que me deixou com uns aconchegantes 10 minutos para tomar banho de novo e me arrumar para o almoço de Ano Novo que fomos convidados. Alguns amigos de Sarah. Ela disse que eu não os conhecia, mas a grande novidade era que seu ex, James, estaria lá. Não tinha determinado como me sentia a respeito disso. Acho que veria como agiam um com o outro.

Eu deveria me importar mais, mas estava muito cansado.

O táxi chegou quando o sol se pôs e nós nos acomodamos no banco de trás com a enorme bolsa de Beth, leite suficiente para dois dias e um monte de outras porcarias que Sarah disse que precisávamos. Eu já havia aprendido a não discutir desse assunto. Acho que isso a fazia se sentir mais segura. Ou, talvez, realmente precisássemos. *Deus, meu cérebro estava esgotado.*

Os amigos de Sarah moravam em uma casa germinada de tijolos vermelhos, igual a um milhão de outras pessoas em Londres, com uma pequena área na frente e um quintal maior na parte de trás, voltado para a linha férrea. Parecia comum por fora, mas por dentro era o sonho erótico de um designer. Eles definitivamente não tinham filhos.

Uma mulher com um vestido vermelho de festa abraçou Sarah e sorriu para mim enquanto nos conduzia para dentro.

Eu me perguntei o que ela viu quando olhou para nós: do ângulo certo, éramos só mais um casal de pais recentes aproveitando do sol de inverno.

Fiquei meio perdido nas apresentações, com todos se aglomerando ao redor para ver Beth, e Sarah estava gostando da atenção, então guardei a bolsa da bebê e entrei para procurar uma bebida. Seria a primeira que eu beberia desde que minha filha voltou para casa, mas era melhor eu manter isso sob controle, ou provavelmente apagaria de sono.

— Ora, ora! Se não é a garotinha europeia.

Eu me virei devagar e vi Julian, o amigo irritante de Seth, sorrindo para mim friamente.

— Que porra você quer? — respondi, rude.

— Ora, ora! Nervosinho, hein? Achei que você e Seth estavam em crise. Então, como está hoje? Querendo conquistar os amigos dele?

Era exatamente o que eu temia desde o momento em que Seth se recusou a contar a Sarah de nós. E olhando nos olhos de Julian brilhando com malícia, sabia que tinha que tirar Sarah de lá antes que...

— Meu Deus! É você de quem todos estão falando! — gritou ele, seus olhos se arregalando com um deleite vingativo. — O pai da pequena cria de Sarah! — Ele sorriu para mim. — É um pouco *Desperate Housewives*, né? O irmão e depois a irmã. Ou foi o contrário? Talvez seja uma especialidade sua, manter tudo em família?

Eu queria tirar o sorriso presunçoso de seu rosto, mas agora precisava que ele ficasse de boca fechada.

— Julian, eu sei que não gosta de mim, embora eu não tenha ideia do porquê...

— Errado. *Odeio* caras como você. Você usa o seu rosto bonito para conseguir o que quer e não dá a mínima para quem se machuca no caminho. Desprezo a sua espécie.

Soltei uma risada curta. Ele estava muito longe de estar certo.

— É o que você acha? Porque era muito mais divertido na escola ser intimidado por dançar pelas crianças mais velhas, ser atacado por caras mais velhos quando eu não sabia o que diabos significava. Meus pais cresceram sob o governo comunista: eles tinham medo de tudo. Medo de dizer o que pensavam, medo de qualquer coisa que fosse "diferente". Ser bissexual não agradou muito.

Ele pareceu surpreso por um segundo, então sua expressão escureceu de novo.

— Huh, é uma pena que se esqueceu de dizer a Seth que era bissexual.

— Ele sabia — disse, em tom ameaçador. — Ele sabia, mas não queria que ninguém mais soubesse. Afinal, eu era só seu segredinho sórdido.

Minha voz estava amarga e Julian ficou em silêncio.

— Olha, o que quer que pense de mim, pelo amor de Deus, por favor, não conte a Sarah de mim e Seth.

— O que tem você e Seth? — veio a voz tensa de Sarah atrás de mim.

Todo o sangue foi drenado do meu rosto quando Julian tossiu e rapidamente desapareceu da sala.

— O que tem você e Seth?! — A voz de Sarah aumentou bruscamente e Beth se contorceu em seus braços.

— A gente pode conversar disso depois? — pedi, desesperado, vendo os olhares inquisitivos que as pessoas lançavam em nossa direção.

Não que eu me importasse com eles, mas com Sarah sim.

— Não, acho que agora seria um bom momento.

O choro de Beth aumentou com a raiva da mãe.

Peguei Sarah pelo cotovelo e puxei-a por uma porta até outra sala.

Olhei ao redor de uma despensa cheia de botas sujas, máquina de lavar e secadora de roupas. A verdade apareceria. E eu sabia... Sabia que Sarah nunca perdoaria essa traição.

— E então?

Fechei os olhos e respirei fundo. Minha frequência cardíaca disparou e comecei a suar. *Ia ser feio.*

— Eu saí com Seth. Enquanto você estava na Austrália.

Seus olhos se arregalaram, a dor e o choque lutando para prevalecer.

— Você... saiu com meu irmão? O que isso significa... você saiu com ele?

— Significa que nós... saímos, nos encontramos... Não sei, *namoramos.*

Ela piscou muito, a testa enrugada com um franzir intenso de concentração.

— Vocês namoraram — repetiu ela, baixinho.

— Sim, nós...

— Ah, não! Era ele! Ele era ele... aquele de quem estava gostando de verdade! — Ela soltou um suspiro trêmulo. — Por quanto tempo?

— Faz diferença? — implorei, não querendo que ela se machucasse mais, não querendo ver a dor em seus lindos olhos.

— Sim, faz diferença. Caralho! — disse ela, entre dentes.

— Por algumas... semanas. *Meses.*

— Você ainda está saindo com ele? Está vendo meu irmão escondido de mim?!

— Não, pelo amor de Deus. Não foi bem assim.

— Eu realmente gostaria de saber exatamente como foi!

Não, não queria, não quando eu estava apaix...

— Nós nos conhecemos naquela festa que você me disse para ir. No bilhete. Não sabia que ele era seu irmão.

— Como poderia não saber? — gritou, sua voz alta com a descrença.

— Porque não conversamos muito — respondi, com raiva e vergonha.

Seu rosto ficou vermelho.

— Puta merda, não acredito nisso. Não acredito nisso! — Ela respirou fundo. — Não... Não posso... Você transou com meu irmão? Você já esteve na cama com meu irmão e...

Sim, e foi fantástico.

Afirmei com a cabeça.

Ela empurrou Beth para mim e cobriu a boca com as mãos, a pele pálida.

— Acho que vou vomitar.

— Sarah, por favor! Nós podemos resolver isso! Nós podemos...

— Como? Como exatamente vê isso dando certo? — gritou ela. — Eu fico com você nas segundas, quartas e sextas? E Seth fica com as terças, quintas e sábados? Oh, espere, não: segunda-feira é seu dia de folga. É assim que vê as coisas funcionando? É?

— Pelo amor de Deus, Sarah! Não!

— Ah, não sei, Luka, me parece muito sensato. Somos todos família, certo?

Suas palavras foram como levar um soco com força total, e então, eu vi sua indignação e raiva transformarem-se em dor.

— Esse tempo todo! Esse tempo todo, e você não me contou. Ele não me contou. Por quê? Por que ninguém me disse a verdade?

— Desculpa — repeti, impotente.

— Você... você... o *ama*? — sussurrou ela.

— Eu amo *você*. Por favor, Sarah! Podemos ficar juntos, uma família de verdade: você, eu e Beth. Nós vamos nos casar e tudo mais... Isso não importa agora.

Ela negou com a cabeça enquanto as lágrimas escorriam, os gritos preocupados de Beth perfurando cada frase.

— Então por que não acredito em você? — arfou ela. — Como vou saber se você me ama? Você não *é* apaixonado por mim. Posso ver nos seus olhos. Tenho mentido para mim mesma, querendo acreditar que é verdade. Mas todo esse tempo, todos esses meses... Meu Deus! O que devo pensar agora?

Os gritos de Beth ficaram mais altos à medida que a angústia de Sarah aumentava.

— Só... não... Eu sei que isso é um choque. Eu queria te contar, mas achamos...

— Você... você *discutiu* a meu respeito com meu próprio irmão!

— Não foi bem assim. Quando descobrimos que estava grávida, ele disse... nós só pensamos que era melhor... havia Beth em quem pensar e...

— Santo Deus! Por que agora, Luka? Por quê?

— Julian...

Seus olhos se arregalaram.

— Minha nossa! Quem mais sabe?

— Os amigos de Seth — admiti, minha voz embargada.

Ela engoliu várias vezes.

— Quem, exatamente?

Listei os nomes de todas as pessoas que conheci quando estava namorando Seth, as palavras caindo, saltando, dando cambalhotas da minha língua, como se quanto mais rápido eu dissesse, menos doeria.

A cada nome, ela ficava cada vez mais pálida.

— To... todos? — sussurrou ela. — Luka?

— Sua mãe. Ela sabia.

— *Mamãe* sabia?

— Ela... ela percebeu. No dia em que você nos apresentou.

— Ai, meu Deus! Isso é... Você gosta dele? — gaguejou ela. — Você ama Seth?

— Sarah, não faça isso! Eu amo você. Você é minha melhor amiga. — Eu dei um passo em direção a ela. — Podemos ser uma família.

Seu rosto se enrugou de nojo e derrota.

— Acha que eu deixaria você me tocar depois... disso? É tão... errado.

LUKA

Não acredito nisso! Não aguento isso!

Ela correu para fora da sala, as lágrimas escorrendo pelo rosto. Eu me senti atordoado, esgotado, horrorizado com o que tinha feito a ela. Fiquei na despensa, balançando Beth e falando com ela baixinho, torcendo para que parasse de gritar. Passaram-se vinte minutos antes que ambos estivéssemos calmos o suficiente para procurar Sarah.

— Desculpe, cara — disse o dono da casa em que estávamos. — Ela foi embora tem um tempinho. James a levou para casa.

O ex?

— *Sranje!*

— É melhor eu ir atrás dela. Vou chamar um táxi. Desculpe-me pelo que aconteceu na sua festa.

Ele balançou a cabeça, dando um sorriso triste.

— Sem problemas. Torço para que resolva isso.

Você não diria isso se soubesse do que estávamos discutindo.

Tive que esperar meia hora por um táxi e, quando voltei para o apartamento, Sarah já tinha passado por lá e levado todas as suas roupas embora.

Ela não deixou um bilhete.

CAPÍTULO DEZESSETE

Sarah não atendeu minhas ligações e nem Seth.

À medida que o tempo se aproximava da hora que eu deveria sair para o teatro naquela noite, fiquei desesperado e liguei para a Sra. Lintort. Ela parecia nervosa quando respondeu, mas foi a única que teve coragem de falar comigo.

— Ela não quer falar com você.

— Entendo, mas preciso saber se ela vai voltar para casa esta noite.

— Foi tudo um choque terrível para ela, você sabe.

— Fui eu quem quis contar a verdade a ela desde o início — interrompi.

Houve uma longa pausa antes de ela dizer:

— Realmente não acho uma boa ideia você ligar para cá.

— Ah, é? Bem, você acha uma boa ideia que a Sarah tenha deixado Beth para trás?

— Tenho certeza de que você consegue lidar com ela por uma noite.

— Tenho que estar no trabalho em uma hora.

— Então, sugiro que tire a noite de folga — retrucou e desligou.

Ótimo mesmo.

Suspirei, caindo no sofá.

— Só você e eu esta noite, *princesa*. Quer assistir um pouco de TV, ou...

Eu me sentei direito. Não, não iam tirar a minha dança de mim.

— Nós vamos ao teatro. — Eu disse animado. — Esta noite você verá o papai dançar.

Beth acenou com os punhos minúsculos e comemorou empurrando um no ar, se a expressão em seu rosto fosse qualquer indicação. Ela torceu o nariz com o cheiro ruim, exigindo ser trocada imediatamente.

— Cristo, Kathryn vai me matar — disse a mim mesmo enquanto a trocava. — *Princesa*, você tem que ser uma boa menina e dormir durante a apresentação ou o papai vai ser despedido.

Eu estava me arriscando, com certeza. Beth estava muito melhor, chorando menos e dormindo mais, mas era imprevisível. Estar em um ambiente estranho... Não tinha ideia do que aconteceria.

Chamei um táxi, esperando impaciente com minha bolsa e a de Beth. Estava só cinco minutos atrasado, mas Kathryn já estava nervosa. Quando ela viu Beth, seus olhos se arregalaram.

— Só pode ser brincadeira...

— Desculpe, Kathryn. Emergência familiar.

— Luka!

— Tudo bem, voltarei para casa — rebati, para ver o que ela ia fazer.

Ela soltou uma série de palavrões que me fizeram tapar as orelhas de Beth com as mãos.

— Gretchen! — gritou ela. — Onde diabos está Gretchen?

Finalmente, nós a encontramos costurando uma fenda no traje de gala que Beverley usava para seu número de encerramento.

Seu rosto enrugado escureceu quando Kathryn disse que precisava dela para cuidar de Beth.

— Sou costureira, não babá! — bufou ela, seu sotaque visivelmente mais forte.

Kathryn parecia prestes a ter um aneurisma.

Eu me joguei de joelhos, segurando Beth como uma oferenda.

— Por favor, Gretchen. Estou desesperado. A mãe dela... por favor. Preciso dançar esta noite. *Preciso*.

Seus olhos tempestuosos se suavizaram.

— Vou ligar para minha filha — disse ela. — Ela gosta de bebês. Mas este é um favor único. É proibido crianças nos bastidores. *Kinder verboten!*

— Sim, senhora! — disse, agradecido.

— *Danke schön.*

Troquei de roupa o mais rápido possível, mantendo um olho em Beth, que estava dormindo pacificamente, enquanto Ben balançava a cabeça para mim.

— Pelo amor de Deus, Ben! Coloque o pau dentro das calças, minha filha está no maldito camarim!

Ele riu alto.

— Caramba, ela é bebê e está dormindo. Não é como se fosse publicar no Instagram.

Resmunguei um pouco mais conforme ele se acabava de tanto rir. Senti uma necessidade de dar um murro em seu rosto sorridente.

A filha de Gretchen, Marcie, chegou nos últimos cinco minutos estressantes antes de a cortina subir.

Ela se parecia com Gretchen: baixa e ainda mais rechonchuda, mas tinha olhos amáveis, e isso era tudo que me importava.

— Muito obrigado por me ajudar — murmurei, por cima da cabeça adormecida de Beth. — Quando ela acordar, vai estar com fome, mas como é uma desconhecida, ela provavelmente vai gritar um pouco. — *Grande eufemismo.*

— Nós vamos ficar bem — disse, pegando Beth dos meus braços. — Tenho cinco filhos e três netos. Não se preocupe.

Fiquei preocupado.

— Dois minutos para começar! Em suas posições! — gritou o diretor de palco, um olhar atormentado no rosto. — Iniciantes em seus lugares.

Junto com os outros "iniciantes", as pessoas que abriam o espetáculo, eu tive que correr pela parte de trás do palco até a ala oposta, dando um sorriso apressado para Alice que sorriu e mostrou um polegar para cima.

Não sei se fiquei inspirado ou simplesmente apavorado naquela noite, mas juro que pulei mais alto, virei mais rápido e estava pegando mais fogo do que durante toda a temporada.

— Puta merda! — ofegou Alice enquanto corríamos para fora do palco, de mãos dadas no intervalo. — Você está drogado?

— Sim, entorpecido pela vida. — Dei risada. — Ou possivelmente na adrenalina pura depois de muitas noites sem dormir.

Ela me seguiu até um dos escritórios dos fundos, onde Marcie havia se acomodado com Beth. Ela estava lendo um livro infantil para ela e Beth gorgolejava baixinho no bebê conforto.

— Uau, ela é tão pequena — suspirou Alice, observando, nervosa, enquanto eu acariciava os dedos minúsculos de Beth.

— Ser pequeno é lindo — eu disse baixinho.

Alice não disse nada, e a verdade era que Beth tinha uma aparência meio estranha e ainda esquelética, embora estivesse ganhando peso. Mas ela era linda para mim. Eu tinha certeza de que cresceria e se tornaria um cisne.

— Como ela está? — perguntei a Marcie, mantendo a voz baixa.

— Ela acordou quando a música começou — disse, sorrindo para Beth. — Acho que ela gosta.

Eu sorri.

— Sempre tocamos música em casa. Ela gosta das batidas latinas. Gostou da música esta noite, princesa?

Beth fechou os olhos, seus lábios movendo-se silenciosamente, e Marcie riu.

LUKA

193

— Bem, ela estava um pouco insegura quanto a mim no início, mas quando eu apresentei o jantar, ela ficou bem feliz. Nós ficaremos bem — disse Marcie, acenando para nós. — Agora vá se trocar para a segunda metade ou terá minha mãe atrás de você, e não iria querer isso!

Essa foi a primeira noite de muitas em que Beth veio ao teatro comigo. Sarah não voltou para casa e não entrou em contato. Foi a Sra. Lintort quem me disse que Sarah estava sendo tratada de depressão pós-parto. Acho que não fiquei surpreso ao ouvir o diagnóstico, só queria poder estar lá para ajudá-la. Mas eu era a última pessoa com quem ela queria falar. Essa foi uma citação direta, a propósito.

Aceitei Marcie como babá, concordando em pagar a ela quarenta libras por noite e setenta e cinco na matinê e na noite de sábado. Na maioria das vezes, eu levava Beth para o apartamento de Marcie, mas, às vezes, levava Beth para o teatro. Kathryn fez vista grossa.

Estava gastando muito, mas não sabia mais o que fazer. Alice disse que eu poderia conseguir pensão alimentícia do governo britânico, mas não tinha ideia de como fazer isso, ou o que significaria para Sarah, para nós, se as autoridades se envolvessem. Já era difícil responder às perguntas da enfermeira do postinho de saúde que vinha uma vez por semana para pesar Beth. Ela não ia acreditar por muito tempo que Sarah foi às compras.

E eu não tinha ideia de quanto tempo levaria até que Sarah exigisse o apartamento de volta e me expulsasse.

A única coisa que me manteve em movimento foi a notícia de Ash de que *Círculos da Vida* estava ganhando muito interesse, e Selma estava perto de garantir nossa primeira reserva para abril. Se fosse adiante, os ensaios começariam em março.

Nunca houve qualquer dúvida em minha mente de que eu estaria lá fazendo a turnê. Beth estaria comigo todos os dias — era o melhor que eu podia fazer por ela como pai. Mas fiquei extremamente aliviado quando Marcie concordou em vir comigo por seis meses. Ela nunca tinha estado na América e gostou da ideia de viajar pelo mundo, como ela disse, antes de atingir o "sessentou".

A Sra. Lintort me ligava duas vezes por semana para saber como Beth estava e até me visitava, o que sempre durava trinta minutos constrangedores.

Ela não gostava de mim, mas admitiu que Beth parecia bem. Era o melhor que eu conseguiria fazer.

Até o dia em que Seth apareceu.

Não tive notícias dele por seis semanas, nada desde que Sarah descobriu de nós. Mas, nos últimos cinco dias, ele me ligou e mandou mensagens. Eu as ignorei do jeito que ele e Sarah ignoraram Beth e a mim, tirando-nos de suas vidas. Eu até apaguei seu número, mas era uma pena que eu sabia de cor mesmo assim.

Era uma tarde de segunda-feira de fevereiro e eu levei Beth para uma consulta de rotina com seu pediatra. Ele ficou satisfeito com o progresso dela, embora eu soubesse que havia anotado que Sarah não estava junto. Dei a desculpa de que ela estava resfriada, mas algo em seu comportamento me disse que ele não acreditou.

As vitrines estavam cheias de cartões de felicitações com corações e balões vermelhos. Olhei para uma exibição de corações de almofada rosa no mercado e me perguntei pela milionésima vez se algum dia seríamos uma família. Certamente Sarah não me odiaria para sempre, né?

Acho que eu não era totalmente repulsivo, porque mulheres de todas as idades sorriam para mim quando eu estava com Beth. Não é ameaçador quando se tem sua bebê amarrada a você.

E no supermercado as mulheres ficavam sempre conversando comigo, fazendo perguntas da Beth, comentando o que eu colocava no carrinho. E como os britânicos sempre pensam que sou polonês, eles presumem que devo ser encanador. Eu poderia ter ganhado muito dinheiro consertando canos.

Mas *moja princesa* era como a chave para a amizade com desconhecidos.

Eu só queria que funcionasse com as pessoas com quem ela era parente.

Eu caminhei devagar ao longo da rua com minhas compras, Beth embrulhada igual a uma *potica*. O sol refletia em seu cabelo dourado claro, como seda fiada, igual a um tesouro. Estava total e completamente apaixonado por minha filha. Mas a sua mãe não estava.

O pequeno gorro branco que comprei para Beth tinha escorregado de novo. Empurrei para baixo cobrindo suas orelhas e ela gritou baixinho.

Eu me presenteei com um daqueles transportadores de bebê que desenvolveram para caras com crianças. Beth adorava aninhar-se contra o meu peito e assim podia usar as mãos para levar as sacolas de compras. Mas estava cansado, muito cansado. Eu me senti como se tivesse sido passado a ferro, pressionado com o peso do mundo.

Reconheci seu carro a 50 metros e realmente pensei em me virar e ir embora. Tinha que me lembrar de que não fiz nada de errado. Além disso, estava frio e precisava levar Beth para dentro.

Seth estava esperando por nós em sua Mercedes. Quando ele nos viu, abriu a porta e ficou me olhando com incerteza antes de se aproximar.

— Oi — disse.

Ele estava nervoso. Deu para perceber pelo tremor em sua voz.

— O que você quer?

— Conversar — respondeu, meramente. — Para ver minha sobrinha.

Quando hesitei, ele tirou as sacolas de compras das minhas mãos e ficou ali, esperançoso.

— Por favor?

Um tanto brusco, gesticulei com a cabeça para que me acompanhasse para dentro.

Beth estava com sono, então eu a coloquei no berço, preparando uma mamadeira para ela tomar mais tarde.

Seth havia descarregado as sacolas, espalhando tudo na bancada.

— Eu teria guardado, mas não sabia onde ia querer tudo — disse, calmo.

Comecei a separar as compras, colocando produtos secos nos armários, comida fresca na geladeira, sentindo seus olhos observando cada movimento.

— Faça um café para você — eu disse, sem emoção na minha voz.

— Eu... Tudo bem, obrigado.

Seth pegou um copo, mas o deixou cair na pia, o som alto demais na cozinha silenciosa.

Beth gritou, achando ruim ser acordada de forma tão rude.

Ajoelhei-me para embalá-la suavemente e, aos poucos, seus gritos diminuíram.

— "E embora seja pequena, é feroz" — eu disse, sorrindo para ela.

— Perdão?

— É Shakespeare — respondi, ainda observando minha filha como se ela fosse o único bebê na história do mundo.

Olhei para cima para encontrar Seth me observando com a mesma intensidade.

— Sonho de uma noite de verão.

— Ah. Lamento, eu a acordei.

Ele se sentou na frente da bancada com uma caneca de café fresco e ofereceu uma para mim.

Fiquei de pé enquanto bebia a bebida quente.

— Você parece cansado — Seth disse baixo.

— Sim.

Esperei que ele dissesse algo mais, de Sarah, talvez de ela me querer fora do apartamento. Alguma coisa.

Eu definitivamente não esperava as palavras que ele finalmente conseguiu gaguejar.

— Desculpa — sussurrou. — Por tudo.

Não pude deixar de encará-lo: choque, surpresa, raiva, talvez até mesmo um pequeno sopro de esperança correu pela minha cabeça e queimou pelo meu corpo. Obriguei-me a ficar onde estava, deixando a raiva vencer, precisando me proteger.

As mãos de Seth tremiam quando ele as envolveu em sua xícara de café.

— Sinto sua falta.

Suas palavras murmuradas foram tão baixas que, se eu não estivesse prendendo a respiração, não o teria ouvido.

Então ele se levantou, caminhou em minha direção com um propósito, arrancou a xícara das mãos e passou os braços em volta da minha cintura.

Já fazia muito tempo que alguém simplesmente me abraçava. Tanto tempo.

— Pensei que podia fazer a coisa certa — murmurou, sua voz rachada e quebrada. — Achei que conseguiria dizer adeus. Mas não posso desistir de você.

Esperei tanto tempo, nem mesmo sabendo que precisava ouvir isso.

Não.

Não podia repetir essa dança.

Eu me afastei dele.

— Você acha que pode simplesmente voltar depois de tudo o que disse? Depois de tudo que fez? Você quase acabou comigo, Seth.

— Eu sei! Acha que não me matou também? Escolher entre você e minha irmã?

— Pareceu uma escolha bastante fácil e...

— Foi a coisa mais difícil que já fiz.

Respirei fundo.

— Então, por que está aqui?

Ele lambeu os lábios e olhou para baixo.

— Ah, já entendi! Porque Sarah não me quer agora, achou que era a sua vez?

— Não, Luka. Não faça isso. Não rebaixe nenhum de nós assim.

Magoado, eu o encarei.

— É assim que parece. Não tenho direito de falar nada, porra. Em qualquer coisa. Bem, vá se foder!

— Você me ama?

Eu o olhei de cara feia e cruzei os braços, recusando-me a responder.

— Porque eu ainda te amo. Nunca deixei de te amar. Eu sei que estava tentando fazer a coisa certa com Sarah, mas eu também estava. Não enxerga isso?

— E agora não quer mais fazer a coisa certa? — zombei.

— Tudo mudou.

— Sim, mudou. — E olhei para Beth. — Ela vem em primeiro lugar. Sempre.

— Eu sei — disse ele, baixinho. — Mas me deixe *te* ajudar.

Não sabia se podia confiar nele. Mas eu estava tão cansado de ficar sozinho, tão cansado de lidar com toda essa merda sozinho.

Sabendo que era um grande erro e sem dizer uma palavra, peguei-o pela mão e levei-o para o quarto — casualmente, como se meu coração não estivesse batendo contra o peito, como se cada músculo não estivesse se tencionando, lutando contra si mesmo, pronto para explodir com pura fúria, amor e ódio trancados dentro de mim.

— Deixe-me fazer amor com você — implorou ele, baixinho.

— Amor? É isso que é?

— Por favor, Luka?

Ele tirou a minha camiseta e abriu o zíper da minha calça jeans, parando para acariciar minha ereção através da cueca. Então, devagar, bem devagar, ele a deslizou pelas minhas pernas.

— Deite-se, amor.

Deitei-me, fechando os olhos, prendendo a respiração ao sentir seus beijos traçando uma linha pelo meu corpo.

Então eu me sentei, surpreendendo-o. Não queria lento e suave. Não queria que ele fizesse amor comigo. Eu queria foder. Com vontade. Eu queria tirar toda a dor, tristeza e angústia de seu corpo. Queria que ele sentisse uma fração da agonia que senti nos últimos meses.

Abri sua camisa com força, arrancando-a de seus braços, sentindo uma raiva sombria crescendo dentro de mim, alimentada pelo calor e desejo que vi em seus olhos.

Ele abaixou as calças apressadamente e tirou os sapatos, antes de rastejar para a cama e deitar-se de bruços.

— Lubrifique-se — disse, irritado, jogando o tubo enquanto colocava um preservativo.

Acho que queria que ele brigasse ou gritasse comigo, que dissesse para eu recuar, mas ele simplesmente fez o que eu mandei.

Não dei a ele muito tempo para se preparar, ao invés disso, provoquei sua bunda com um impulso lento, uma retirada mais rápida, recusando-me a estabelecer um ritmo, mantendo-o imprevisível.

Então eu o prendi sobre suas mãos e joelhos, estendendo a mão para massagear rudemente o peso quente de seu pênis.

Todas as merdas e injustiças explodiram na minha cabeça, e eu estava pronto para gozar, e cada um de seus gritos e gemidos me levaram cada vez mais ao limite.

SETH

Nunca tinha visto Luka assim antes. Ele me assustou e me excitou. Ele estava louco de desejo quando seu peso me prendeu na cama, balançando forte e rápido contra mim, gemendo baixo em sua própria língua quando gozou.

Ele se retirou depressa. Sem fôlego, rolei para ver seu rosto.

A camisinha ainda estava em seu pau, uma bolha branca na ponta. Ele se levantou e caminhou até o banheiro sem dizer uma palavra.

Estremeci, deitado de costas, não só pela aspereza com que tinha me pegado, mas porque eu estava na frieza molhada de meu próprio esperma.

Sentei-me apressadamente, tentando limpar o lençol, mas desisti. Ele teria que cuidar disso mais tarde.

Quando ele voltou para a sala, não olhou para mim. Meu coração disparou e me perguntei se ele iria me expulsar. Eu não o culpo. Fui um completo babaca pelo jeito que eu o tratei, pela forma que a minha família inteira o tratou.

Eu o queria, precisava dele de volta na minha vida. E não tinha ideia de como seria. Mas havia coisas que precisavam ser ditas e Luka ficou em silêncio.

Eu o alcancei de novo, beijando-o com força, surpreendendo-o. Ele hesitou por um milionésimo de segundo, então correspondeu, sua língua pressionando em minha boca. Desta vez, fizemos amor devagar. Pelo menos, parecia amor.

Mas assim que ele gozou no meu peito, rolou da cama de novo e me jogou uma caixa de lenços de papel.

— Provavelmente não é uma boa hora para perguntar, mas... você tem visto mais alguém? Sei que não tenho o direito de perguntar...

Sua expressão incrédula tornou-se estrondosa e ele deu as costas, recusando-se a responder. O ciúme constante que eu sentia quando pensava nele com Sarah queimou ainda mais.

Fui tão idiota. Idiota e ridículo.

— Desculpa — voltei a dizer, esperando por uma reação dele. — Sei que você provavelmente me odeia, e tem todo o direito.

Ele se sentou na cama de costas para mim, os ombros rígidos.

— O ciúme não é uma grande qualidade, definitivamente não estou no meu melhor momento, mas foi assim que me senti. Estava com ciúme da minha irmã. Ela estava conseguindo o que eu nunca teria... uma vida junto com você, e com a sua filha.

Um músculo se contraiu em sua bochecha e soube que ele estava ouvindo. Ele merecia as pequenas porções de honestidade que eu poderia dar.

Ele estava olhando para suas mãos fortes, que podiam ser gentis; um corpo firme que se enrolava em mim à noite.

— Senti tanto a sua falta — eu disse.

Ele se virou para me olhar, seus olhos se estreitaram como se esperasse mais.

— Dá para fazer muitas coisas sozinho, mas não é tão fácil se ter orgasmos. — Estremeci com a expressão rígida de Luka. — Desculpe, isso foi... Desculpe.

Quantas vezes eu teria que dizer isso até ele acreditar em mim? Mil? Cem mil vezes?

Eu o vi se fechar, aquelas paredes largas sendo reconstruídas tijolo por tijolo para que ele não tivesse que sentir nada. Fiquei preocupado que, se ele fizesse isso demais, pararia de sentir por completo.

Era tudo culpa minha.

Talvez se eu abrisse meu coração, o dele ouviria.

Respirei, estremecendo, e disse tudo que eu queria dizer a ele.

— Eu te amo, Luka. Nunca deixei de te amar. Sei que não parece.

Ele não falou nada.

— Você... você me amava?

Queria que ele respondesse, mas com a vulnerabilidade que sentia, temia a resposta.

— Não sei.

— Você não sabe se me amava?

— Estava sendo honesto.

— Bem, minta da próxima vez, porque essa é uma resposta horrível — eu disse, calmo, enquanto suas palavras me esmagavam.

Ele se esparramou nos travesseiros, cansado, a testa franzida, os olhos se fechando.

Sabia que ele estava exausto de acordar a cada poucas horas para alimentar Beth, mas eu era egoísta suficiente para ainda não querer perdê-lo para o sono.

— Ela tem o seu queixo.

Luka sorriu pela primeira vez desde que o vi andando na rua e virou a cabeça para me olhar.

— E tem os olhos da mãe. Ou do tio.

— Sim, e vamos torcer para que tenha a paciência do pai também. Ela vai precisar disso com a família... que tem.

O sorriso de Luka esmaeceu.

— Eu sei.

Não tinha a intenção de humilhá-lo, não quando tivemos o momento mais incrível juntos, minutos preciosos que passaram rápido demais.

— Desculpe.

Ele suspirou e se levantou, recostando-se nos travesseiros, os braços atrás da cabeça.

— Não é sua culpa. Se for culpa de alguém, é minha.

Rolei para o lado para olhar para ele.

— Nenhum de nós pretendia que isso acontecesse.

— Mas aconteceu.

— Sim.

— Você vai contar a Sarah de nós agora? — perguntou Luka.

— Existe um "nós"?

— Não sei — respondeu, com o tom tranquilo. — Existe?

Hesitei, observando enquanto seus lábios curvaram-se para baixo e seus olhos turvaram-se.

Ele era tão bonito, seu corpo firme, descaradamente nu, o pênis glorioso, mesmo agora não completamente mole, apesar de termos feito amor.

— Não sei — eu disse, enfim.

— Você contaria para ela? — perguntou ele, sua voz baixa e cheia de desespero. — Por mim?

— Como posso fazer isso com a minha própria irmã?

— Como posso deixar de amar você, Seth?

Sua voz soou tão destruída que meu coração se abriu por completo.

Nenhum de nós podia responder.

LUKA

Da sala, Beth começou a se agitar, seus gritos suaves despertaram Luka.

— Não chore, meu amor. Papai está aqui. E o tio Seth.

Ele rolou para fora da cama e deslizou pelo corredor até ela. Eu o ouvi falando com ela em esloveno, sua voz suave acalmando os gritos.

— Não posso acreditar que algo tão pequeno possa ser tão alto — comentei, enquanto o seguia para a sala, maravilhado com sua paciência constante.

Ele me lançou um olhar insolente.

— Depende de que tipo de bebê você colocar no pedido. Tenho certeza de que pedi a da marca com um botão mudo que dorme a noite toda, mas comprei aquele que vomitava na sua camiseta favorita e acordava de hora em hora na primeira semana em que estava em casa. Acho que deveria ter lido as letrinhas no final do contrato.

Rendido, ergui as mãos e voltei para o quarto, ouvindo enquanto ele se movimentava pela cozinha, aquecendo aquele leite com cheiro horrível para ela. Podia vê-lo através da porta aberta conforme segurava Beth em seus braços e a alimentava, o amor em seus olhos era inconfundível. Ele segurava seu pequeno corpo com tanta firmeza e, ao mesmo tempo, com gentileza.

Tudo o que pude fazer foi observar.

Finalmente, ele a trocou e a colocou de volta no berço, ligou a babá eletrônica e fechou a porta.

Depois, com um breve olhar para mim, rastejou de volta para a cama, beijando-me suavemente nos lábios.

Uma culpa fria e feia tomou conta do meu peito. Eu o amava. Mas sabia que iria quebrar seu coração de qualquer maneira.

E o meu.

Porque nada mudou.

Não acho que exista nada pior do que ver a pessoa mais forte que conhece desmoronar.

CAPÍTULO DEZOITO

Seth ficou a noite toda, ajudando-me a dar mamadeira para Beth, desajeitado e inseguro, mas gentil e disposto.

Era tão bom ter alguém com quem dividir isso, toda a preocupação, tensão e cansaço.

Quando ele saiu de manhã, antes do amanhecer, a dor de sentir sua falta era física.

Não sabia o que significava para nós, ou para Sarah, mas voltar para mim do jeito que ele fez parecia uma promessa, uma garantia de que tínhamos um futuro.

Nenhum de nós disse as palavras. Ainda era muito cedo, muito dolorido, mas eu me atrevi a sentir esperança.

Depois daquela noite, começamos a nos ver, aos poucos, algumas vezes por semana, quando a pesada carga de trabalho de Seth e minhas horas nada sociais nos permitiam, e eu até levei Beth para passar a noite em seu apartamento uma vez. Eu amei a expressão em seu rosto quando apontei "Tio Seth" para a minha princesa.

Precisei rir quando ele insistiu que Michael me amava mais do que ele.

— Michael sempre me ignora hoje em dia, mas ele te ama de verdade. Tenho esperanças de que me perdoe agora.

— Talvez se eu pedir a ele — provoquei.

Ele não estava completamente à vontade perto de Beth, tratando-a como um pedaço de cristal particularmente frágil, mas estava tentando. Ele também continuou tentando me persuadir de que eu precisava de uma noite de folga para relaxar mesmo e, no final, perguntei a Marcie se ela ficaria de babá na segunda à noite.

Seth me levou a boate de sempre e comprou algumas doses para cada um.

Tentei relaxar e apreciar a tequila e a música, mas parecia errado. Uma coisa era deixar Beth para ir trabalhar, deixá-la para isso...

— Merda, amor, você está tão tenso — sussurrou, passando a mão pela minha coxa.

— Eu não deveria ter saído. Vou ligar para Marcie. Só quero ir para cas...

Seth pegou a minha mão.

— Beth vai ficar bem. Marcie sabe o que está fazendo. Você merece uma noite de folga. Relaxe.

Acenei a cabeça bruscamente, meus dedos coçando para discar o número de Marcie.

— Talvez eu devesse só ligar...

Seth rosnou, frustrado.

— Luka!

Joguei as mãos para cima.

— Tá bom, me desculpe. É só que... parece errado.

Seth bateu um dedo longo contra minha têmpora.

— Você precisa desligar as preocupações, amor. E eu sei exatamente como.

Ele me puxou para um beijo que rapidamente pegou fogo. Estava tão cansado, com o espetáculo e com a Beth, que nem queria sexo tanto quanto antes. Que era muito.

— Venha comigo — murmurou ele contra os meus lábios.

Minha cabeça deu branco com calor e desejo enquanto ele esfregava a mão sobre o zíper da minha calça jeans.

Ele se levantou e olhou por cima do ombro conforme se afastava. Contei até dez e o segui.

O banheiro estava vazio, mas, assim que entrei pela porta, Seth me jogou contra a parede, beliscando e lambendo a minha garganta, mordendo meus mamilos através da camiseta.

— Vou tirar toda a sua tensão — prometeu, seus olhos brilhando com desejo pesado.

Não consegui responder, também excitado quando suas mãos desceram para a fivela do meu cinto e ele abriu meu jeans.

— Porra, Luka! Você está sem cueca! Me deixa com tanto tesão, amor. Isso é pra mim?

Dei risada, sem fôlego.

— Não tive tempo de lavar roupa.

Parei de rir quando ele puxou meu pau latejando e inchado e começou a acariciá-lo; golpes longos com uma torção no final — do jeito que ele sabia que eu gostava.

Ele caiu de joelhos no chão do banheiro, dando um sexy sorriso torto, olhando para mim.

— Vou fazê-lo esquecer o próprio nome.

E ele colocou meu pau na boca com um longo movimento.

Fechei os olhos com força, agarrando meu próprio cabelo com as mãos, puxando dolorosamente para tentar me distrair de gozar na hora.

Ele se afastou devagar, sugando enquanto recuava, e um longo gemido irrompeu da minha garganta. Depois, ele me lambeu de cima para baixo e, lentamente, afundou-me na garganta de novo.

A sensação de sua boca quente e úmida ao meu redor era demais. Um raio de desejo disparou de minhas bolas e grunhi, despejando em sua boca. Eu o ouvi engasgar-se um pouco, mas estava fora de qualquer controle.

Meus joelhos cederam e fiquei feliz por estar apoiado nos ombros de Seth.

Seth se levantou devagar e descansou a testa contra a minha.

— Está se sentindo melhor, amor?

Meus olhos estavam fechados, mas um sorriso apareceu no meu rosto.

— Sim — eu disse, rouco, incapaz de falar mais em inglês naquele momento.

Ele riu e me beijou na boca, empurrando o contorno de seu pau duro contra o meu mole.

Nesse momento, a porta se abriu e o gerente entrou. Ele franziu a testa para o meu jeans caído e a fivela do cinto pendurada.

— Vamos, rapazes, conhecem as regras.

— Desculpe, Paul — disse Seth, sem parecer nada arrependido.

— Sim, sim. Mas têm alguns policiais de folga hoje à noite e não estou querendo que um dos meus melhores clientes seja preso por atentado ao pudor.

Ele olhou com advertência para nós dois, depois nos deixou sozinhos.

Meu breve momento de prazer saciado já tinha ido embora.

— *Sranje!* Preciso ir.

— Luka, não...

— Não, preciso ir agora. Não deveria estar aqui.

— Vai ficar tudo bem. Não vai acontecer nada.

— Você não sabe disso — gritei, frustrado. — Porra, foi um erro vir aqui esta noite.

— Não diga isso.

— Eu tenho que ir — repeti, fechando a calça e passando por ele, ignorando a dor em seu rosto.

Peguei o primeiro táxi que encontrei, deixando Seth para trás. A culpa pesou tanto sobre mim que não liguei para ele por três dias, ignorando suas mensagens. Quando finalmente senti vontade de me perdoar, cedi e liguei para ele, e caiu no correio de voz.

LUKA

Passou-se quase uma semana antes de nos falarmos e, a essa altura, Seth estava em viagem de negócios a Bruxelas.

Minha tábua de salvação era Ash, meu irmão em tudo, menos no nome.

Conversamos quase todas as semanas por alguns minutos, mantendo contato via Facetime.

— *Oi, mano... Tudo bem? Como está Beth?*

— Ela está bem, incrível. Ganhou mais um quilo desde a última consulta.

— *Que ótimo. Então, acha que ela está pronta?*

Suspirei.

— Sim, conversei com o pediatra dela. Ele disse que os pulmões estão bons e não há razão para que não possa viajar de avião.

— *Que notícia boa, cara. Então você vem mesmo? Fará a turnê?*

Sorri quando ouvi a emoção em sua voz.

— Sim. Participaremos da turnê, *eu e Beth*.

— *Laney está organizando tudo para vocês. E Selma fez um orçamento para Marcie e quartos de hotel conjugados na turnê, então não precisa se preocupar com isso. Sua princesinha terá uma dúzia de tias e tios brigando para cuidar dela.*

Dei risada, feliz que tudo daria certo, animado por esse novo passo em nossas vidas.

Desligamos com a promessa de reservar nossos voos o mais rápido possível. Ash me lembrou de que eu precisava conseguir um passaporte para Beth, algo que eu nem tinha pensado. Sei que parece idiota, mas eu me acostumei tanto com ela indo a todos os lugares comigo, quase uma extensão minha, que simplesmente nem me dei conta. Eu não tinha ideia de como conseguir tirar um, mas eu descobriria. Sabia que poderia pagar a mais para um novo passaporte em caso de emergência. Só esperava que isso se aplicasse a bebês também.

Estava tão animado que peguei minhas malas de cima do guarda-roupa e comecei a empacotar algumas coisas, embora ainda tivesse quase três semanas antes de partirmos para a América.

E foi assim que Seth me encontrou uma hora depois, recém-retornado da Bélgica.

— Você vai levar a Beth para Chicago?

Ele parecia espantado e magoado.

Eu o olhei irritado, enquanto continuava enfiando as roupas nas malas.

Fazia duas semanas desde o fiasco da boate, e agora ele estava me dizendo o que eu podia ou não fazer? *De jeito nenhum!*

— Você tem ideia melhor? Ou talvez esteja se oferecendo para cuidar dela?

Ele estremeceu, mas continuou.

— Só estou dizendo que levar um bebê com menos de quatro meses em uma longa viagem de avião não é a melhor ideia.

Ele estava certo. Era uma ideia terrível e eu estava com medo. Qual era a alternativa? Ficar em Londres, sozinho e infeliz, sem chance de melhorar minha vida, ou ir para Chicago e ficar com minha família da dança, planejando nossa nova turnê? E Sarah não deu sinais de querer voltar para casa. Não tinha ouvido falar dela, embora sua mãe ainda ligasse regularmente e viesse ver Beth todas as semanas. Normalmente, ela preferia visitar quando Beth estava com Marcie, o que agradava a todos.

Eu queria ir para casa — e não era Londres.

Casa.

Que palavra maldita.

— Olha — eu disse, olhando para ele, com as mãos na cintura —, Sarah não nos quer, ela deixou isso bem claro. Somos só eu e Beth agora.

— E eu! — disse Seth, às pressas. — Eu sou tio dela, quero fazer parte da vida de Beth.

— Você trabalha oitenta horas por semana — retruquei. — E isso numa boa semana. Ela precisa de mais. Ela *merece* mais.

E talvez eu também, uma voz sussurrou.

Ele me encarou, a expressão confusa.

— Você mudou.

Eu olhei para ele, exasperado.

— Claro que mudei, porra. Sou pai agora.

— Não vá, Luka — disse, agarrando meu pulso.

Eu me soltei dele.

— Não tenho escolha.

— Sempre há uma escolha. E...

— E o que?

— Sarah está bem melhor agora.

— Ótimo — murmurei, ciente de que parecia um idiota.

— Ela quer ver a Beth.

— Peça para ela me ligar.

— Luka...

— Não! Ela que se foda! Eu sei que ela está doente, mas Sarah nos abandonou sem olhar para trás. Ela saiu daquela merda de festa com o *James*. Ela se foi há quase três meses e não ouvi a porra de uma única palavra dela. Jesus, falei mais com sua mãe... Se Sarah quiser ver Beth, não vou impedi-la. Mas ela tem que me ligar.

Seth soltou um suspiro e desviou o olhar do meu.

— Ela quer voltar para casa. Para cá.

Eu parei, o carregador do meu telefone escorregando dos meus dedos.

LUKA

Quantas vezes esperei ouvir essas palavras? Mas dela, não de seu irmão. E não recentemente.

— Por quê? Por que agora?

Ele fez uma cara estranha.

— Por quê? Porque... — E deu de ombros desamparado. — Por Beth. Por você. Com você.

Eu o encarei, perplexo.

— E quanto a nós, você e eu?

Ele baixou a cabeça.

— Ainda podíamos nos ver.

O quê?

Não conseguia entender o que ele estava dizendo.

E, então, entendi.

Raiva, pura raiva me rasgou.

— Você está de sacanagem comigo!? Quer que eu tenha um caso com você escondido de sua irmã?

Talvez eu tivesse moral, afinal.

— Desculpa. Droga! Não sei o que estou dizendo. Mas Sarah precisa de você...

Balancei a cabeça.

— Não.

— Luka?

— Não, não posso, Seth. Você e eu, nós temos algo. Achei que tínhamos. Mas você quer que eu volte com a sua irmã? Sequer tem noção de como isso se parece? Não acredito em você! — Fiz uma pausa, respirando fundo. — Não confio nela. Se ela fugiu uma vez, poderia fazer de novo.

Ele mordeu o lábio por um momento.

— Tecnicamente, este apartamento é dela.

Eu me virei lentamente para olhar nele.

— Ela quer que eu saia?

Seus olhos caíram para a mesa.

— Ela quer voltar para casa.

Fui até a cozinha para preparar uma nova mamadeira. Ele veio atrás de mim, a expressão chateada e culpada.

— Estamos saindo daqui mesmo — disse, irritado. — Ela pode ficar com o apartamento.

— O que vai fazer quando a turnê acabar?

Dei de ombros. Uma vida inteira pode acontecer em seis meses.

— Diga a sua irmã para me ligar para ver a Beth. Vou pensar em algo.

Por mais que me matasse admitir, minha filha tinha o direito de conhecer a mãe.

Ele esfregou as mãos no rosto, nervoso.

— Vou dizer a ela.

Mas ela não ligou — ela apareceu na manhã seguinte. E usou a chave da porta. Sabia que o apartamento era dela, mas, porra, parecia errado.

Eu tinha acabado de vestir Beth depois do banho e planejava levá-la ao parque em seu carrinho.

— Oi, Luka.

Eu a encarei.

Ela tinha falado comigo, mas seus olhos estavam fixos em Beth.

Seu cabelo estava mais longo e ela perdeu o peso que ganhou na gravidez. Parecia mais saudável também, porém notei que suas mãos tremiam.

— Você não vai dizer nada? — perguntou ela.

— Nem sei o que dizer. Não achei que viria.

Ela mordeu o lábio, desviando o olhar de Beth rapidamente enquanto seu olhar percorria o apartamento, absorvendo tudo que havia mudado.

— Posso segurá-la?

Concordei com relutância e coloquei Beth em seus braços. Seu pequeno rosto se contorceu, confusa, mas ficou quieta.

— Ela cresceu tanto, não consigo acreditar!

Meu rosto estava rígido conforme lutava para dizer que bebês cresciam muito em três meses.

— Ela tem tanto cabelo! E não está chorando.

— Não muito. Ela é um bebê bom.

— Você é um bom pai, Luka.

As palavras soaram forçadas e sem vontade, então não comentei.

— Quero voltar. Quero ser a mãe de Beth. Vou fazer certo desta vez.

Eu a encarei com ceticismo.

— Estou falando sério. Eu consigo. Não estava bem, mas estou melhor agora.

Talvez ela estivesse, mas tinha um longo caminho a percorrer antes que eu a confiasse com minha filha. Porra! *Nossa* filha.

— E eu quero voltar para casa.

— O apartamento é seu.

— É, sim.

— Você pode me dar algumas semanas?

— Ainda vai para Chicago?

Eu olhei para ela.

— Claro que sim! E Beth também.

— Não.

— O quê?

— Não vou deixar você tirar minha filha de mim, Luka.

Eu estava com tanta raiva que tive que cerrar os punhos para contê-la por dentro.

— *Você nos* deixou! Saiu correndo! Esta é a primeira vez em três meses que vê Beth. Até sua mãe se esforçou! Você não tem nenhum direito aqui!

— Luka, por favor. Eu sou a mãe dela e a amo. Cometi um erro. Não me exclua. Eu não permitirei.

Respirei fundo, forçando-me a controlar cada emoção turbulenta que parecia ácido no sangue.

— Você pode nos visitar — eu disse, firme. — Na turnê.

Sarah negou com a cabeça.

— Não é suficiente. Não vou deixar você levar minha filha embora.

— Ela nem sabe quem você é! — gritei, fazendo os olhos de Beth saltarem.

Ela começou a chorar e vi as costas de Sarah enrijecerem.

— Você precisa ir embora — avisei, minhas palavras duras e baixas. Então eu tirei Beth de seus braços e virei as costas para ela. — Não chore, *princesa*. Papai está aqui.

Não vi Sarah sair. Mais tarde, perguntei-me se a mãe dela a tinha trazido aqui. Nunca descobri, porque dois dias depois, recebi uma intimação.

Sarah queria a guarda integral de Beth.

CAPÍTULO DEZENOVE

— Ela vai me levar ao tribunal.

Olhei para cima, mas Seth não parecia surpreso.

— Você sabia — eu disse, cansado. Claro que sabia.

Estávamos deitados na cama depois de uma trepada gostosa e frenética. Tudo o que parecíamos fazer era arrancar as roupas um do outro e foder como loucos. Nós não conversávamos mais. Eu sentia muita falta disso. Mas havia tantas palavras perigosas entre nós e ambos estávamos com medo de ter uma conversa de verdade.

Até agora.

Rolei para fora da cama e comecei a me vestir rapidamente, o ressentimento. *De que lado ele estava?* Como se eu precisasse perguntar.

— Desculpa mesmo, Luka. Tentei dissuadi-las, mas depois que têm uma ideia na cabeça, é difícil fazê-las racionalizar. Elas são tão parecidas. — Soltou um suspiro trêmulo. — O que você vai fazer?

— Não sei. Brigar com elas? Não posso deixá-las levarem Beth.

Seth deu um sorriso triste, mas saiu errado, fora do centro.

— Você é um ótimo pai, Luka. Surpreendeu a todos, incluindo a si mesmo.

Suas palavras doeram. O que eu sabia sobre ser pai? O meu nunca teve muito interesse em mim e foi a minha *babica* que me criou. Eu estava dando o meu melhor para Beth. Ela parecia feliz e só acordava uma ou duas vezes por noite agora. Estava saudável e ganhando peso o tempo todo. Sabia que ia ficar mais difícil, mas eu estava lidando com tudo. O que era mais do que eu poderia dizer a respeito de Sarah. Não pude perdoá-la por fugir quando as coisas ficaram muito difíceis, embora soubesse que estava deprimida.

Seth tocou meu braço de leve.

— É porque estão preocupadas com você a levando para fora do país quando sair em turnê.

Eu me irritei.

— Você contou a elas, né? É por isso que ela veio.

Ele afirmou com a cabeça, culpado.

— Sarah sabia que você iria. Tinha o direito de saber quando.

— Ela desistiu de seus direitos quando nos deixou! Você disse que estaria ao meu lado!

— Não vá para essa turnê, Luka. Fique em Londres. É onde está a família de Beth.

Eu o encarei friamente.

— Contratei Marcie para vir na turnê. Ela é uma babá qualificada. Teremos todo o suporte de que precisamos quando estivermos viajando, Ash garantiu isso.

Ele fechou os olhos, brevemente.

— Você acha mesmo que é certo levar um bebê tão novo para uma turnê?

— Por que não? Ela estará com o pai. Vou passar mais tempo com ela do que a maioria dos pais mais novos! Não vou trabalhar 14 horas por dia. — *Igual a você.*

Seth fez uma cara confusa.

— É justo, mas não acho que a minha mãe vai enxergar desse modo. Ela quer seu primeiro neto com ela.

— Ela é a avó, não um dos pais, pelo amor de Deus!

— Só estou dizendo como ela está pensando.

— É ela quem está na cabeça de Sarah, né?

Seth suspirou.

— Sarah está muito vulnerável agora. Ela não tem certeza do que fazer. Mas você se recusando a tê-la de volta, a deixa... ressentida.

— Ela sabe de nós?

Os olhos de Seth se arregalaram de pânico.

— Não! E não vai saber! Nós concordamos.

— Por enquanto — murmurei.

— Luka...

— Cristo, não! Tudo bem! Serei o seu segredinho sujo! Outra vez. Quando achar que está criando a porra da coragem, me avise.

— Isso não é justo!

— O fato de sua irmã e sua mãe estarem tentando levar minha filha embora é injusto! — rugi.

Ele esfregou as mãos no rosto.

— Isso não está nos levando a lugar nenhum. Você deveria procurar um advogado.

— Sim, como se eu pudesse pagar um — zombei. — Cuidar de crianças durante o tempo que fico no teatro custa quarenta libras, por três malditas horas porque ela cobra a mais de noite. E *ainda* está me fazendo um favor por esse preço.

Seth afastou o olhar.

— Eu tenho dinheiro — ele disse, baixo.

— Não vou aceitar o seu dinheiro.

— Mas...

— Elas usariam isso contra mim. Só teriam que dizer que eu não poderia me dar ao luxo de cuidar de Beth... e descobririam de você.

Seth fez uma cara feia.

— Todos em pé para a Juíza Peyton.

Engoli e me levantei, sentindo os braços vazios sem Beth, olhando para a mulher que decidiria nosso destino.

Eu me sentia razoavelmente confiante até esta manhã. Sabia que, como mãe biológica, Sarah teria automaticamente a custódia e eu seria aquele que precisaria buscar quaisquer direitos em um tribunal, mas porque ela ficou longe da vida de Beth por muito tempo... bem, eu estava esperançoso. Eles *tinham* que entregar Beth para mim. Ela nem se lembrava de Sarah. Seria óbvio para todos que Beth precisava ficar comigo. Ela *precisava* de mim.

Mas agora, sentado na frente da juíza, toda a minha confiança desmoronou. Porra, eu deveria ter arranjado um advogado.

Seth tinha me comprado um terno para usar na minha primeira audiência no tribunal. Foi a única coisa pela qual o deixei pagar. Resisti à vontade de puxar a gravata em volta do pescoço, sentindo-me sufocado e preocupado.

Pelo canto do olho, vi a mãe de Sarah se inclinar para frente para falar num tom brusco com ela enquanto me encarava.

A juíza tinha cerca de 60 anos, usava um blazer azul escuro e expressão neutra. Ela acenou com a cabeça para o assistente do tribunal e sentou-se enquanto o silêncio pairou ao nosso redor.

Ela olhou para mim.

— Sr. Kokot?

— Sim, senhora?

— Você tem um representante legal?

— Não, senhora.

Ela ergueu as sobrancelhas.

— Posso ver. E a Srta. Lintort?

Um homem em um terno cinza elegante se levantou e sorriu.

— Nathaniel Jones, Meritíssima.

Meu coração batia forte e minhas mãos suavam. Limpei-as discretamente na calça do terno e tentei me acalmar. Seria impossível.

— Sr. Kokot, você trabalha como dançarino em um musical no West End.

— Sim, senhora.

— Entendo que este contrato será rescindido em breve, a seu pedido.

Como diabos ela sabia disso?

Fiquei perplexo. Só uma pessoa sabia que eu já tinha dito não a Arlene e Kathryn e que estava indo para Chicago.

Virei-me para olhar para Seth. Seu rosto estava vermelho, mas ele estava olhando para a frente, recusando-se a olhar para mim. E então me dei conta: ele contou tudo a elas. *Tudo.*

Todo esse tempo, ele esteve armando para mim.

Eu não queria acreditar.

— Não exatamente, senhora. Fui contratado por um curto prazo como substituto de outro dançarino que fraturou o metatarso.

— Hmm, eu entendo que recebeu uma oferta de um contrato permanente em algum momento, que decidiu recusar em favor de um emprego nos Estados Unidos, onde ficará em turnê por vários meses.

Olhei para Seth de novo, raiva em meus olhos, mas ele se recusou a olhar para mim.

Limpei a garganta e voltei a olhar a juíza.

— Sim, mas eu já tinha concordado em fazer a turnê de *Círculos da Vida* nos EUA. Isso aconteceu primeiro. E paga melhor — acrescentei, sem muita convicção. — É melhor para a minha carreira.

— Se ele tirar Beth do país, não tem como saber o que vai acontecer com ela — disse a Sra. Lintort com força do assento atrás de Sarah, enquanto o advogado tentava calá-la.

— O que isso quer dizer? — explodi. — Não fui eu que fugi e a deixei!

— Minha filha estava sofrendo de depressão pós-parto, você sabe muito bem disso. Desde então, ela procurou tratamento — disse a Sra. Lintort, com altivez, afastando o braço do advogado.

— A senhorita Lintort terá sua vez de falar — avisou a juíza, franzindo a testa por cima dos óculos de armação metálica. — Eu quero ouvir o Sr. Kokot. — Voltou seu olhar de falcão para mim. — Como conheceu a Srta. Lintort?

Expliquei como Sarah e eu éramos amigos, viajando com *Slave*. E como tudo desmoronou depois que Beth nasceu.

— Entendo que pediu à Srta. Lintort para se livrar do feto?

Respirei fundo e me sentei.

— Não! Nunca disse isso. Perguntei a Sarah se ela ia ficar com o bebê, só isso.

— Você a chamou de "isso" — murmurou Sarah.

Agarrei a borda da mesa.

— Nós não sabíamos se seria uma menina — retruquei para ela.

Seus olhos caíram para o colo e eu me senti uma merda.

— Sr. Kokot, você não consta na certidão de nascimento de Beth.

Fiquei de queixo caído.

— Não consto? *Como é que eu não sabia disso?*

Seus olhos penetrantes travaram nos meus e pensei ter visto uma centelha de emoção neles.

— Não. E isso significa que, legalmente, a Srta. Lintort tem automaticamente a guarda integral em circunstâncias normais.

Meu mundo desabou.

— Não sabia! Eu não sabia! Eu não tenho direitos? Nenhum? Mas... Eu sou o pai dela! Todo esse tempo... fui o único que cuidou dela!

— Você pode solicitar a este tribunal uma ordem de registro de responsabilidade civil parental...

— Quanto tempo levará isso? Preciso estar em Chicago...

— O que me leva a outro ponto — disse a juíza. — Minha principal preocupação é com os interesses de Beth, então também tenho que considerar a estabilidade da vida familiar que você pode oferecer à sua filha — explicou. — Já esclarecemos que você pretende estar em turnê por vários meses, período durante o qual Beth não verá sua mãe ou avó.

— Eles podem pegar um avião para vê-la! — eu disse, sentindo uma sensação de desespero começar a subir do estômago à garganta.

— Sim, e parece ser uma parte importante do seu estilo de vida anterior e da Srta. Lintort, no entanto, tenho que considerar o que é melhor para Beth.

— Eu sou o melhor para Beth!

Ela mexeu em seus papéis.

— Gostaria de falar com você por um momento, Srta. Lintort.

— Sim, senhora.

— Entendo que está morando com sua mãe nos últimos três meses.

— Sim, senhora.

— E quanto contato teve com Beth durante esse tempo?

Os olhos de Sarah brilharam com lágrimas.

— Luka... O Sr. Kokot deixou tudo difícil...

— Isso não é verdade! — gritei.

A juíza me lançou um olhar fatal.

— Você vai permitir que a senhorita Lintort fale sem interrupção — ordenou ela.

Afundei de volta na cadeira, furioso com a mentira descarada de Sarah. Olhei para o advogado dela e adivinhei pela expressão silenciosamente satisfeita dele que a treinou com essa resposta.

— De que forma as coisas foram dificultadas? — perguntou a juíza Peyton.

— Ele não trazia a Beth para me ver, embora soubesse que eu... não estava bem. Mas estou muito melhor agora. Estou muito bem.

— Sim, eu li a carta do Dr. Khatri.

— Obrigada. Luka... O Sr. Kokot deixou tudo muito difícil para mim antes de eu... Ele sempre ficava em cima quando eu tentava ficar com Beth, como se não achasse que eu pudesse fazer nada direito. Isto... ele me deixou nervosa. Ele estava sempre assumindo o controle.

Isso não soou ensaiado. Era verdade? Era assim que eu a fiz se sentir?

Tentei me lembrar daqueles primeiros dias e noites sem sono. Éramos pais recentes, aprendendo a lidar com a situação aos tropeços, tentando fazer a coisa certa. Sabia que Sarah estava sofrendo, mas eu também.

E não fui eu quem fugiu!

— Senhorita Lintort, devo dizer que tenho sérias dúvidas. Se sua mãe não tivesse visitado regularmente, eu estaria fortemente considerando deixar a Beth sob tutela do Tribunal.

Sarah empalideceu e apertou a mão da mãe.

— Devo considerar realmente isso.

Quando a juíza Peyton se retirou para considerar as evidências, não pude ficar na sala. Ver a Sra. Lintort falar com segurança com seu advogado, enquanto Seth e Sarah se encaravam em silêncio.

Marcie estava esperando do lado de fora com Beth. Assim que me viu, começou a gorgolejar, acenando com os punhos gordinhos para mim.

— Ah! Aqui está o papai. Eu disse que ele voltaria logo, querida!

Ela entregou Beth para mim com uma mamadeira.

— Como está lá dentro? — perguntou, enquanto eu dava a mamadeira para a minha filha.

Engoli várias vezes antes de responder.

— Eles vão tirá-la de mim, sei disso.

Marcie ofegou.

— Não podem fazer isso. Com certeza, eles verão...

— Vai acontecer — sussurrei, meu coração cheio de desespero.

— Oh, Luka!

Ela colocou a mão na boca e vi lágrimas em seus olhos.

Minha garganta estava apertada e meu peito doía. Pisquei furiosamente. Agora não era hora de desabar.

Quando a corte se reuniu novamente, Beth estava cochilando em meus braços, de vez em quando soltando pequenas bolhas e tentando sorrir.

Eu não me importava mais se ela não deveria estar no tribunal, voltei para dentro segurando minha filha por cada precioso segundo que ainda nos restava juntos.

Marcie a seguiu, carregando a bolsa de Beth com ela.

A oficial do tribunal tentou me dizer algo, mas eu a afastei.

Sarah soltou um pequeno gemido ao ver Beth, mas sua mãe segurou seu braço. A expressão de Seth estava dividida. Acho que o odiei naquele momento.

Quando a juíza Peyton voltou para o tribunal, ela franziu a testa ligeiramente, mas então vi seu olhar suavizar quando olhou para Beth em meus braços.

— Sr. Kokot, tenho toda a simpatia por sua situação e lamento o rompimento no relacionamento entre você e a Srta. Lintort. Pelo que posso ver, você fez um bom trabalho cuidando de sua filha.

Uma semente de esperança começou a crescer dentro do meu coração.

— Mas tenho que considerar o que é melhor para os interesses *atuais* e *futuros* de Beth. Uma vida familiar estável com sua mãe, e avó, irá beneficiá-la mais do que viajar constantemente com você e ter ajuda de babás.

Marcie se irritou com isso.

— Eu também tenho que considerar que seu estilo de vida — a juíza enunciou com cuidado. — Não é propício para a estabilidade. Portanto, estou concedendo a guarda integral à Srta. Lintort e colocando uma ordem judicial para que você não tire Beth do país.

Elas estavam tirando a minha bebê.

— Esta decisão será revisada em seis meses, ou antes, caso o seu status de domicílio mude e depois que você solicitar e receber a ordem de registro de responsabilidade civil parental.

Ela olhou para mim do outro lado da mesa.

— Sr. Kokot, você entende a decisão?

Tentei falar, mas minha garganta estava seca. Suas palavras foram distorcidas, como se ela estivesse falando debaixo d'água.

Não conseguia acreditar que aquilo estava acontecendo.

— Eu a amo! — gritei. — Eu a segurei, alimentei e amei por todo esse tempo. A mãe dela a viu uma vez em três meses! Uma vez! Ela não tentou! E agora vocês a estão levando para longe de mim e a entregando para uma estranha!

A voz da juíza era compassiva, mas inflexível.

LUKA

217

— Por mais lamentável que seja, Sr. Kokot, e estou sendo sincera... A lei é clara neste ponto: até que você entre com o pedido de registro de responsabilidade civil parental, como aconselhei, não tem direitos legais sobre Beth neste momento. Eu também diria que como não tem endereço fixo, já que mora na casa da Srta. Lintort, isso não está a seu favor.

— Isso é uma palhaçada.

— Você não usará essa linguagem no meu tribunal — disse ela, sua voz severa com um aviso claro.

Eu queria gritar, gritar e gritar. Queria que Sarah soubesse que Seth nos traiu. Queria que elas entendessem que Beth significava tudo para mim.

Eu não aguentava mais. Sabia que isso destruiria Sarah. Fiquei tentado. Queria fazer isso. Mas quando olhei para Beth, eram os lindos olhos azul-acinzentados de sua mãe olhando para mim.

— Eu entendo — sussurrei.

Aninhei Beth em meu peito. Sua mãozinha bateu na minha bochecha, sentindo a umidade das minhas lágrimas.

— *Moja princesa.*

Levantei-me e fui até Sarah, ignorando sua mãe. Delicadamente, coloquei Beth no colo de Sarah, tocando seu rosto suave igual a de uma pétala de rosa, mais uma vez.

— Cuide de nossa filha — eu disse.

Ela concordou.

— E Sarah?

— Sim? — sussurrou ela, seus olhos arregalados e receosos.

— Jamais vou te perdoar por isso. Nunca. Se acha que isso acabou, está enganada. Vou lutar pela minha filha, pelos meus direitos. Nunca vai acabar.

Seus lábios tremeram e achei que ela fosse dizer algo. Mas então sua mãe sussurrou para ela e Sarah se afastou de mim.

Marcie segurou meu braço.

— Você vai deixá-las a levarem, simples assim?

Meus ombros cederam de pura tristeza, destruído e com raiva demais para dizer outra palavra.

— Mas você a ama — disse ela, sua voz aumentando. — Ele é um bom pai! — gritou para a juíza. — Ninguém seria capaz de amar mais aquela criança!

Sarah ergueu os olhos para mim. Eu vi tristeza e arrependimento misturados com medo antes que desviasse o olhar.

A juíza fez uma breve pausa, mas depois saiu da sala.

Beth foi tirada de mim.

No último momento, Seth encontrou meus olhos enquanto eu saía daquele tribunal maldito.

— Desculpa — sussurrou ele. — Ela é minha irmã.

CAPÍTULO VINTE

Sentei-me sozinho durante a longa noite, permitindo que ela me encobrisse, me escondesse, me banhasse na escuridão. Não conseguia dormir, não conseguia descansar, não conseguia impedir onda após onda de pensamentos amargos e raivosos.

Odiava a solidão e a traição que me perseguiram. Eu me desprezei por sentir falta do homem que destruiu meu mundo, de bom grado. Eu odiava amá-lo.

Esses meses me testaram de maneiras que nunca imaginei.

O silêncio era insuportável.

Eu me perguntei o que Beth estava fazendo agora. Ela estava dormindo? Estava chorando por minha causa? Estava pensando por que seu mundo era tão estranho? Ela sentiu minha falta?

Não suportava pensar que ela estava com medo, sentindo-se sozinha, querendo saber por que eu a havia abandonado.

Seu brinquedo favorito, um coelho com orelhas compridas, estava agarrado em minha mão e, quando o segurei contra o rosto, pude sentir o cheiro doce e leitoso de Beth.

Fui tão ingênuo — pensei que Seth estava me ajudando, falando comigo, ficando comigo —, mas o tempo todo ele estava apenas fazendo uma lista de coisas para usar contra mim.

Ele *sabia* que meu nome não estava na certidão de nascimento.

Sabia que eu não tinha advogado, não fui avisado dos meus direitos — ou da falta deles.

E ele sabia que eu tinha recusado um contrato permanente em Londres — todas as coisas que selaram o meu destino.

Eu o odiava, mas me odiava ainda mais. Minha estupidez, minha patética e infantil falta de raciocínio me custaram caro. Jamais deveria ter permitido que isso acontecesse. Tudo por causa da porra de um pedaço de papel: *a certidão de nascimento de Beth.*

Esfregando os olhos, abri a porta do quintal e fiquei olhando para onde as estrelas deveriam estar, mas, em vez disso, o céu estava cinza de nuvens e uma garoa fina esfriou meu rosto e umedeceu minha camisa.

Fiquei parado na tênue meia-luz do amanhecer, indiferente ao frio que se infiltrava em minha pele, em meus ossos e alma.

Quando não consegui mais sentir os dedos, desejei que a dormência se espalhasse por todo o corpo. Mas isso não diminuiu a dor em meu coração. Por fim, eu entrei, mas não fui além da cozinha antes de cair no chão.

Continuei repassando as palavras que a juíza havia dito. Ela pensou que Sarah poderia oferecer a Beth uma vida melhor. Ela tinha razão? Era verdade? Eu não tinha dúvidas de que ninguém podia amá-la mais do que eu, mas isso bastava?

Eventualmente, eu me arrastei do chão e me forcei a beber um pouco de café bem quente. Queimei a língua. Não estava nem aí.

Liguei o carregador do meu celular e pesquisei "ordem de registro de responsabilidade civil parental" no Google. Não foi encorajador. Sugeria que eu simplesmente pedisse a Sarah para colocar meu nome na certidão. Inferno, se ela quisesse que eu tivesse os direitos de pai da Beth, ela teria colocado meu nome na certidão de nascimento. Ainda não conseguia acreditar que ela tinha feito isso comigo. Tudo estava tão louco desde que Beth nasceu, eu nem pensei em registrar minha filha. Mas a Sra. Lintort tinha, e agora eu estava sendo apagado da vida de Beth.

Olhei para o meu telefone novamente.

Se tiver que ir ao tribunal, é dever lidar prontamente com todos os assuntos relativos a crianças e os pedidos são tratados como assuntos prioritários. As custas judiciais são simples, mas, se precisar ir a tribunal, deverá ter aconselhamento jurídico e discutir os honorários com o seu advogado.

Era para eu estar voando para Chicago em uma semana, mas mesmo se eu fizesse o que era necessário, ainda não teria permissão para tirar Beth do país.

Poderia ficar em Londres e implorar meu emprego de volta a Arlene, trabalhando por trocados, e alugar um apartamento de um cômodo de merda caro demais, tentando roubar momentos com a minha filha. Ou eu poderia deixá-la, sabendo que Sarah lhe daria uma boa vida sem mim.

Perdi as esperanças.

No meio da manhã, eu estava quase enlouquecendo. *Precisava* ver a Beth.

Tomei um banho rápido e chamei um táxi. Quase nem percebi quando a tarifa chegou a quarenta e três libras.

Bati na porta da frente da Sra. Lintort e esperei que ela abrisse.

Ela não pareceu surpresa em me ver.

— Oi, Luka.

LUKA

— Eu vim ver a Beth.

— Eu sei. E você pode entrar, desde que concorde em não levantar a voz. Sarah ainda está muito vulnerável e não será bom para Beth sentir qualquer tensão.

— Eu sei o que é bom para Beth — grunhi. — Cuidei dela sozinho por três meses.

Ela me surpreendeu ao sorrir triste e acenar com a cabeça.

— Sim, cuidou. Por favor, entre.

Passei por ela, ansioso para ouvir a voz de Beth, mas a casa estava calma e silenciosa. Não havia música. Por que não havia música? Sempre tocamos música em casa, tudo e qualquer coisa: latina, contemporânea, clássica, pop, rock. Até mesmo Sarah ouvia...

A Sra. Lintort me conduziu até uma pequena sala. Sarah estava sentada lá com Beth nos braços, pacificamente, dando sua mamadeira.

— Oi, Luka — disse ela baixinho.

Fiquei surpreso ao ver que ela não estava sozinha. Havia outro homem na sala, mas, quando ele cautelosamente se apresentou como "James", as peças do quebra-cabeça começaram a se encaixar.

— Gostaria de falar com Sarah sozinho — eu disse, ignorando a mão dele estendida.

Ele olhou para Sarah, que assentiu rapidamente.

— Vai ficar tudo bem, James. Obrigada.

Ele me olhou firme e saiu da sala.

Beth me sentiu imediatamente quando cheguei mais perto e acenou com as mãos pequenas, murmurando alto.

Sarah a colocou em meus braços sem qualquer argumento. Meu corpo inteiro relaxou quando a segurei com força.

— *Moja princesa* — suspirei.

— Ela sentiu sua falta — Sarah disse, gentilmente. — Por um tempo. Mas então dei a mamadeira para ela e dormiu. Ela só acorda duas vezes durante a noite.

— Eu sei — eu disse, sem olhar para cima. — Ela é um bebê bom.

— Você fez um ótimo trabalho com ela.

— Por que você fez isso, Sarah? Você sabe o quanto eu a amo. Eu faria qualquer coisa por ela. Eu morreria por ela!

Mantive a voz baixa, mas pude ouvir a raiva nela.

— Estava doente — respondeu calma. — Estou melhor agora.

— Não! Por que você tirou Beth de mim?

Eu vi um breve lampejo de culpa em seus olhos, mas então, foi substituído por uma clareza rígida.

— Você a teria tirado de mim quando saísse em turnê!

— Três meses — disse bravo. — Três malditos meses e você sequer tentou vê-la! Você mentiu para a juíza.

— Eu sei e peço desculpas. Você não tem ideia... tem tantas coisas das quais me arrependo. Mas não vou deixar você tirar Beth do país. O lugar dela é aqui. Com a família dela.

— Eu *sou* a família dela!

— Não vou impedir você de vê-la, Luka. Você a ama. Eu sei disso.

— Eu estarei em turnê! Não vou vê-la por meses!

— Ela vai ficar melhor aqui.

— Não, não vai E se resolver que é muito difícil de novo?

Sarah estreitou os olhos.

— Não vai acontecer.

— Mas poderia!

— Eu tenho minha família. Eu tenho minha mãe e...

— Seth — completei amargamente. — Você tem o Seth.

Seu rosto corou e ela tirou Beth de mim.

— Quanto menos falar nisso, melhor.

Inclinei-me e dei um beijo na bochecha macia de Beth.

Ela gritou baixinho, uma carranca preocupada no rosto enquanto seus pequenos punhos tentavam me alcançar. Meu coração se partiu ao meio. Tinha que sair antes que eu desabasse na frente da minha filha.

— Não se apresse para crescer, *princesa* — disse, com a voz embargada. — O mundo não é um lugar gentil.

E fui embora.

James estava esperando por mim fora da sala.

— Eu amo a Sarah há anos — comentou ele. — Tinha esperanças de que, quando ela fosse para a Austrália, pudéssemos tentar ficar juntos. Poderia ter dado certo. Mas quando ela descobriu que estava grávida, tudo o que conseguia pensar era em voltar para Londres. Para você.

Sua voz soou amarga.

— Ela diz que não me ama, mas sou um homem paciente. Eu estarei aqui. Esperando. Achei que deveria saber. Vou cuidar bem dela. Eu a amo.

— Eu também.

— Tem certeza?

Eu o encarei, controlando a raiva.

— Certeza absoluta.

Ele deu de ombros, como se isso não importasse, e me deixou sozinho.

Eu sabia que quando andasse pela rua, metade do meu coração ficaria para trás.

Tocar a pele macia de bebê da Beth era como tocar o céu. Ela era perfeita demais. Ela era minha, parte de mim.

LUKA

E agora eu tinha que me despedir.

A porta se fechou atrás de mim, deixando-me entorpecido e com frio. Meus passos pesaram muito conforme eu me afastava.

Indo embora.

Eu me virei uma última vez para olhar para trás e vi um lampejo de movimento em uma das janelas de cima. Seth estava ali, observando-me. Ele levantou a mão, mas quando eu só o encarei, sua mão caiu de lado.

Virei as costas.

Passei pelo fogo do amor, do ódio e da traição, e fui temperado, endurecido, acabado a aço frio. A última coisa de que precisava era emoção. Sentir qualquer coisa.

Vi Beth todos os dias antes de pegar meu voo para Chicago. Não tive permissão para tirá-la da casa da Sra. Lintort. Elas não confiavam em mim, pensando que eu fugiria com ela. Pensei nisso, pensei mesmo, mas sabia que seria uma coisa estúpida de se fazer. Não que eu parecesse capaz de tomar muitas decisões acertadas.

Beth parecia feliz, o que tanto me agradou quanto me feriu. Meu lado egoísta queria vê-la precisando do pai; a melhor parte de mim estava feliz por ela estar prosperando.

Sarah e eu nos comunicamos brevemente, conversando com frases curtas e dolorosas, um abismo de desespero e arrependimento entre nós.

Acabei conversando com a Sra. Lintort. Ela foi mais amigável do que eu esperava, talvez mais crítica de Sarah do que de mim. Talvez. Tínhamos alcançado um entendimento, acho que pode-se dizer isso.

Eu não vi Seth, o que foi um alívio, embora James aparecesse algumas vezes. Pelo menos ele foi honesto comigo quando disse que estava fazendo o jogo da espera com Sarah. Agora, estava agindo como seu melhor amigo, e acho que ela precisava disso. Senti falta da minha amiga, mas não consegui perdoá-la. Talvez jamais conseguisse. Comecei a construir um futuro com Beth, um bom, e que tinha sido arrancado de mim.

Eu havia solicitado a ordem de registro de responsabilidade civil parental, enfurecido ao saber que uma já havia sido concedida à Sra. Lintort. Sarah se recusou a falar disso e tive a nítida impressão de que ela estava me punindo... Bem, provavelmente era uma lista muito longa.

A sensação era como de ter uma flor na mão enquanto puxava as pétalas uma por uma. *Eu a amo. Eu a odeio. Eu a amo. Eu a odeio.* Queria odiar cada parte dela, mas Sarah me deu Beth: Beth era metade de cada um de nós, então não era capaz de odiar Sarah completamente. Mas, *por Kristus*, eu tentei.

Levaria algumas semanas para ter alguma notícia dos tribunais e, a essa altura, eu estaria a 6.500 quilômetros de distância.

Um oceano entre mim e a minha filha.

Precisava reconciliar meu velho mundo com o novo, encontrando a felicidade de novo. Se eu conseguisse...

E então, em um dia ameno de março, no ar repleto de promessas de primavera, parti.

CAPÍTULO VINTE E UM

— Não gosto muito da Laney — comentou Yveta.

Fiz cara feia para ela enquanto amarrava meus tênis de jazz, preparando-me para a próxima parte do nosso ensaio para o *Círculos da Vida*.

A história que desenvolvemos era pessoal para todos nós de alguma forma. Não tão brutal e chocante quanto *Slave*, mas tão poderosa emocionalmente quanto — assim esperávamos.

A história seria de dois irmãos e os caminhos diferentes que cada um escolheria na vida. Um irmão foi interpretado por Ash e o outro por mim.

Cada um tinha desafios em suas vidas, Ash com sua história de luta e triunfo, a deficiência de Laney e a determinação de viver uma vida plena; e minha história. Um homem imaturo que escolheu o caminho difícil, amou as pessoas erradas e teve uma filha.

Estávamos tentando decidir quais músicas seriam a chave para esta parte. Eu preferia um Tango com "Stitches" de Shawn Mendes, mas Ash queria algo mais esperançoso, e sugeriu um Paso contemporâneo com "Bring Me Back To Life" de Evanescence. Yveta dançava o papel da minha namorada. Nenhum de nós queria admitir que era baseado em Sarah, mas era bem óbvio. Foi exaustivo derramar todas aquelas emoções raivosas na dança, e confuso sentir tanta raiva contra Yveta. Às vezes era difícil de desligar. Mas ela entendeu, então estávamos bem. Eu só precisava de um tempo de descanso após os ensaios.

Por enquanto, estávamos trabalhando nas duas danças para ver qual preferíamos. Era possível que acabássemos usando tanto o Tango quanto o Paso, mas Selma estava um pouco preocupada que o espetáculo acabasse tendo além do tempo previsto.

Mas pelo menos agora o Teatro Syzygy Dance tinha um espaço fixo de ensaio. Oliver havia reformado um vasto armazém em um estúdio de última geração. Eu me senti culpado por não ter estado aqui para ajudá-lo. Ótimo: outra coisa pela qual se sentir culpado.

Yveta riu um pouco quando franzi a testa com seus comentários a respeito de Laney.

— Eu sei, eu sei. Ninguém tem permissão para dizer isso da grande Laney; a coitada e sofredora, Laney. — Depois, ela suspirou. — Eu a respeito, mas ela é tão... feliz! É irritante.

Não pude deixar de balançar a cabeça, achando graça de sua cara.

— Não gosta de Laney por que ela é feliz?

Ela sorriu para mim, sem remorso.

— Louco, né? — Seu sorriso esmaeceu. — Mas é mais do que isso. Ela sabe tão bem quanto qualquer um de nós que o mundo não é um lugar gentil. As pessoas fazem coisas cruéis, o mal existe e todos nós nos debatemos em um mar de egoísmo, insegurança e tristeza. Ela sabe disso, mas age como se não fosse real. É muito real. — Ela fez uma pausa, baixando os olhos. — Tenho pesadelos — admitiu, como se estivesse envergonhada. — Todas as noites, outro pesadelo horrível. Cortei o cabelo, arrumei o rosto, mas não consigo consertar aqui dentro — e apontou para a cabeça —, nem aqui. — Apontando para o coração. — Sinto tanto frio por dentro.

Coloquei o braço ao seu redor e ela apoiou a cabeça no meu ombro. Não sou dono de toda a dor do mundo — Yveta me lembrava disso.

— Eu também não gosto de Sarah — disse, um sorrisinho levantando seus lábios. — Sempre sorrindo, sempre feliz. Dá para perceber que ela nunca sofreu.

Senti uma punhalada no peito — não acho que isso seja mais verdade. E era minha culpa.

Yveta suspirou frustrada.

— Não quero que as pessoas sofram, mas tenho inveja de todos que tiveram uma vida fácil. Como se não entendessem o que têm. Sarah teve você e o jogou fora porque dormiu com o irmão dela. Eu jamais faria isso.

Meu corpo enrijeceu.

— Ah, não se preocupe. Não estou dando em cima de você, Luka. Não quero um homem. Ou uma mulher. — E ela sorriu maliciosamente para mim. — Mas se eu tivesse o que ela tinha, nunca o deixaria escapar.

O sorriso sumiu de seus lábios quando se apertaram em uma linha rígida, e eu vi a dor em seus olhos — aquela era a verdadeira Yveta sob a dura casca que usava como armadura.

— Ela tinha o sonho e, como não era a imagem perfeita que teve em sua mente infantil, decidiu que não era bom o suficiente. Ela é gananciosa.

LUKA   227

E quem sofre é você. Apesar de que eu acho que ela deva sofrer também, porque te perdeu.

Pensei no que ela disse. Não concordo com tudo isso, mas pude entender sua perspectiva.

— Acho que ela me odeia — admiti, uma sensação horrível de falar a verdade acendendo-se dentro de mim. — Ela não consegue me perdoar por ter ficado com o irmão dela. Não *quero* ser perdoado, não fiz nada de errado! Mas ela me culpa, porque não pode culpar Seth. — Meus ombros cederam. — Só não sei como fazer parte da vida de Beth quando a mãe dela me odeia.

Minha cabeça rolou para trás. Estava cansado de me sentir tão desesperado e desamparado, tão cheio de ódio, furioso contra a injustiça que havia acontecido comigo.

Aquilo infundiu minha dança com uma adrenalina impulsionada pela ira que nem mesmo Ash poderia igualar, e eu caí na cama, exausto, mas ainda incapaz de dormir.

A noite toda eu me perguntava o que Beth estava fazendo, como estava se sentindo, o quanto havia crescido. *Ela sentia falta do pai?*

Yveta bufou, impaciente.

— Tudo bem. Desisto. E, daqui a um ano, quando Sarah tiver um novo homem, sua filha aprenderá a chamá-lo de papai.

Deus, isso doeu tanto, meu estômago embrulhou, o coração batendo descontroladamente. Não! Não!

— Não *pergunte* a Sarah — continuou Yveta, seus olhos brilhando de raiva. — Esteja lá por sua filha, Luka. Você não pode continuar nesta névoa de indecisão, nesta autoflagelação. É prejudicial e inútil. E egoísta.

— Egoísta?

— Sim! Seus amigos estão infelizes tentando fazer você feliz. Mas é como se nem soubesse mais o que quer.

— Eu não sei.

— Isto é mentira. Você sabe o que quer. Fala de uma vez!

— Eu quero ser o pai de Beth.

— Você já é.

— Não! — gritei, frustrado por ela não ter entendido. — Serei um nome em um cheque, um pai duas vezes por ano que ela vai se ressentir e...

— O que você *quer?*

— Estar lá enquanto ela cresce.

— Então tem que voltar para Londres.

— E fazer o quê?

— Lutar por ela.

Agarrei o cabelo, frustrado.

— Não sei como.

— Sabe, sim. Você fica na fuça deles e *exige* fazer parte da vida dela. Eles não podem excluí-lo, não tem fundamento. Nenhum.

Ela percebeu meu olhar culpado.

— E ser chupado pelo ex em uma boate não faz de você um pai inadequado. Isso só faz de você um idiota com tesão, e nem tentaram usar isso contra você no tribunal, porque sabem que parecerão bobos. Ninguém se preocupa com isso, ninguém com quem valha a pena se preocupar. Mas, em vez de lutar por sua filha, você está em Chicago lambendo suas feridas.

— Não posso fazer a turnê *e* estar presente na vida dela todos os dias.

— Não, não pode. Mas as crianças são resistentes. Só apareça e continue aparecendo. Ela vai aprender que você sempre volta. *Sempre.* Você não será diferente de qualquer outro pai ou mãe que viaja a trabalho. E, quando não estiver em turnê, more em Londres.

Ela deu um tapinha no meu joelho e se levantou com um gemido.

Agarrei sua mão antes que ela pudesse se afastar.

— Obrigado.

— Pelo quê?

— Por ser você.

Ela piscou para mim.

— Eu sou uma megera, mas sempre direi a verdade.

— Você não é uma megera.

Seu sorriso vacilou e ela desviou o olhar.

— Deveria ir ao batizado da sua filha.

Fechei a cara.

Sarah providenciou para que Beth fosse batizada sem discutir uma palavra comigo. Recebi uma mensagem curta por e-mail na semana passada de sua mãe. *Da porra da mãe dela!* Era esforço demais para Sarah me dizer algo da *nossa filha* que era muito importante, caralho.

Não tinha religião e nunca tinha visto Sarah em uma igreja, mas ainda respeitava o ritual. Suspeitei que era coisa da Sra. Lintort.

Elas escolheram a data daqui a uma semana, quando Sarah sabia que eu estaria começando a turnê. Fiquei furioso por ter sido excluído, mas só tinha um fim de semana entre a primeira apresentação em nossa noite da imprensa e o início de uma temporada de quatro semanas em Chicago.

Estava pensando em voar para Londres por 48 horas, mas ainda não tinha tomado uma decisão. Queria ir. Muito. *Sentia* falta da minha princesa. Sentia falta de segurá-la nos braços, respirar o cheiro de leite e a quentura de sua pele, tocar a suavidade de seu pequeno corpo que estava ficando gordinho.

Pelo menos a Sra. Lintort me mandou fotos. Era estranho como ela se tornou minha conexão mais próxima com a família, quando eu amei e

LUKA

229

perdi seus dois filhos.

Às vezes, Seth estava nas fotos, e meu coração machucado e traidor ainda doía quando o via.

Sarah estava linda e feliz, e fiquei contente por ela... e a odiava ao mesmo tempo.

Yveta me tirou dos meus pensamentos, agarrando minha mão enquanto eu me levantava e me alongava.

— Venha! Temos trabalho a fazer.

Mais tarde naquela noite, exaustos de oito horas de ensaios, fomos ao bar favorito de Ash e Laney, um pub irlandês perto do lago.

Tínhamos feito o teste de novos dançarinos para um papel chave e encontramos uma preciosidade em Chloe. Ela era de estrutura pequena, não muito diferente de Sarah, e perfeita para o que precisávamos. Seu namorado era um jogador de basquete da NBA que a ultrapassa, protegendo-a ao lado dele quando ela nos apresentou.

Eles ficaram para um drinque para comemorar sua entrada para *Syzygy*, mas depois pediram licença e foram embora.

Então éramos só Ash e Laney, Gary e Oliver, Yveta e eu, amontoados em uma pequena mesa, terminando uma garrafa de uísque Hennessy.

Bem, Laney estava bebendo água mineral porque o álcool interferia em sua medicação.

Gary e Oliver estavam tendo uma intensa discussão particular em voz baixa. Cutuquei Yveta.

— Há quanto tempo está rolando?

Ela inclinou a cabeça de lado.

— Eles acham que não sabemos, mas já faz pelo menos um mês.

Olhei para eles: Oliver era mais velho, baixo e de cabelo escuro, quieto e contido, mas apaixonado por seu ofício, sua dança; Gary era exuberante, escondendo uma alma danificada por trás de palavras altas e gestos sórdidos. Seu primeiro amor foi o balé, mas ele se tornou um dançarino de salão muito bom e um coreógrafo incrível. Ele podia ver a dança — o que me deixou com inveja.

— Por que estão mantendo em segredo?

Yveta me deu um olhar divertido.

— Por sua causa.

— O quê?

— Você estava sempre falando de como todo o drama deveria ser no palco e não deveria namorar um colega de trabalho — grunhi, aborrecido.

— Eu diria que as saídas sem compromisso dão mais certo, mas nas circunstâncias...

— Sim, seria irônico — concordou Yveta. — Eles acham que você não vai aprovar... e ninguém deve aborrecer Luka com seu pesado fardo triste. — E revirou os olhos.

— Isso não é ju...

— Justo? — perguntou, uma sobrancelha erguida. — Talvez não, mas todos nós ficamos pisando em ovos em torno da sua tristeza.

— Menos *você* — eu disse, bruscamente.

Ela me deu um sorriso malicioso.

— É.

— Tá bom, tudo bem! Entendi! Chega de tristeza. Vou colar a porra de um sorriso se isso te deixa feliz!

Ela deu de ombros.

— É um começo. Sorrimos em meio à dor, é o que os dançarinos fazem.

Essa era Yveta — matando moscas com espingarda. Mas ela também tinha razão.

— Oi, Gary — chamei do outro lado da mesa. — Aprendi uma palavra nova quando estava na Inglaterra: trocar o óleo. É como foder, mas você pode dizer isso na frente de qualquer pessoa. Acho.

Ele pareceu confuso.

— E?

— E eu estava me perguntando há quanto tempo você e Oli estão "trocando óleo"?

Laney tossiu sua água e pingou um pouco na mesa, enquanto Ash ria alto.

Yveta recostou-se na cadeira com uma expressão de orgulho no rosto.

Gary lançou um olhar incerto para Oliver, que deu de ombros e mostrou um sorrisinho.

— Bem, visto que você perguntou tão educadamente — respondeu Gary, seco. — Estamos *saindo* há três semanas e meia.

— Que bom. — Eu sorri. — Há quanto tempo estão "trocando o óleo"?

Oliver gargalhou alto ao mesmo tempo em que Gary bufava.

— Três semanas e meia — admitiu.

— Vamos brindar a isso — eu disse, servindo a todos uma dose. — Às três semanas e meia de "troca de óleo" ininterrupta.

LUKA

231

— Ninguém disse que era sem parar — argumentou Gary.

Eu sorri para ele, que acenou com as mãos no ar.

— Tá bom! TÁ BOM! Três semanas e meia de sexo maravilhoso sem parar! Está feliz agora?

— Quase lá. *Na zdravje!*

Ash bateu seu copo contra o meu e brindamos Gary e Oliver em grande estilo, até que a garrafa se esvaziou e Gary ameaçou cantar todas as canções de *O Mágico de Oz*.

— Acho melhor levá-lo para casa — disse Oliver, sorrindo para Gary. Então ele se virou para Yveta. — Vamos levá-la para casa primeiro, querida.

— Vou acompanhá-la — ofereci, ganhando um olhar especulativo de Gary. Acenei com a cabeça para ele. — Vou mantê-la em segurança.

Ele deu uma risadinha bêbada.

— Ah, querido, estou mais preocupado com quem vai mantê-lo seguro de Yvie.

Yveta ergueu uma sobrancelha.

— Quem manterá seus pôsteres de Judy Garland seguros?

E ela imitou um gato arranhando enquanto Gary empalidecia.

— Você não ousaria...

— Boa noite, Gary. — Ela riu.

Ele murmurou bem baixo, mas, seja o que for, não foi corajoso o suficiente para dizer em voz alta.

Todos nós saímos do pub ao mesmo tempo, Ash empurrando a cadeira de rodas de Laney, então pelo menos, ele teria algo em que se agarrar enquanto avançava pela calçada, rindo de algo que ela disse.

Uma amarga inveja borbulhou em mim de novo quando Gary e Oliver saíram de mãos dadas.

— Venha — disse Yveta, gentil, passando o braço pelo meu.

Ela era só alguns centímetros mais baixa do que eu e, com sapatos de salto alto, era esculptural, para dizer o mínimo, mas uma dançarina tão linda que você não reparava em sua altura. Ash disse que ela foi uma *showgirl* incrível de Las Vegas até que... o mal aconteceu.

Nos últimos oito meses, ela e Gary haviam alugado um pequeno apartamento juntos, a alguns quarteirões do novo estúdio de Oliver. Eles eram bons amigos, tendo se tornado próximos através da escuridão e do desespero, e depois, aprendendo um novo jeito ao entrar no Teatro Syzygy Dance. Fiquei pensando se Ash realmente sabia como sua perspectiva tinha dado a todos nós esperança, uma razão para sair da cama pela manhã.

Não conversamos muito enquanto caminhávamos. Continuei vendo coisas que me faziam pensar em Beth, embora cada pensamento ao acordar já estivesse sintonizado com o que ela poderia precisar, querer ou pensar.

Vi uma loja que vendia roupas de bebê e um coelho de brinquedo fofo que achei que ela iria gostar. Decidi que voltaria amanhã, quando a loja estivesse aberta.

— Vai ficar tudo bem, Luka — disse Yveta, puxando de leve minha manga. — As coisas parecem sombrias agora, mas o dia sempre vem depois da noite.

Sorri para ela, observando o jogo das luzes dos postes e sombras em suas maçãs do rosto acentuadas.

— Quando você se tornou filósofa?

— Vivendo e trabalhando com problemas. — Ela sorriu. — É a minha especialidade. Comecei comigo mesma e *voilà*!

Uma brisa fria soprou do lago e ela estremeceu. Eu a puxei para mais perto de mim, envolvendo o braço por seu ombro.

— Você odeia Sarah? — perguntou ela, de repente.

Sua pergunta deveria ter me feito perder o equilíbrio, mas tenho me perguntado muito isso ultimamente.

— Sim. Não. Às vezes, sim. Mas ela é a mãe de Beth, então...

Yveta assentiu, entendendo.

Havia mais uma coisa.

— Tenho pensado em sair do espetáculo — eu disse, cuidadosamente, tentando medir sua reação.

Ela inclinou a cabeça na minha direção.

— Por que faria isso?

— Para poder ficar em Londres. Por Beth. Meu advogado disse que não preciso morar lá para que a papelada seja aprovada, mas...

— Mas?

— Se eu estiver aqui, vou vê-la duas vezes por ano. Arlene, minha antiga chefe, disse que sempre encontraria trabalho para mim. Não seria isso... — E acenei minha mão, indicando vagamente o espetáculo, Chicago, meus amigos.

— Você acha que tem que escolher: um ou outro, dessa forma, não busca soluções. Seu advogado caro te deixa em pânico.

— Não, você está errada — comentei, asperamente. — Farei o que for preciso.

— Luka, isso não é uma corrida. Beth é para sempre.

Esfreguei o rosto com a mão livre.

— Você não entende! Estou perdendo tanta coisa a cada dia que não a vejo! Eu sei que não gosta de crianças...

Yveta pareceu ofendida.

— Por que acha isso?

— Eu só pensei... hum... bem, você nunca parece interessada quando

LUKA   233

eu converso da Beth.

— Bebês não são interessantes de se falar. — Ela deu de ombros. — Eles comem, fazem cocô e dormem. Todo pai pensa que seu filho é a máquina de fazer cocô mais bonita, mais talentosa e incrível que já existiu. É chato ouvir tudo isso.

— É isso o que quero dizer — eu disse, em tom seco.

— O que *quero dizer* é que são os pais que são chatos, não os filhos.— Seu rosto suavizou-se. — As crianças são honestas. Brutalmente honestas. Igual aos animais. Os animais não fingem gostar de você.

— Hum...

— É, se eles te quiserem no bando, você é aceito, torna-se parte deles. Brigam entre si, mas ainda protegem o bando, sabe?

— Você tem uma maneira única de ver o mundo. — Sorri para ela. Ela concordou com a cabeça, sorrindo para si mesma.

— Eu sei.

Caminhamos em silêncio, perdidos cada um em seus pensamentos.

— Odeio os homens que me estupraram — afirmou, de repente. — Mas também sei que o ódio é uma emoção inútil e que desperdiça energia. Eu não os perdoo, mas tento torná-los irrelevantes para mim.

— Está funcionando?

— Sim. Não. Às vezes — disse, sorrindo enquanto repetia as minhas palavras. — Tenho outra pergunta: você odeia Seth?

Seu nome paralisou a minha respiração. Tentei tanto não pensar nele.

— Ah — disse Yveta, sua voz suave. — Entendi.

— O que você entendeu?

— Você o ama.

Neguei com a cabeça.

— Não. Não, não amo. Eu o desprezo!

Ela deu de ombros.

— Uma moeda, dois lados.

Não falamos mais depois disso. Yveta parecia completamente relaxada, mas eu estava chateado. Comigo mesmo, principalmente, mas também com ela, por me fazer enfrentar meus pensamentos mais secretos.

Nossa, ela era implacável, empunhando a espada da verdade como a porra de um cossaco[1].

Quando chegamos ao apartamento dela, olhei para cima e fiquei surpreso ao vê-lo brilhando com luzes.

---

1   Em turco, "homem livre". Eram tribos nômades de camponeses que buscavam fugir de impostos, serviço militar e contratos de servidão, a quem se atribui a formação da Rússia.

Ela levantou um ombro ao meu olhar questionador.

— Gary deixa as luzes acesas para mim. Tenho medo do escuro.

Minha raiva desmoronou com sua total admissão.

— Quer que eu suba com você?

— *Spasibo*, Luka — agradeceu.

Tive que sorrir quando entrei na sala. Quase nenhum centímetro quadrado de parede podia ser visto atrás dos pôsteres de Judy Garland.

Yveta sorriu.

— São alegres, né? Mesmo que sua história seja triste. Gary gosta das cores. Não ligo.

— Acho que ficaria com dor de cabeça olhando para isso o dia todo.

Ela se virou para o iPod na mesa do canto e as notas suaves de *Sound of Silence*, de Dami Im, flutuaram de alto-falantes ocultos. Foi uma das músicas que estávamos usando no espetáculo, a história de um relacionamento que acabou.

— Dance comigo, Luka.

— Esta música... dói.

— Eu sei.

Ela estendeu a mão e eu a peguei. Girou em minha direção, então se inclinou para trás em uma graciosa curva para trás. Era contemporâneo, uma rumba, bonita em sua simplicidade e severidade.

Dançamos juntos, nossos corpos contando uma história de amor e perda, corações em chamas e partidos, música alcançando o silêncio do desespero.

Então a música acabou e nós nos abraçamos, os corações disparados.

Eu me senti egoísta abraçando Yveta, mas não estava preparado para ficar sozinho novamente.

— Você não precisa ir — disse ela, como se tivesse ouvido meus pensamentos. — Pode dormir no quarto de Gary. Melhor do que o sofá de Ash e Laney, acho.

— Posso ficar com você? Só dormir.

Ela sorriu e assentiu com a cabeça.

— Sim.

A gente se preparou para dormir em silêncio. Yveta me entregou uma escova de dentes nova e nós os escovamos, parados lado a lado no banheiro, nossos olhos se encontrando no espelho.

Seu quarto era um espaço branco e fresco. Não havia pôsteres ou enfeites, apenas uma pequena fotografia de Yveta vestida com um collant, ao lado de outra garota que tinha corpo de dançarina e cabelos castanhos compridos.

— Quem é essa?

LUKA

235

Ela nem olhou para a foto.

— Galina.

— Sua amiga.

Nunca tinha visto sua foto. Ela era linda.

— Sim. Mais para irmã. Família. Como você e Ash, acho.

Galina foi assassinada em Las Vegas. Todas as noites, quando dançávamos *Slave*, contávamos a história dela. Ninguém jamais foi indiciado.

Fiquei só de cueca e virei-me de costas, enquanto Yveta vestia uma camiseta longa e larga.

Depois ela subiu na cama e abriu o lençol para mim, um convite.

Deslizei para dentro, cuidadosamente mantendo o corpo longe do dela. Yveta apagou a luz, um brilho suave do corredor atravessando a escuridão completa.

Ouvi o farfalhar dos lençóis e ela colocou a mão no meu braço.

— Me abraça?

Rolei de lado e puxei-a suavemente contra o peito.

Ela se aconchegou em mim, as mãos cruzadas em sua frente, a cabeça no meu ombro e os meus braços em volta da sua cintura.

Ela suspirou satisfeita e permiti que meu corpo relaxasse.

Éramos duas pessoas solitárias que reconheciam a solidão uma da outra, uma imagem no espelho que mostrava a dor vazia por dentro.

Eu a segurei na escuridão.

A noite toda.

CAPÍTULO VINTE E DOIS

— Tem certeza de que está pronto?

Tinha? Sim e não.

Quando algo significa tanto para você, torna-se totalmente desgastante: tudo em que consegue pensar, falar. Você sonha com isso e lhe assombra o tempo todo. Mas era o depois que me assustava

Dei um curto aceno de cabeça quando a música começou.

A valsa vienense possui uma estrutura simples. O ritmo é 1-2-3, 1-2-3, com ênfase no um. A virada natural é uma figura básica que consiste em seis etapas onde os dançarinos viram para a direita e progridem na linha da dança. Passadas fechadas são uma série de passos para a transição entre viradas naturais e reversas. Há o fleckerl, a marcha curta, onde os dançarinos giram no local, e o contra check. É simples.

Só que não.

Você tem que sentir a valsa vienense. Tem menos passos, mas mais emoção. E eu sei que é uma contradição, mas é verdade. E, neste momento, sinto o mesmo.

A dor dentro de mim é tão profunda e dolorosa, é quase a única coisa que consigo sentir. É simples e sombrio. *Sinto falta da minha princesa*, porque ela é a luz.

Eu me apaixonei por Beth no dia em que ela nasceu. Jamais poderia ter imaginado como esse minúsculo ser humano assumiu cada respiração em meu corpo, mas ela fez isso.

Portanto, essa dança, aqui e agora... para mim, expressa tudo o que perdi.

A introdução ao piano começa para a bela canção de Steven Curtis

Chapman, *Cinderella*, e eu subo no palco, de frente para Chloe, minha parceira nesta dança.

Ela é pequena, quase infantil, minúscula. Só um metro e meio de altura. Tem leveza e alegria na forma que dança. Mas não é criança: é uma mulher de 23 anos, trabalhadora, talentosa e graciosa. Foi um dia de sorte para nós quando ela fez o teste.

Mas não é Chloe que estou vendo. Em minha cabeça, estou olhando para minha filha, minha linda Beth.

Ela sorri para mim e seguro a sua mão, puxando-a gentilmente nos braços enquanto olho para o calor de seus olhos.

E sinto esse peso incrível da responsabilidade que não tenho como reivindicar. Sinto isso em cada osso do corpo conforme deslizamos pelo palco. *Eu deveria estar com ela.*

A dolorosa beleza da música e a profundidade do sentimento nas letras me matavam.

Preciso desse amor inocente na minha vida. Preciso que minha filha saiba que ela tem um pai que a ama. Um mundo onde eu possa ser o primeiro homem que ela ama, aquele que a segura e a ensina e mostra como o mundo pode ser incrível. Um pai que a protege e mantém segura, porque o mundo pode ser tenebroso e perigoso e coisas ruins podem acontecer às princesas.

E ela não será criança para sempre. Ela já está crescendo tão rápido. Não quero perder sua primeira palavra, seu primeiro passo, seu primeiro dia na escola, seu primeiro amor, seu primeiro coração partido. Quero abraçá-la e confortá-la, e deixar que acredite que seu pai pode fazer qualquer coisa, lutar contra qualquer um.

Até contra sua mãe.

A emoção é avassaladora, e não consigo ver porque as lágrimas estão nublando meus olhos. Chloe sente meus passos vacilantes e, com o mais leve dos toques, ela me guia com delicadeza pelo palco.

E eu não tenho muito, mas tenho isso. Quero ser o único a ensiná-la a alegria da dança. Quero estar lá para todas as primeiras vezes. Quero que seja eu. Não posso falhar.

E, naquele momento, na hora do badalar da meia-noite no relógio, eu decidi. Iria lutar pelo meu direito de estar totalmente envolvido na vida da minha filha. Não um pai por meio período, que visita duas vezes por ano, mandando presentes caros do outro lado do oceano. Que a sua mãe fosse para inferno! E sua avó também! Iria brigar com todos eles! Eu sou um bom pai. Cuidei de Beth quando ninguém mais pôde ou fez, e a tiraram de mim. Por causa de uma promessa que fiz a alguém que me traiu.

Que seu tio fosse para o inferno, também.

Iria lutar!

Cada vez mais rápido, giramos ao redor da pista, perdidos na música, perdidos na dança, o calor da paixão aquecendo nossos corações, o sangue bombeando em nossas veias.

Mais do que a minha própria vida. Amo minha filha mais do que qualquer coisa neste mundo frio e difícil.

Não me lembrava de terminar a dança ou de sair do palco.

Ash me puxou para um forte abraço.

— Eu te amo, irmão!

Assenti com a cabeça, cegamente, enxugando as lágrimas dos olhos, uma nova determinação no coração.

— Ouça isso! — disse, agitado, virando-me em direção ao palco. — Ouça-os aplausos! Vá agradecê-los!

Chloe agarrou minha mão e me arrastou para o palco. Eu a apresentei, então fiz uma reverência, o sangue correndo na cabeça enquanto ouvia os gritos e vivas.

Nós os tocamos.

E isso me deu esperança.

Nós nos curvamos mais uma vez e eu saí do palco.

Segurei nos braços de Ash.

— Vou lutar pela minha filha.

Ele sorriu para mim e me abraçou com força.

— Eu sei — sussurrou ele. — Eu sei.

A porta da Sala Verde do teatro se abriu com estrondo. Era uma das melhores, com vários sofás, televisão, máquina de venda automática e frigobar.

Todos nós tínhamos sido solicitados a encontrar a imprensa após o espetáculo e conversar da ideia para o *Círculos da Vida*, mas agora tínhamos o lugar só para nós e estaríamos voltando para os camarins. Primeiro, precisávamos ouvir o que Selma tinha a dizer. Estávamos todos nervosos — críticas negativas poderiam acabar com um programa na primeira semana. Parecia que tinha corrido bem, mas nunca se sabe ao certo.

Olhei para cima e vi Ash entrar com Selma. Ele estava sorrindo, passando as mãos pelo cabelo úmido de suor, a mandíbula tremendo, impaciente.

Olhei para ele interrogativamente, mas foi Selma quem falou:

— Temos novidades — disse ela. — Tenho certeza de que teremos um sucesso em nossas mãos.

— Portanto, nem todos os críticos são idiotas psicóticos. — Gary fez beicinho.

Todos riram e Selma sorriu para ele.

— *Nossos* críticos — disse ela, agitando as mãos teatralmente — são homens e mulheres exigentes, de estilo e gosto impecáveis. Mas, falando sério, pessoal, vai ser positivo. Tenho certeza de que imprimirão uma de resenhas cinco estrelas em todos os jornais do fim de semana. Na próxima segunda-feira, estaremos lotados em Chicago e teremos nossa escolha de teatros em todo o país. Talvez mais além. Parabéns a todos.

Fiquei satisfeito, mas eram notícias confusas para mim. Shows direto significava que não haveria chance de ver Beth. Em seis meses, eu seria um estranho para ela.

Tentei sorrir, não querendo estragar a felicidade de todo mundo.

— E tenho mais novidades — disse Selma.

Olhei em volta, intrigado, e quando olhei para Gary, Oliver e Yveta, tive a impressão de que era a única pessoa que não sabia do segredo.

— A turnê foi remarcada, ligeiramente — continuou Selma. — Agora faremos uma pausa de uma semana entre os locais, permitindo que voltem para casa, se desejarem.— Então ela olhou ao redor da sala, parando dramaticamente. — Ou se alguém quiser visitar Londres, por exemplo. — Ela olhou diretamente para mim, um pequeno sorriso nos lábios. — Só porque outras companhias de dança fazem turnês consecutivas por seis meses ou um ano, não significa que Syzygy tenha que fazer as coisas da mesma maneira. Afinal, a inovação faz parte da nossa crença fundamental.

Todo mundo estava olhando para mim, sorrindo muito.

— Vocês... vocês fizeram isso por mim? — perguntei, a descrença me fazendo duvidar da evidência de meus próprios ouvidos.

Ash se sentou ao meu lado e me deu um soco no braço.

— Claro que fizemos! Beth faz parte da nossa família da dança. Como vamos conhecer nossa sobrinha se estamos sempre viajando?

Eu poderia visitar Beth todos os meses. Engoli em seco.

— Vocês fizeram isso por mim.

E desta vez foi uma declaração.

— Você é meu verdadeiro irmão — disse Ash, em esloveno.

Minha cabeça caiu nas minhas mãos, a garganta muito apertada para expressar como eu me sentia.

— *Hvala* — gaguejei. — Obrigado.

— E não é só — disse Selma. — Ash o nomeou autor de *Círculos da Vida*, então receberá royalties de cada apresentação. Isso deve bancar alguns voos para Londres.

Eu a encarei, sem acreditar, meus olhos então procurando os de Ash para ver a verdade.

Ele acenou com a cabeça, sorrindo para mim, e eu sabia o que seu olhar significava: "Eu te amo, meu irmão".

Gary enxugou os olhos, jogou a cabeça para trás de maneira extravagante e colocou as mãos nos quadris.

— Quem planejou isso? Tenho que comprar uma roupa nova e fabulosa agora mesmo, algo para um batizado, antes de pegarmos nosso vôo amanhã.

Minha cabeça se ergueu, atordoado, virando-me para Ash, que estava rindo da minha expressão de olhos arregalados.

— Estamos todos indo, irmão! Não perderíamos isso por nada no mundo.

Sacudi a cabeça, espantado. Tentei tanto calar meus sentimentos e agora, em dois minutos, sabia o verdadeiro significado mundial de *família*.

Meus amigos, minha família da dança, tinham acabado de reorganizar suas vidas inteiras pelos próximos seis meses, para que eu pudesse ver minha filha.

CAPÍTULO VINTE E TRÊS

Trinta horas depois, eu estava no banheiro masculino do aeroporto de Heathrow tirando o meu novo terno escuro do cabide protetor de roupas, aliviado por não estar muito amarrotado depois do voo noturno de Chicago.

Ash e Oliver estavam se barbeando nas pequenas pias, enquanto Gary gemia e choramingava a respeito do estado amarrotado de seu terno e calça laranja, reclamando que ficaria horrível.

Bem, eu disse que era "laranja", mas ele argumentou que era "castanho-avermelhado" e que eu não sabia nada de estilo. Estremeci um pouco com a gravata vermelho-tomate conflitante, mas não pude deixar de sorrir ao mesmo tempo.

Nós definitivamente faríamos uma entrada quando chegássemos no batismo da minha filha.

Ash tinha um terno cor de ardósia semelhante ao meu, ambos escolhidos por Laney, e Oliver parecia um banqueiro com seu terno cinza listrado e calça. Isso trouxe de volta memórias.

— Gary, querido — disse Oliver, em tom calmo, enquanto endireitava sua gravata azul-escura. — Eu te adoro além das palavras, mas se não colocar sua bunda deliciosa nessa abominação de terno agora mesmo, vamos nos atrasar demais.

Houve apenas um pequeno acesso de raiva quando Gary não conseguiu encontrar o prendedor de gravata, mas, mais uma vez, Oliver o convenceu a não ter um colapso completo.

As meninas estavam esperando por nós quando finalmente conseguimos sair do banheiro.

Laney estava usando um lindo vestido amarelo, porque essa era a cor favorita de Ash para ela, combinado com um casaco curto na cor creme. Ela estava muito bonita e inclinei-me para beijar seu rosto.

Mas Yveta me deixou sem fôlego. Seu cabelo roçava as maçãs do rosto marcadas por uma onda sedosa e elegante, e seu vestido colado azul-claro, que roçava suas curvas esguias, seria o responsável por parar alguns corações. Ela estava incrível. E brava por ficar esperando, batendo o pé impaciente.

Percebi, um tanto surpreso, que a gravata que Laney havia escolhido para mim combinava com o vestido de Yveta. Eu me perguntei se foi proposital, mas decidi que provavelmente era coincidência.

Fomos para a saída e achei graça em ver que várias pessoas pararam para tirar fotos de nós, como se fôssemos celebridades. Acho que parecíamos meio diferentes, atravessando o saguão com nossas roupas de ir à igreja às 10h da manhã.

— Hum, Luka, odeio tocar no assunto, visto que estamos todos a caminho do batizado de Beth — começou Laney, conforme trotava para acompanhar os longos passos de Ash, libertada dos limites de sua cadeira de rodas hoje. — Mas os padrinhos não deveriam ser batizados? Sarah sabe de nós?

Confuso, caminhei ao lado dela.

— Não conheço de batismo... mas não, eu não disse a ela.

— Luka!

Dei de ombros enquanto Laney balançava a cabeça.

— Você sabe que Sarah organizou um batismo na Igreja Anglicana?

— Sim, e daí?

— E daí — disse ela, um pouco sem fôlego. — Os padrinhos geralmente são da mesma igreja, ou, pelo menos, batizados. Ash e eu somos católicos, então não podemos. Não sei de mais ninguém.

— Sou da igreja de Garland — anunciou Gary. — Venero o santuário de todas as coisas Judy.

— Pare de brincadeira — Oliver o repreendeu.

— Nunca brinco a respeito de Judy! — Então ele fungou. — Tudo bem. Presbiteriano. Embora eu juro que meus pais são da Igreja Cristã Anabatista.

— Ortodoxa Russa — disse Yveta.

— Sou judeu. — Oliver sorriu.

— Ah, maravilha... Obrigado, pessoal — eu disse, coçando a cabeça, ainda sem saber.

Laney olhou Ash em pânico, que fingiu não ver.

Yveta e eu pegamos o primeiro táxi e todos os outros entraram no segundo. Estava nervoso, ansioso para ver Beth, esperando que ela ainda

LUKA

243

me reconhecesse, que não tivesse me esquecido.

Yveta apertou minha mão e me deu um sorriso calmo. Eu me segurei nela, desesperado por qualquer bote salva-vidas no que poderia ser uma confusão de proporções épicas. Não que me importasse tanto com isso, mas se Beth gritasse quando eu a segurasse ou se debatesse para se livrar de mim, acho que o meu coração não aguentaria.

Mas parecia que meu coração aguentava muito mais solavancos do que eu teria acreditado, porque esperando do lado de fora da pitoresca igreja construída em pedra estava minha irmãzinha Lea, com minha querida avó, vestida com suas roupas pretas de viúva habituais.

— Lea?

Ela tinha um sorriso enorme no rosto enquanto se jogava em mim.

— Você é um babaca! — brincou ela em esloveno. — Não acredito que teve um bebê e nunca disse nada! Sou tia e, se não fosse por Aljaž, nunca teríamos sabido. Vai pagar por isso mais tarde, imbecil!

Ash sorriu para mim e piscou.

Mas então moja *babica* estava na minha cara, beliscando minhas boche-chas, carrancuda e cuspindo palavras, parecendo pedras de granizo.

— Você não liga, não escreve! O que devo pensar, *bonbonček*?

Ash deu um sorriso enorme com o apelido da minha avó para mim: *bonbonček* era um docinho.

— E você é tão ruim quanto ele, Aljaž! — disse ela, brava, virando-se para ele e batendo em seu ombro. — Vai e se casa sem dizer nada para mim! Eu deveria bater em vocês dois, mas depois, não nesta casa de Deus.

— Sinto muito, *babica*. — Ash sorriu, esfregando o ombro. — Esta linda mulher é minha esposa, Laney. — Ele colocou o braço em volta dela. — Laney, esta é moja *babica*, a avó maravilhosa de Luka.

Laney foi apertar a mão, mas minha avó a puxou para um abraço aper-tado, falando rapidamente em esloveno enquanto Laney ria e arregalava os olhos para Ash.

Afastei *babica* de Laney e a apresentei às outras. Seu olhar parou em Yveta antes de ela se virar para mim de novo.

— Agora me leve para conhecer meu primeiro bisneto. — E entrou na igreja.

— Você tem algumas explicações a dar — murmurei, entre dentes, para Ash.

— Não o culpe. — Lea riu. — Se Aljaž não tivesse entrado em con-tato, não estaríamos aqui e *babica* nunca o teria perdoado. Bem, ela teria, eventualmente. Mas acredite em mim, desse jeito é mais fácil.

Ela estava certa e, sinceramente, fiquei feliz por tê-las aqui. Mas sim, eu conversaria com Ash em particular mais tarde.

— Obrigado por vir, mana.

— De nada, *bonbonček*! — Ela sorriu, beliscando minhas bochechas, antes de seguir Ash e Laney, rindo igual doida.

— Espere, *babica* — eu disse, pegando a mão da minha avó e beijando-a suavemente. — Segure no meu braço.

A igreja era velha, muito velha, e a entrada era uma larga porta de carvalho cravejada de tachas que precisávamos nos inclinar para entrar. Por dentro, parecia que havíamos voltando cinco séculos no passado quando vi gárgulas feias guardando a entrada, bancos de madeira entalhada com encostos rígidos e belos vitrais que filtravam a luz da manhã com um brilho suave.

Cabeças se viraram assim que entramos e eu imediatamente reconheci Julian sentado na parte de trás da igreja, que ficou boquiaberto quando nos viu.

— O circo está na cidade? — disse, ríspido, seus olhos passando da minha avó para Yveta, de Gary para Oliver, de Ash para Laney e Lea, e vice-versa.

Yveta olhou para ele com desdém de seus um metro e noventa, deslizando como uma modelo de passarela em saltos de doze centímetros.

— Que homenzinho chato — disse Yveta, em voz alta, virando a cabeça, indiferente a Julian.

— Minha nossa! Acabei de cair em "Quatro Casamentos e um Funeral" — disse Gary, em voz alta, a voz estridente projetada para atrair o máximo de atenção. — Agora, onde está Hugh Grant? Hugh! Coo-ee!

Houve um suspiro de choque e vi Sarah se virar.

Ela parecia atordoada, os olhos se arregalando conforme nos observava. Seu rosto empalideceu e eu a vi olhar para a Sra. Lintort, que parecia surpreendentemente calma, visto que sua bela cerimônia religiosa britânica acabara de ser invadida por um contingente variado de europeus orientais, homossexuais e até americanos.

Mas ignorei os sussurros, as perguntas e os olhares confusos e chocados. Meus olhos estavam fixos em Beth, deitada calmamente nos braços de Sarah, as pequenas mãos puxando o tecido de um manto de batismo delicadamente bordado.

E então eu vi a única pessoa que não queria ver, meus olhos inconscientemente procurando por ele.

Seth estava parado ao lado de Sarah, o rosto marcado pelo vazio. Mas reconheci a miríade de emoções em seus belos olhos. Os olhos que vi quando olhei para a irmã dele e para o rosto da minha filha.

Meu coração disparou e tive que desviar.

Seis semanas não foram suficientes para perdoar ou esquecer. Talvez com o tempo.

Talvez.

LUKA

Talvez não.

Fui até a frente da igreja, ignorando o crescente volume de perguntas murmuradas. Fiquei na frente de Sarah, olhando para minha filha, necessidade, desejo e medo girando dentro de mim.

Então Sarah simplesmente colocou Beth nos meus braços abertos e, por um segundo, seus olhos encontraram os meus.

Fiquei hipnotizado, enfeitiçado pela minha linda filha. Ela estava mais pesada e seu cabelo loiro tinha mudado dos típicos fios ralos de bebê para um punhado de pequenos cachos dourados.

— Você cresceu tanto, *princesa* — sussurrei, beijando sua cabeça com delicadeza.

— Achei que não viria — Sarah disse, num tom calmo.

— Torceu para que não viesse? — perguntei, bruscamente, olhando para cima.

— Não, só pensei que não conseguiria sair para vir. Não tinha certeza se queria.

— Você não sabe nada de mim — eu disse, minha voz baixa e dura.

Ela piscou e desviou o olhar, nervosa, relaxando um pouco quando Seth colocou o braço em volta dela.

Respirei fundo para acalmar a raiva repentina. Não queria brigar com ela, não hoje. Tive que me lembrar de que ela não era a inimiga.

Beth piscou para mim, seu rosto enrugando pela confusão, e então, eu juro que meu coração parou: ela sorriu para mim.

Minha garganta fechou e a emoção que tentei ignorar me inundou.

— Senti tanto sua falta.

O vigário parecia perplexo com a nossa chegada, mas estava corajosamente tentando seguir com o roteiro.

— Bem-vindos, todos vocês! — disse, sorrindo amplamente. — Presumo que façam parte da festa de batizado?

— Sim — respondi. — Sou o pai de Beth e são todos padrinhos.

Ele piscou várias vezes.

— Todos eles?

— Sim. E minha avó.

O padre pigarreou, olhando em dúvida para a repentina longa fila de padrinhos e madrinhas.

— Talvez devêssemos ter uma rápida conversa. Todos podem me acompanhar até a sacristia?

Nós caminhamos atrás dele enquanto a congregação apontava e murmurava.

A sacristia acabou sendo uma pequena sala ao lado da igreja onde o padre guardava suas vestes cerimoniais.

Havia apenas duas cadeiras, que foram oferecidas à *babica* e à Sra. Lintort.

— Bem, esta é uma bela surpresa, devo dizer. Sou o reverendo Peter. Bem-vindo à St. Ambrose. Existem apenas algumas formalidades antes de continuarmos. Todos têm fé? São batizados?

— Sim — menti, imaginando se Deus me golpearia por mentir a um padre.

— Que adorável — disse, com uma risada estrondosa. — Quantos mais, melhor.

Olhei para Sarah, mas ela não disse nada.

— Bem, só preciso de um momento para anotar os nomes de todos. — E ele avançou na fila, esforçando-se para entender algumas das grafias.

Sarah e Laney estavam conversando baixinho. Ela parecia um pouco tensa, seu sorriso não era muito verdadeiro, mas Laney tinha um jeito de fazer com que todos se sentissem à vontade.

Exceto por Yveta. Ela ficou atrás do grupo, os braços cruzados enquanto olhava para Sarah friamente. Sabia que ela a respeitava como dançarina, mas nunca foram próximas. Yveta sempre achou as bobagens de Sarah irritantes e um pouco triviais.

As coisas eram diferentes agora. Eu sabia que não deveria querer que meus amigos tomassem partido, mas queria. Todos provaram que me protegiam, mas também eram amigos de Sarah.

Acho que ela ficou tão feliz quanto eu ao ver todos no batismo de nossa filha.

Eu os deixei conversar sem me intrometer.

Com Beth nos braços, nada mais importava.

Ela bocejou, sua boca rosada sem dente e perfeita, os olhos sonolentos.

— Nunca se esqueça de que papai te ama, princesa. Para todo o sempre.

Olhei para cima e vi Sarah nos observando. Ela estava muito mais calma do que quando estávamos juntos, se é que se pode dizer isso. Eu brigaria na justiça se fosse preciso, mas preferia que resolvêssemos as coisas entre nós quando se tratasse de nossa filha.

E eu tinha quase certeza de que, se procurasse pelos rostos desconhecidos quando voltasse para a parte principal da igreja, James estaria na congregação. Mas provavelmente seria uma coisa boa se ela tivesse alguém.

Então a Sra. Lintort tocou meu cotovelo e passou a mão carinhosamente pelos cachos de Beth.

— Oi, Luka. Como você está?

— Melhor agora — eu disse, com sinceridade.

Ela sorriu e me deu um tapinha no braço, depois se afastou para falar

LUKA

com os outros padrinhos de Sarah, um casal de mulheres que eu vagamente me lembrava de ter conhecido no chá de bebê de Sarah.

O padre entregou uma folha a cada um de nós, com as palavras que precisávamos dizer impressas em negrito. Yveta enfiou a minha no bolso do meu terno enquanto ainda segurava Beth. Os olhos de Sarah se estreitaram com interesse e suspeita, mas não me importei.

Era o olhar de Seth que eu não conseguia suportar. Senti o peso de sua presença e mantive as costas para ele. Mas minha pele formigou e esquentou. Detestava isso.

Ele se aproximou e eu me virei abruptamente, assustando-o quando paralisou no meio do caminho.

Minha voz soou baixa e cruel:

— Não.

— Luka?

— Não — voltei a dizer, minha voz mais calma, mas mortal quando meus olhos se reduziram a pontos de ira. — Não se atreva a pedir desculpas! Você fez sua escolha.

Ele piscou várias vezes, seu rosto se contraindo enquanto os lábios se apertavam. Enfiou as mãos nos bolsos e seu olhar caiu para o chão de pedra.

— Eu lamento — disse ele, as palavras quase inaudíveis. — Sempre vou me arrepender...

— Vá se foder! — soltei, desprezando-o e indo embora.

Essas foram as últimas palavras que falei com ele.

Meu coração trovejou, e a única coisa que poderia me acalmar foi o sorriso no rosto da minha filha quando ela piscou para mim.

Finalmente, voltamos para dentro, parados naquela velha igreja, ventando muito no sudoeste de Londres, em um batismo onde havia três padrinhos e três madrinhas do meu lado, e um padrinho e duas madrinhas do outro lado.

Sarah e eu juramos amar, proteger e ensinar Beth, e todos os padrinhos juraram o mesmo.

Fiquei pensando se Beth seria a ponte entre nossos mundos, entre sua mãe e seu pai. Tínhamos que encontrar um caminho, sabia disso, mas é difícil quando alguém te machucou tanto — e eu sabia que era uma via de mão dupla para mim e para Sarah.

Beth era tão boa, só guinchou uma vez quando a água morna pingou em sua cabeça.

— Elizabeth Patricia, eu te batizo em nome do Pai...

— É *Elizabeta* — disse Sarah. — Não Elizabeth.

— Como? — disse o padre, checando as anotações.

— O nome dela é *Elizabeta*, é em esloveno... igual o pai dela.

Olhei para Sarah, mudo pela gratidão. Ela me deu um pequeno sorriso e acenou com a cabeça.

— Ah, entendi! — disse o padre, franzindo a testa por cima dos óculos. — Erro meu, tenho certeza. *Elizabeta* Patricia, eu te batizo em nome do Pai, e do Filho, e do Espírito Santo. Amém.

Olhei para o teto alto, meu coração se enchendo de paz. De alguma forma, *de algum jeito*, encontraríamos um caminho. Por ela. Por nossa filha.

Olhei para meus amigos, para minha família, que tinha voado milhares de quilômetros para estar comigo neste momento... e, pela primeira vez em muito tempo, eu me senti abençoado.

Olhei para cada um deles, com falhas e imperfeições, mas lindos para mim.

O rosto duro de Yveta suavizou imperceptivelmente enquanto olhava para Beth, mas depois ela desviou o olhar, porque minha Rainha da Neve não gostava de mostrar fraqueza. Mas eu tinha percebido, e ela não conseguia me enganar.

E se meus olhos procuravam os de Seth, foi só por um segundo antes de afastar o olhar.

Nem tudo pode ser consertado. Nem todo erro pode ser corrigido.

Eu não sou um homem bom.

Eu não sou um homem mau.

Mas cometi alguns erros, fiz escolhas erradas. Quem nunca agiu assim?

Mas farei o meu melhor, porque tenho uma razão para isso.

LUKA

EPÍLOGO

Talvez você esteja se perguntando como a história terminou comigo e Yveta.

Yvie.

Não sei. Talvez não tenha acabado. Talvez esteja começando.

Vamos apenas dizer que as coisas conosco são... simples. Nós somos amigos, sim. Somos... Não sei o que somos. Somos mais? Talvez.

Dormimos juntos na maioria das noites, só dormindo, abraçados na escuridão. E talvez se explorarmos os corpos um do outro à meia-luz vagarosa do amanhecer, tudo bem, também.

FIM

AGRADECIMENTOS

À Kirsten Olsen, editora, amiga, guia, confidente, compartilhadora de sonhos.

À Trina Miciotta, pela edição, amizade e apoio.

À Hang Le, por sua bela capa, e arte.

À Neda Amini, por estar atenta em todos os detalhes.

À Sheena Lumsden, pela amizade, humor e apoio.

À Alana Albertson, amiga e autora, com quem divido o meu amor pela dança, embora, na verdade, também dance bem.

À BC, que foi uma grande fonte de fofocas de bastidores, colhidas em anos de turnês em musicais e trabalhando em espetáculos no West End de Londres. Ele continuará anônimo para protegê-lo da culpa.

À Lea Jerancic, que checou tudo em esloveno para Luka.

À Dina Farndon Eidinger e Audrey Thunder, minhas maravilhosas, confiáveis e amadas garotas.

À Sarah Lintott, por me permitir explorar, descaradamente, o nome dela mais uma vez...

A Selma Ibrahimpasic, MJ Fryer, Lea Jerancic e Wendy Lika, por transgressões semelhantes.

À Lisa, portadora da espada da verdade que luta contra os piratas sempre que pode.

A todos os blogueiros, que abrem mão de seu tempo por sua paixão pela leitura e resenha de livros; obrigada por seu apoio.

Obrigada, *Stalking Angels*. Vocês sabem o quanto significam para mim e nunca me decepcionaram. Todo o apoio, todas as mensagens, sendo meus olhos e ouvidos atentos ao crescente mundo literário quando me escondo em minha caverna para escrever.

Tonya Bass Allen, Neda Amini, Jenny Angell, Lisa Clements Baker, Nicola Barton, Jen Berg, Mary Rose Bermundo, Reyna Borderbook, Sarah Bookhooked, Megan Burgad, Kelsey Burns, Gabri Canova, L.E.

Chamberlain, Tera Chastain, Elle Christopher, Beverley Cindy, Paola Cortes, Nikki Costello, Emma Darch-Harris, Megan Davis, Bea Dimacali, Jade Donaldson, Mary Dunne, Dina Farndon Eidinger, Betul Er, Jennifer Escobar, Fátima Figueira, Kelly Findlay, Andrea Flaks, Andrea Florkowski, MJ Fryer, Raquel Gamez, Evelyn Garcia, Carly Grey, Helen Remy Grey, Nycole Griffin, Sheila Hall, Dri Harada, Rose Hogg, Kim Howlett, Ciara Hunter, Sejla Ibrahimpasic Selma Ibrahimpasic, Carolin Jache, Andrea Jackson, Jayne John, Ashley Jones, Heidi Keil, Rhonda Koppenhaver, Hang Le, Wendy Lika, Sarah Lintott, Sheena Lumsden, Kathrin Magyar, Jodie Marie Maliszewski, Trina Marie, Susan Marshall, Sharon Kallenberger Marzola, Marie Mason, Bruninha Mazzali, Aime Metzner, Nancy Saunders Meyhoefer, Sharon Mills, Kandace Milostan, Ana Moraes, Shannon V Mummey, Barbara Murray, Bethany Neeper, Clare Norton, Luiza Oioli, Crystal Ordex-Hernandez, Celia Ottway, Kirsten Papi, Melissa Parnell, Ana Carina Pereira, Savanna Phillips, Cori Pitts, Vrsha Prose, Ana Kristina Rabacca, Rosarita Reader, Heather Sulzer Regina, Lisa Smith Reid, Lisa Roberts, Carol Sales, Gina Sanders, Rosa Sharon, Jacqueline Showdog, Johanna Nelson Seibert, Sofia Silva, Sarah Simone, Adele Sloan, Fuñny Souisa, Nuno Gabriel Sousa, Erin Spencer, Dana Fiore Stusse, Donna Sweeney, Lisa Sylva, Lelyana Taufik, Candy Rhyme Threatt, Audrey Thunder, Ellen Totten, Natalie Townson, Amélie White Vahlé, Tami Walker, Lily Maverick Wallis, Jo Webb, Krista Webber, Shirley Wilkinson, Emma Wynne Williams, Caroline Yamashita, Lisa G. Murray Ziegler.

E aos leitores da fanfic, que estiveram comigo desde o início.

SOBRE A AUTORA

Não iguale bondade com fraqueza – essa é uma das minhas frases favoritas.

Perguntam-me de onde vêm as ideias – elas vêm de todos os lugares. De passeios com a minha cachorra na praia, de ouvir conversas em bares e lojas, onde me escondo despercebida com meu caderno.

E, claro, adoro assistir a dança de salão na TV. Tentei aprender salsa uma vez. Meu parceiro, Edwin, quem mencionei na dedicatória, me disse: "Pare de marchar e de conduzir! Você deve parecer sexy." Então, vou me limitar a escrever sobre dança, em vez de sonhar que sei fazer aberturas e, depois, saltar na ponta dos pés com a graça de uma jovem gazela. É, na minha imaginação.

Não se esqueça de procurar por capítulos bônus de alguns dos meus livros no meu site e *pode se inscrever para receber novidades no e-mail*.

A The Gift Box é uma editora brasileira, com publicações de autores nacionais e estrangeiros, que surgiu no mercado em janeiro de 2018. Nossos livros estão sempre entre os mais vendidos da Amazon e já receberam diversos destaques em blogs literários e na própria Amazon.

Somos uma empresa jovem, cheia de energia e paixão pela literatura de romance e queremos incentivar cada vez mais a leitura e o crescimento de nossos autores e parceiros.

Acompanhe a The Gift Box nas redes sociais para ficar por dentro de todas as novidades.

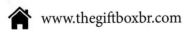 www.thegiftboxbr.com

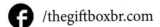 /thegiftboxbr.com

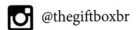 @thegiftboxbr

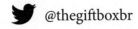 @thegiftboxbr

Impressão e acabamento